二手書店店員告白

Confessions of a Bookseller

尚恩・貝西爾 *Shaun Bythell*——著
彭臨桂——譯

目次

二〇一五年

一月 005

二月 055

三月 101

四月 147

五月 197

六月 249

七月 291

八月 331
九月 377
十月 429
十一月 471
十二月 513
後記 561

一月

二〇一五年一月

他對待書本時，就像牧師打開講道壇上的《聖經》一樣滿懷崇敬。那天上午我把皮革擦拭到跟絲綢一樣閃閃發亮，而龐弗斯頓先生的指尖輕放在上頭，宛如蝴蝶飛落於優美的花朵。他在觸碰到書時似乎高興地發出了聲音。訪客調整了一下眼鏡，然後翻動書頁，而任何人都看得出來龐弗斯頓先生的愉悅很有感染力。

——奧古斯塔·繆爾（Augustus Muir），《書商約翰·巴斯特私想錄》（*The Intimate Thoughts of John Baxter, Bookseller*, Methuen & Co.，倫敦，一九四二年）

我很好奇奧古斯塔·繆爾在以模仿手法寫出約翰·巴斯特的日記時，是否真的知道這無疑是二手書業最棒的部分，大概也是藏書時最棒的部分：發現並處理一本稀有而珍貴的書。我曾經擁有法蘭西斯·葛羅斯（Francis Grose）的

《蘇格蘭古物》（*Antiquities of Scotland*），一套兩冊，這套書對買下的人而言可能重要無比。葛羅斯和羅伯特·伯恩斯（Robert Burns）在一七八九年認識並成為朋友。當時葛羅斯正在研究撰寫《蘇格蘭古物》，請伯恩斯為書中的阿洛韋老教堂（Auld Alloway Kirk）插圖寫一個超自然故事，因此才有〈湯姆遇鬼記〉（Tam o'Shanter）這首詩產生，而且這大概還是伯恩斯寫得最棒的一首詩。雖然這首詩最早可以在另外兩部出版物中看見，但葛羅斯的《蘇格蘭古物》是它第一次出現在書裡，而雖然這本書的財務價值並不高（上一套我賣了三四〇英鎊），但對伯恩斯的愛好者而言卻是非常重要的書，部分原因是如果沒有葛羅斯的委託，伯恩斯可能永遠也不會寫出〈湯姆遇鬼記〉。向我買書的顧客從他一位朋友那裡聽說我們有一本，就專程從艾爾（Ayr）過來。他是在付款之後才告訴我羅伯特·伯恩斯的這件事，要不是他跟我說，一直到今天我可能都還不知道。我的立場很諷刺——雖然我每天都被書包圍——但我對書的大部分知識都是由顧客告知，也就是我第一反應想要阻止談話的那些顧客。

繆爾描述龐弗斯頓先生對待書的方式也讓人很有共鳴：經常處理珍本書的人會很明顯以不同的方式對待它們，例如翻開書時仔細扶好紙板以防書溝散開，以及從架上取書時小心不讓書頭布承受太多壓力。只要跟珍本書相處過一段時間，你就會非常敏感地注意到胡亂對待它們的人。

有些書籍為世界引介了某種文化或科學意涵，在處理它們時的樂趣絕對是做這一行最大的奢侈，而其他行業能夠提供這麼多享受機會的簡直少之又少——說不定根本沒有。正因如此，每天早上我起床時並不會預期又要做什麼重複單調的苦工，而是期待自己可能有機會拿到一本最早為人類帶來某個新觀念並且改變歷史走向的書，例如一七九一年版《人的權利》（*The Rights of Man*）、一八八七年英文翻譯版《資本論》（*Das Kapital*），或是達爾文的一八五九年早期版本《論處在生存競爭中的物種之起源》（*On the Origin of Species by Means of Natural Selection*）。這就是最大的意義。

一月一日，星期四

線上訂單：休息
找到的書：

元旦休息。

賴床過後，我在午餐時間騎腳踏車去我朋友卡倫（Callum）的家，參加他每年都會辦的新年派對。我大約在下午三點趁著天還亮時離開，回來後到舒適的小房間裡點了火，開始讀納日尼爾·韋斯特（Nathanael West）的《寂寞芳心小姐》（*Miss Lonely-Hearts*），這是幾個星期前一位顧客推薦的，對方買了好幾本我也讀過而且很喜歡的書。

一月二日，星期五

線上訂單：休息
找到的書：

上午的時間都在整理，然後跟卡倫和他的奧利地妻子佩特拉（Petra）到里格灣海灘（Rigg Bay），趁黃昏前在風雨中散步了一小段路。我下車走回書店時，一堆鵝正飛過威格頓，要到本地山腳下的鹽澤過夜。成千上萬隻鵝排成近乎完美的V字形，在寒冷、潮濕的仲冬飛過逐漸濃厚的黑暗，那樣的景色與聲音永遠都能使人驚嘆。

一月三日，星期六

線上訂單：10
找到的書：10

回到正常營業時間了，前一個星期都在上午十點開店而不是平常的九點。雖然天氣灰暗，不過至少風跟雨都停了。最能令人感覺到節日假期結束的事，絕對是顧客量的暴跌，不過今天店裡的空虛感改善了點，因為第一位顧客是傑夫・米德（Jeff Mead）。傑夫是蘇格蘭教會牧師，在附近的柯金納（Kirkinner）教區服務，我朋友芬恩（Finn）大概是對傑夫公眾形象描述最精確的人，他有一次告訴我「傑夫主持葬禮比主持婚禮還要自在」。不過這句話掩蓋了傑夫真正的性格，他喜歡惡作劇，說話風趣又聰明無比，還受過正式的神學教育。他快退休了，而且是個身形高大、氣宇軒昂的人。我在二〇〇一年買下書店不久後，有一次他進來逛了一下。我買了一具真人大小的骷髏打算掛在天花板（我不知道為什麼要這樣做，但它仍然在那裡彈奏著小提琴），不過暫時先擺置坐在爐火旁的其中一張扶手椅上，骨頭手指裡拿著一本理查·道金斯（Richard Dawkins）的《上帝的迷思》（*The God Delusion*）。我聽見書店深處傳來一陣狂笑，沒過多久傑夫出現了，還大聲說：「到時候希望人們就是這樣發現我的。」

上午十一點，有個女人從艾爾打電話來。她有書要賣，希望我下個星期過去看。

今天早上的一則新聞是有四個男人在香港一家書店裡被綁走，原因是散布批評中國政權的作品。賣書可能是危險的職業，但幸好在威格頓只有經濟上的危險。

真驚人，今天十筆訂單的書我全都找到了，簡直是奇蹟。其中大部分的書都剛刊登，而且來自一個男人在聖誕節之前帶到店裡的四箱書。

卡倫和他太太佩特拉在午餐時間出現，問我要不要去參加下午在貝爾提書店（Beltie Books）辦的威士忌品酒會。我告訴他們我會看店裡有多忙再決定。到下午三點半，店裡已經安靜了一個鐘頭，就在我考慮提早打烊去參加安德魯（Andrew）的威士忌品酒會時，大概有二十個年紀二、三十幾歲的人進來了。他們全都買了書。

總收入136.50英鎊
10位顧客

一月五日，星期一

線上訂單：7
找到的書：7

又是灰暗的一天，而且神奇的是今天我又找到了所有訂單的書。

《歷史報》（*Historic Newspapers*）的派翠克（Patrick）過來收取在聖誕節期間累積的一堆海外訂單。我們的國內郵件是採用皇家郵政（Royal

Mail），不過國際訂單透過跟《歷史報》簽約的一家快遞公司比較便宜，所以我們算是搭他們的便車。

佩特拉過來問她能不能在樓上的大房間開肚皮舞課程。雖然我不確定有多少人會上她的課，不過我告訴她可以在星期五上午使用房間。

有位顧客向我要名片，可是我找不到。上次有人跟我要名片想必是超過一年前的事了。在一個超連結的世界裡，使用名片這個想法似乎有種迷人的老派。我剛買下書店時，顧客——尤其是其他書商——經常會留下名片，後來就再也不會了，就像當初喬治王朝和維多利亞時代用的名片（calling card）。

有對五十幾歲的德國夫婦進來逛了一個鐘頭。女人買了一本大衛．塞西爾（David Cecil）寫的珍．奧斯汀（Jane Austen）傳記。結帳的時候，她說：「非常高興終於見到你了。」乍聽之下有點奇怪，後來她才解釋說他們會來到威格頓是因為她讀了我女朋友安娜（Anna）的書，其中——有一部分——寫到了威格頓（還有我）。他們離開後不久，有個身穿橘色連身工作服的男人因為安娜提到《白鯨記》（*Moby Dick*）而來買了一本；他上個星期才來過，還買了她的《你需要知道的火箭三件事》（*Three Things You Need to Know about Rockets*）。

湯姆（Tom）過來討論安娜想出的計畫——作家之家（Writer's House）的

構想。她想要設立一個公司，買下廣場的一棟建築並轉換用途，當成一個創意空間，提供關於寫作、閱讀、藝術的課程，並且搭配「春日狂歡」（Spring Fling，是每年六月在這裡舉辦的藝術節）。他想要到店裡開一場會議集思廣益，而且他在尋找可以邀請的對象，於是我給了他幾個名字。會議會在這裡的大房間舉行，也就是我們在圖書節期間的作家休息室（Writers' Retreat）。時間是下個星期五晚上，而他已經安排好了食物跟酒。

總收入87.50英鎊
13位顧客

一月六日，星期二

線上訂單：3
找到的書：3

今天三筆訂單都是有關鐵道的書。

又是糟透的天氣，不過下午雨勢減緩了。冬天到目前為止好像只會一直下大雨，另外還有強風。我想這裡應該還沒結霜過。

今天的收件匣：

寄件人：XXXXXXXXXX

主題：世界需要我的書

郵件內容：我想要向你推銷我的書。

我寫了一本書，保證能讓你找到的人變成你的終身伴侶，這本書也能讓人不再需要說謊、操弄、耍計謀。防止情緒傷害，消除自殺對人類生命的風險。藉由使人們擁有對性格的知識。

今天第一位顧客是個年長女人，她想要用店裡的電話打給媳婦，因為媳婦沒到醫生那裡接她。第二位顧客是個頭髮稀疏留著馬尾的男人，他每拿起一本書都會對售價發出嘖嘖聲。

我在地下室發現一塊舊黑板，然後用一個舊畫框製作成黑板的框。看起來很不錯。我決定嘗試每天都在上面寫點有趣的東西，不過這項努力注定會失敗，因為我的腦袋要好幾個星期才會出現一次詼諧的想法——有時候要幾個月。為了降低難度，我引用了諾爾・寇威爾（Noel Coward）的一句話，內容來自一本叫《名人遺言》（*Famous Last Words*）的書：「親愛的晚安，明天見。」

母親大約在下午四點來訪，然後不間斷地講了半個小時。內容包括作家之家的構想和她找到了可能的資金來源（這點她重複了至少六次）、她朋友的朋友在迪賽德（Deeside）的城堡因為水災就快要被河水淹沒了（重複四次），以及開放書店（The Open Book）[1]的租客把那裡弄得有點亂（「可惡」）。不是最近住那裡的兩個西班牙女人，而是另一對男女（重複了四次）。

她離開時愉快地說了一句「該閃囉，小親親再見」，大約二十分鐘後，我望向窗外，看見她那輛破舊的福斯亂停在公車站，而她正忙著跟某個人聊天。半個鐘頭後我關店時她還在那裡，對著好運碰上她的人嘮叨不休。

總收入125.49英鎊

11位顧客

1　開放書店是安娜的主意。她明白幻想經營書店的不可能只有自己一個人，於是說服我父母在威格頓的中心買了一間店，當成Airbnb，任何人都可以租下來，體驗一個星期經營書店的生活。接下來三年的預約都滿了，而且也吸引了來自世界各地的遊客。

一月七日，星期三

線上訂單：1
找到的書：0

今天早上拉開窗簾，見到了彷彿好幾個月沒看過的第一道陽光。開始營業的第一個小時裡，我差點被一位顧客的香水味逐漸悶死，想必那是北韓生化學家在祕密地堡所製造出來某種特別討厭的神經毒素。金症日。

又一筆訂單是要鐵道區的書。這種書最難找了。鐵道迷一定不太在乎他們的書架整齊與否。

有個女人在上午十一點進來，我猜她的年紀比我稍大。我覺得好像見過她，所以當她拿著一堆小說來結帳——全都是我讀過也很喜歡的書——我也順便問她為什麼看起來很眼熟。原來她經常去鄧弗里斯（Dumfries）的拍賣會場，而我偶爾也會到同一個地方，於是我們兩個回憶起那裡各式各樣的人物，以及拍賣時似乎必然會發生的可疑活動。後來我才知道她在大約三十五哩外的羅克利夫（Rockcliffe）有一間茶館，於是我們開始抱怨起顧客，尤其是自己做生意的事，以及人們都會預期開店是為了他們而不是為了你自己。我們都憎恨農村社會在社會義務方面的專制。看來她跟我一樣厭惡任何計畫。而且她還剛讀完《赤子之心》（*Any Human Heart*），這是我最喜歡的一本書。

我在聖誕節前買了一批書，今天開始整理剩下的最後兩箱。這些書雖然在店裡會賣不好，不過全都上了條碼，而且完好如新——完全適合FBA[2]，所以我把書整理裝箱，準備「增值」。有些平裝本價格出乎意料的高，不過自從網路銷售開始以來情況就是這樣——我們更難像以前那樣預估一本書的價值。

下午我跟一位顧客大吵了一架，爭論麥格雷（Maigret）到底是虛構的法國偵探（我）還是比利時的超現實主義畫家（對方），後來我打電話給在艾爾的那個女人，本來是明天約好去看她的書，可是我要延期。她聽起來鬆了好大一口氣，可見她還沒整理書，選好哪些要留哪些要賣。

總收入65.49英鎊

3位顧客

---

2 FBA（Fulfilled by Amazon）是亞馬遜提供的一項服務，可以讓書商把貨存放在亞馬遜的倉庫（美其名叫「履行中心」〔fulfilment centres〕）。有人訂書時，他們就會把書打包並寄給顧客。雖然這解決了店裡沒有足夠空間擺書的問題，但亞馬遜收取的費用每次都會讓你懷疑這麼做到底值不值得——而他們提供給第三方賣家的服務幾乎都是這樣。他們的「收費」一定會加倍，最後一直提高到讓你的利潤緊縮到都快活不下去了。但不會逼死你。寄生蟲可是想要宿主活著的。

一月八日，星期四

線上訂單：3
找到的書：2

又是陽光普照的一天。從今年冬天到目前為止的天氣來看，連續兩天出太陽感覺算是創紀錄了。今天其中一筆訂單的書是《阿拉伯世界中的少數族群》（*Minorities in the Arab World*），要寄給黎巴嫩的一位牧師。

母親在兩點四十五分出現，對開放書店門環的事講了大概半個鐘頭，原來上面長了薄薄一層的白色黴菌。我不明白為什麼這很重要，或是為什麼她覺得一定要讓我知道。她消失了五分鐘，然後帶著艾莉西亞（Alicia）回來，這位來自臺灣的女人要經營開放書店一個星期。我們說好下班後去酒吧喝一杯。原來艾莉西亞不是她的真名，而她選擇這個名字是因為待在歐洲的時候會比較方便。目前她在西班牙念書，而她決定暫時離開西班牙的溫暖與美食，認為威格頓能為她帶來一段愉快的假期。

總收入42英鎊

3位顧客

一月九日，星期五

線上訂單：5

找到的書：5

又下起了豪雨。妮奇（Nicky）一如往常遲到了。即使是她的黑色滑雪裝也無法抵抗大雨——她推動門把強風大雨關在外頭時，看起來就像一隻憤怒的海豹。店裡曾經有兩位全職與一位兼職員工，妮奇是唯一剩下的成員。她是個好朋友，不過我們對許多事情的看法差異很大。她是耶和華見證人（Jehovah's Witness）。我不信宗教。她的年紀將近五十，有兩個成年的兒子，而她永遠都很愉快。她也對書店盡心盡力，而且非常能幹。她認為我會妨礙生意，始終無視我的指示，選擇用自己的方式處理事情，好像這家店是她的一樣。

上午九點半，我把暖風機擺到大房間，然後替佩特拉的肚皮舞課程搬音響。我答應讓她使用書店樓上的大房間，那裡也是老太太們在星期二上藝術課的地方。令人驚訝的是，有兩個人出現了。當樓上開始傳來有節奏的踩踏聲，我便帶著郵件出門去郵局（在對面而已），威廉（William）就在櫃檯，他的性情跟今天的天氣相當匹配。他招呼我的方式跟招呼其他人一樣，也就是完全不理我，還咕噥抱怨他有多厭惡威格頓，而跟這裡相關的一切他幾乎都厭惡。

十點半左右，佩特拉跟她的舞者正跳得火熱，在樓上發出響亮又有節奏的踩踏聲，這時，每週都會到店裡關心一下財務狀況的伊莎貝（Isabel）剛好要來作帳。她一聽到撞擊聲就停下腳步，露出驚恐的表情。聽到我解釋那是舞蹈課而不是性愛趴之後，她很明顯鬆了口氣。她也提議要幫我把收銀機的現金拿到銀行存，因為我已經獨自困在店裡三個星期了，根本沒辦法過去。

雨下成這樣，書店櫥窗不斷漏水滴在聖誕櫥窗展示上（原本的樣子就已經夠糟了），現在看起來就像陰鬱潮濕的冬季插花展。

三個獵鳥人進來店裡。其中一個人看中一幅維多利亞時期的大型加框版畫《康尼馬拉釣魚記》（*Fishing in Connemara*），定價四十英鎊，而他說：「我不想厚臉皮，不過你的最低價是多少？」於是我告訴他可以用三十五英鎊買下。他買了，另外還買了三幅羅賓・艾德（Robin Ade）的畫，那些是我在聖誕節前向一位古董商朋友瑪麗（Mary）買下的。我也向她買了一隻獾玩偶，可是沒人表現出半點興趣，只有小孩對它著迷。

晚上我跟艾莉西亞（臺灣）、吉娜（紐西蘭）、埃洛伊絲（澳洲）、佩特拉（奧地利）一起去酒吧。整桌只有我是蘇格蘭人。他們全都在這裡的酒吧和餐館工作。

總收入132.99英鎊
5位顧客

一月十日，星期六

線上訂單：4
找到的書：3

冰冷、灰暗的一天。妮奇在上午九點〇八分出現，怪罪天氣害她遲到。十點鐘又下起雨，水滴進櫥窗桶子的聲音像平常一樣開始演奏起交響樂。

我在補充木柴時，聽見池塘有隻青蛙呱呱叫——這是我從去年秋天以來第一次聽到。

在前往郵局的路上，我看見了威格頓的佛教徒艾瑞克（Eric），他穿著橘色長袍——就像在灰暗天色下突然灑上一道令人愉悅的色彩。我不確定他是何時搬到這裡的，不過威格頓冷漠但友好的氛圍吸引了他，儘管這種氣氛在蘇格蘭農村小鎮中看起來並不協調。

妮奇整天都在重新整理不需要重新整理的東西。

午餐過後，我收拾了櫥窗展示的聖誕裝飾。左手邊（會漏水）的窗戶還是到處都有小水坑。

今天的黑板：

避免社會互動：隨時攜帶一本書。

今天的顧客非常少，而且大部分在午餐前離開。下午兩點有一家人出現，我很希望他們至少其中一個人會買點什麼，可是他們十分鐘後就空手走掉了。從那時起到打烊就再也沒顧客上門。

4位顧客

總收入34.49英鎊

一月十二日，星期一

線上訂單：10
找到的書：10

灰暗、寒冷的一天，不過沒下雨。

神奇的是，今天上午我找到了所有訂單的書。其中一本是德文版《我的奮鬥》（*Mein Kampf*），是在希特勒仍在世時出版的。書裡寫了字，還夾了一張明信片──我完全不懂德文，所以不知道那些是什麼意思。不過，它還是以九十英鎊賣給了德國的一位顧客。

到上午十點已經出現五位顧客，而且全都買了書。有一個人買了三根刺青異教徒桑迪（Sandy）製作的手杖。他對製作手杖很熱情（也很有才華）。我們採取一種以物易物的機制，由他給我手杖來換書，我則是在店裡賣手杖。我得聯絡桑迪，跟他說我們需要更多手杖。

我把今天的訂單帶去郵局時，威廉正好從昏暗的凹室出來抽菸。他展現了前所未有的禮貌與禮節，不但幫我把門打開，竟然還說了「早安，尚恩」。不是他就是我生病了。

總收入72.50英鎊
4位顧客

一月十三日，星期二

線上訂單：2
找到的書：2

灰暗、寒冷的一天。上午十點開始下雨。

中午出現了一群七十幾歲的人，他們要找艾瑞克・安伯勒（Eric Ambler）、傑佛瑞・豪斯霍德（Geoffrey Household）、艾瑞克・林克萊特（Eric Linklater）的書。其中一個人到櫃檯問我：「可以問你問題嗎？」他買了一本威福瑞・塞西格（Wilfred Thesiger）的傳記，那是我去年在邊區向一戶人家買的。他們全都對書店讚不絕口，可是也因為我沒有他們要找的作家而失望。其實並不是我沒見過那些書，而是從來就沒人問過——一直到今天都是——所以我在別人的藏書中看到時就沒有買下。

我在前往郵局途中遇見了法國獵鳥人，他們以前常來我父母的度假小屋住。我們在店外的人行道上稍微說了一下話。我的法語很生疏，不過我們還是聊了大約五分鐘。他們昨天上午在鹽澤射到了三隻鷸。至少我覺得他們是那麼說的。

總收入17.30英鎊
3位顧客

一月十四日，星期三

線上訂單：1
找到的書：1

晴朗、寒冷的早晨。這是今年第一次窗戶結冰。

窗戶清潔工安迪（Andy）上午九點半過來領錢。原本每週會過來清潔窗戶一次的東尼（Tony），在幾年前把生意賣給了安迪。安迪過來的頻率稍微低了些。我接手書店之前，在這裡工作的喬伊絲（Joyce）是個說話辛辣的女人，除了我以外似乎每個人她都得罪過。她常說東尼是「窗戶抹髒工」，這跟她對大多數事物的看法一樣充滿了偏見。

口無遮攔的喬伊絲有一次告訴我，她確信房子裡住著一隻鬼，而她有幾次就曾在樓梯底部平臺感覺到鬼的存在。她向我保證他的存在是吉兆，甚至還替他取了個名字：喬治（George）。我還沒碰過能證明這隻鬼怪存在的跡象，所以懷疑她只是想整我。

今天只有一筆訂單，書名叫《沙克爾頓的旅程》（*Shackleton's Voyage*），是最近出版的，狀況如新——又大又重。售價為三英鎊，郵資要十三英鎊，不過因為這是亞馬遜的訂單，所以我們必須處理。

伊莎貝十一點半過來作帳。

總是戴著牛仔帽到情色區喘息的那個老人在中午出現。他大約六呎高，穿有褶線的黑色尼龍長褲，一件鋪棉外套——今天他不是戴最愛的牛仔帽，而是一頂扁帽。在進來的前十分鐘，他總會假裝對櫃檯前面的古書感興趣，然後就一定會到情色區待上至少一個鐘頭。每隔幾秒，他就會發出沉重的呼氣聲、呻吟、抽鼻子，或是吹出難聽的口哨聲。他拿起書本時手指還會在封面敲啊敲的。今天他告訴我因為天氣問題，他不得不「在上面」丟下他的車，再想辦法搭便車到威格頓。他本來要去找在四哩外的裝訂商克里斯汀（Christian），不過少了車就沒辦法。他扯了一大堆，原來是想打電話給克里斯汀，告訴對方他不能過去。他還沒學會使用他的新手機，於是我借他室內電話，結果他跟克里斯汀聊了至少二十分鐘，這當中還一直不停按著他的筆喀噠作響。就在我覺得這一連串難以置信的惡行即將結束時，他竟然把電話丟在地上，將袋子留在後方的櫃檯，然後直接去喝咖啡。他有點自大，又會假裝友好，這兩種特質結合在一起，讓我覺得他好像以為我想跟他交朋友，還認為我運氣很好，因為他願意考慮這件事。

他喝完咖啡回來後，就開始粗魯對待古書區的書，發出很大的聲音，然後又跟我要紙張，好讓他寫下某個書名帶回家，大概是要在網路上買吧。他離開時什麼都沒買，不但用了電話，口袋裡還有一張紙條寫著他在這裡找到的書名，而他八九不離十會到別地方買。

兩點十五分電話響起：

來電者：你們有關於第一次世界大戰的書嗎？

我：有，我們有幾百本。

來電者：很多嗎？

總收入46.50英鎊
5位顧客

一月十五日，星期四

線上訂單：4
找到的書：4

晴朗、清爽的冬日，池塘結冰了。

今天其中一筆訂單的書是《蘇格蘭城堡》（*Scottish Castle*）。當初我買下這本書時是全新的，後來一直沒賣出去，在架上放了好幾年。定價是三十五英鎊。新版的書一定是賣光了，所以二手書（現在比以前更稀有）價值也隨之激增。今天這本我們賣了七十五英鎊。

開放書店的艾莉西亞上午九點半出現，想要借腳踏車去芬恩那裡，所以我替她調整好了一輛。她在風中騎了八哩，花了一個半小時抵達。

刺青異教徒桑迪十一點出現，要我為他朋友莉茲（Lizzy）訂一本麥克塔格（Mactaggart）的《蘇格蘭加洛韋人百科》（*Scottish Gallovidian Encyclopedia*），她下星期二生日。只要是跟加洛韋有關的藏書，就一定少不了麥克塔格這個要素。這本書的初版發行於一八二四年，但幾乎馬上就被出版商停售，原因是身為加洛韋農夫之子的麥克塔格誹謗了一位當地貴族。雖然我從來沒見過初版，但幸好有足夠數量留存下來，讓出版商得以重印，第一次是在一八七六年，還有一次則是在一九八一年。這本書是加洛韋方言的珍貴紀錄，而兩家有遠見的出版商拯救了它免於湮沒的命運。書中充滿本地在喬治王朝時代的絕妙字詞及用語，其中很多一直沿用到今天。這裡有一個我從沒碰過的用法，不過顯然在出版當時很常見：

> CUTTY-GILES——體型小而矮胖的女性，極度喜愛男性，並且善於眨眼或瞇眼（glying）調情；因此稱為cutty-glies。可憐的女孩，她經常因為自己天生的樣子而受苦：身材矮小，相貌平庸，這種等級的女性似乎注定被某種毫無人性的律法當成娼妓。

下午我開車去艾爾看一批藏書。我犯了個錯，把車子開上山區，那裡覆滿了雪。現在我才知道那個愛發出喘息聲的色情狂為什麼會「在上面」留下他的車。我遲到了二十分鐘，後來有位年老的寡婦帶我爬了四段樓梯到她公寓。她家的收藏大多是現代的精裝書，狀況完好如新，可是沒什麼有趣的東西。我拿了大約百分之十的數量，包括一兩樣有趣的古物，以及另一本《蘇格蘭城堡》，也就是今天早上我在亞馬遜以七十五英鎊賣出的同一本。寫了張四百英鎊的支票給她。

回來後，我發現艾莉西亞安靜地坐在廚房裡，而艾略特（Eliot）——威格頓節慶藝術總監兼我的好友——正在使用她面前的揚聲器電話跟他太太和孩子說話。等他講完後，我煮了一盤西班牙雞肉，他則是製作了辣醬馬鈴薯。我用了一個盤子。他用了三個平底鍋、兩個燉鍋，也幾乎用上我所有的香草和香料，卻一個盤子也沒洗，而且沒把任何東西歸位。其實，我們吃完之後，他就只是坐在那裡看著艾莉西亞跟我收拾。

總收入13.50英鎊
2位顧客

一月十六日，星期五

線上訂單：4
找到的書：3

今天早上地面有一層薄薄的雪，而妮奇說就是這樣才害她遲到。廁所一直被佔用到上午十點，那時佩特拉的肚皮舞課程也開始了。有節奏的敲擊聲似乎嚇壞了唯一一位在十一點前上門的顧客。她一聽見聲音就馬上離開了。後來佩特拉和艾莉西亞在書店前的長椅上曬太陽喝茶。

下午，我仔細寫好AWB（我們本地的書商協會）會議紀錄，然後用電子郵件寄給安德魯（會計）和勞拉（主席）核准。

下午大部分時間都在為今晚的作家之家會議整理場地。湯姆（Tom）和威莉可（Willeke）四點半抵達，他們帶了十瓶酒和點心籃。我點起了客廳和小房間的爐火。到了六點鐘，客廳裡大約有二十五人在吃喝閒聊。會議開到九點，後來班和凱蒂（一位法國男人跟一位德國女人準備要在威格頓開一間美食漢堡店）、湯姆和威莉可、艾略特、艾莉西亞跟我留下來在廚房喝酒聊天。湯姆和威莉可在這裡過夜。

妮奇答應明天來開店，她很清楚今天我們會熬夜到很晚。凌晨兩點上床睡覺。

總收入17英鎊
2位顧客

一月十七日，星期六

線上訂單：1
找到的書：0

妮奇早上八點五十五分開店，我在不久後拖著腳步下樓。她整個上午都在整理我們刊登到網路上的古書，並且檢查後來其他人刊登的書價，確保我們的價格有競爭力。她查看過差不多八十本書，全都被削價競爭了，沒有一本例外。

晴朗、寒冷的早上。湯姆和威莉可大約九點十五分出現，然後整理了廚房。艾莉西亞差不多在十分鐘後下來，艾略特則大約再過五分鐘出來。湯姆和威莉可在十點半左右離開，艾略特十一點十五分走。

今天店裡的尷尬場面：

顧客：我有把我的潮汐時刻表留在這裡嗎？

我：我從來沒見過你。

顧客：算了。你們有賣潮汐時刻表嗎？

我：沒有。

桑迪的《蘇格蘭加洛韋人百科》到了，於是我打電話過去，在他的答錄機上留言。

船長（那隻貓）已經快要變成病態性肥胖，體型跟一個小孩差不多了。這對牠的好處是現在牠全身長滿了厚厚的冬毛，而且牠經常會嚇到顧客——他們本來以為是一隻苗條小貓在店裡摩擦他們的腿，結果低頭卻看到一隻比較像是胖美洲獅的東西。

總收入35.50英鎊

4位顧客

一月十九日，星期一

線上訂單：5
找到的書：4

寒冷、多雲的一天。今天其中一筆訂單的書叫《地下冒險》（*Underground Adventures*）。書的前幾頁裡插著一張紙條——是前任主人潦草寫下的一份打包清單：

啤酒
帳篷
睡袋
充氣床墊
毯子

今天沒找到的書是《巴塔哥尼亞》（*Patagonia*），上個星期我賣給了腰包戴夫（Bum-Bag Dave），他是我們少數的本地常客之一。我不確定它為什麼在「季風」（Monsoon）上還顯示有貨：我很清楚記得把它下架了。今天另一筆訂單是我昨天刊登的羅伯特・亞當（Robert Adam）傳記。它以一百英鎊賣出。在亞馬遜網站上第二便宜的是四百英鎊。

刺青異教徒桑迪過來拿麥克塔格的《蘇格蘭加洛韋人百科》，然後就送給莉茲，而她竟然好像無動於衷。他帶了一箱書來賣，其中包括一本一九二六年版的《第十五（蘇格蘭）師》（*The Fifteenth*〔*Scottish*〕*Division*）。我給了他五十英鎊的額度。

我母親在十一點半出現，連續不停講著各種話題，範圍從瘋狂臆測開放書店住客的性傾向（她星期三要跟對方吃午餐），到她打掃閣樓的理由（「這樣我們死掉埋葬後，你跟你妹妹們就不必做那麼多事了」）。她在這裡待了半個小時，每五分鐘就會說一次「我現在要走了」，然後又開始講一堆離題的話。

冬天經常發生這種情況：今天付出去的錢比本日收入多上許多。今天是憂鬱星期一，可能是一年之中最令人沮喪的一天。看到總收入絕對開心不起來。

總收入18英鎊

3位顧客

一月二十日，星期二

線上訂單：5
找到的書：5

寒冷、晴朗的一天。今天其中一筆訂單是普特南（Putnam）所出版《一九〇九年以來的布萊克本航空器》（*Blackburn Aircraft since 1909*），這是我超過一年前在里茲（Leeds）向一位戴假髮寡婦買的。從那時起我們已經刊登了五千本書，也就是平均每天刊登十六本。考量到其他每天都在耗費時間的工作，這個數量雖然不大，卻已經足夠了。

我父親過來聊天。我們討論了《赤子之心》（*Any Human Heart*），他在星期天讀完了。他似乎喜歡那本書，但批評說書名裡有「心」這個字可能會讓男人卻步。在我們討論時，有個老人進來店裡，他肩膀掛著一個皮袋子，裡頭裝滿他想要賣的書。我選了幾本，主要是情色跟惡魔崇拜的題材，然後給他二十五英鎊。父親對我買下這些卑劣的東西顯得不以為然。

下午兩點半，有個女人帶來她所謂「古董與收藏」的書。我以為這是指關於古董和收藏品的書，結果是一個塑膠箱裡裝滿維多利亞時代中期的破舊小說——這種文類在店裡幾乎賣不出去，除非作者很有名（例如萊德・海格德〔Rider Haggard〕、奧斯卡・王爾德〔Oscar Wilde〕、勃朗特三姊妹〔the Brontës〕等）。我買了兩本書，但純粹是因為它們符合我幼稚的幽默感：《軍中最活潑的男孩》（*The Sauciest Boy in the Service*）和《費爾加斯的雞舍》（*The Cock-House at Fellgarth*）。

一位顧客到櫃檯問我們有沒有任何袖珍書，於是我指示他到一個標示為「袖珍書」的櫃子。他看著櫃子，然後回頭看我，說：「好，我已經看過那些了。」這種情況經常發生——大家似乎以為我們會祕密藏起不想賣的「好東西」。

下午四點四十分，有個女人從波特派特里克（Portpatrick）打電話來說要賣書，於是我建議她明天早上帶過來。

總收入32英鎊

4位顧客

一月二十一日，星期三

線上訂單：3
找到的書：1

又是寒冷的一天。

下午一點半，租用書店後方倉庫的年輕藝術家艾蜜莉（Emily）過來交工作室的租金。終於有人給我錢而不是我給別人錢，感覺真好。

找到一本教德國人說英語的書《完美的英國人》（*Der Perfecte Englander*），裡面包含這些內容：

「哎呀，先生，如果你吃完了，請再多待一下，給我們說些趣事吧。」

（如果你在書店工作過一段時間，就**絕對不會**沒事找麻煩要陌生人講趣事給你聽。）

「你必須奉行嚴格飲食習慣並且流大量的汗。所以，喝幾杯接骨木茶吧。」

「這一季我庫存的馬褲毛料搭配得很好。」

「你非常準時。我想要量尺寸製作大衣。」
「叫她把我的襯衫跟長襪洗得比上次更乾淨。」

開車到紐頓斯圖爾特（Newton Stewart），跟律師彼得（Peter）約好下午三點半見面，要立我的遺囑。我一離開，就突然意識到自己終有一死──並且好奇找律師立下正式的遺囑會不會讓我活久一點。

點起爐火，讀完了《寂寞芳心小姐》。以一本出版於一九三三年的書而言，內容實在非常有趣、陰鬱、悲慘，出乎意料地具有現代感。我想我還沒看過什麼書，能像寂寞芳心小姐（一位理想破滅又酗酒的男記者）收到理想破滅的讀者來信內容那樣令我放聲大笑。

總收入33英鎊
2位顧客

一月二十二日，星期四

線上訂單：3
找到的書：1

今天整理了一些在店裡堆積的幾箱書，其中有一本《卡崔歐娜》（*Catriona*），是史蒂文森（Stevenson）的《綁架》（*Kidnapped*）續集，由Cassell出版社於一八九五年出版，而我在書中發現了一張紙。紙上用鉛筆畫著一個女人的肖像。背後——也是鉛筆——有一段文字說明素描對象是維多利亞女王，由羅倫斯．阿爾瑪—泰德瑪（Lawrence Alma-Tadema）於一九〇〇年作畫，也就是維多利亞過世的前一年。我對阿爾瑪—泰德瑪一無所知，所以在藝術區找了一本關於維多利亞時代藝術家的書，然後查他的名字。他是荷蘭人，不過在一八七〇年定居於英國。他是位優秀的畫家，作品主要是經典題材的場景，而我覺得自己很丟臉，竟然沒聽過他。總之，書的年代、紙質以及後續惡化情況似乎都證明了那段文字的真實性。我把書放到eBay上。

店裡忙碌的一天：兩對法國夫婦總共買了四十英鎊的書，全都是英文——他們看起來完全不會說英語。

總收入235英鎊
4位顧客

一月二十三日，星期五

線上訂單：0
找到的書：0

雖然早上陽光普照，但我還是點起了大房間的瓦斯暖爐，並且把音響搬到佩特拉的舞蹈教室。有五個人出現，包括吉娜（Gina），她是紐西蘭人，在一間餐館工作。

妮奇準時抵達，她張大眼睛露出興奮的表情——「你一定不相信我帶了什麼給你。」我驚恐地猜測可能是「美食星期五」（Foodie Friday）的東西。（每個星期四晚上，妮奇在王國聚會所的耶和華見證人聚會結束之後，就會到斯特蘭拉爾超級市場的折扣品貨架上搜括一番。）她回答時毫不掩飾自己的喜悅：「你答對了。」接著她從偶爾會穿在滑雪裝外的棕色大衣（看起來像美國中西部的槍手）口袋，拿出兩瓶看起來令人擔心像合成啤酒的東西，那是她在利多超市（Lidl）發現特價時買的。

在樓上的人到處踩踏時，我處理好了隨機閱讀俱樂部（Random Book Club）的書，然後開車到紐頓斯圖爾特把郵袋交給郵件分類處。回來的途中，貝爾特森（Baltersan）農場那一段直路因為乳牛群要通過而堵住了。平常我總會避免在這個時候經過，因為在下午三點左右，牛隻會從吃草的牧場穿越馬路去擠奶。

總收入85.99英鎊
3位顧客

一月二十四日，星期六

線上訂單：1
找到的書：1

晚了二十分鐘開店——昨天晚上忘記設定鬧鐘了。幸好妮奇準時抵達來開店，還在我睡眼惺忪沒穿鞋子出現的時候理所當然猛訓了我一番。

我們的朋友羅賓（Robin）與伯納德（Bernard）兩兄弟大約在上午十一點來訪，然後買了些書。羅賓總是買關於歷史和板球的書。伯納德則是好幾年沒見過了。令我驚訝的是，他買了幾本關於美國內戰的書，因為他對這個題材很感興趣。

今天有位顧客——一位戴獵鹿帽的男人——在一個鐘頭裡進出了書店六次。他什麼都沒買。

寒冷的一天，而且看起來快下雪了，所以我告訴妮奇可以在四點半離開。

總收入134英鎊
14位顧客

一月二十六日，星期一

線上訂單：7

找到的書：6

今天早上的訂單中，有一筆是貝倫登（Bellenden）一套兩冊的《蘇格蘭歷史與編年史》（*The History and Chronicles of Scotland*）——以二二五英鎊賣給加拿大的一位顧客。我們在網路上好像有很多關於蘇格蘭歷史的書都賣到了加拿大。

九點四十五分，有位顧客來到櫃檯，說：「格雷安．葛林（Graham Greene）、海明威（Ernest Hemingway）。約翰．史坦貝克（John Steinbeck）。初版。在哪？」

我把今天的訂單帶去郵局時，故意用過分熱情友善的態度向威廉說「你好」，而他不甘願地回答時，語氣很明顯帶有怨恨。先前那種親切友好的心情顯然已離他遠去。

顧客：「我在找一本《拉瑟格倫與東基爾布萊德歷史》（*The History of Rutherglen and East Kilbrid*），還有一本初版的《蘇格蘭統計報告》（*Statistical Account of Scotland*）。」我們兩本都有庫存，而且價格很合理。他一本也沒買。

今晚是「伯恩斯之夜」（Burns Night），所以我下午五點打烊，為了伯恩斯晚餐到合作社買了肉餡羊肚、蕪菁和馬鈴薯，還有一瓶威士忌。卡蘿安（Carol-Ann）帶來了炸羊雜。她不喝威士忌，但我喝了兩大杯拉弗格（Laphroaig）。

總收入133.49英鎊
8位顧客

一月二十七日，星期二

線上訂單：4
找到的書：2

狂風整天不停地把門吹開，所以我移開了鎖板，這樣門閂才能讓門關著。上午十點半，卡倫送來了十二袋木柴，這些應該能讓我度過接下來三個星期。

一位拄著手杖的老人買了總共四十英鎊的書，題材範圍很廣。他結帳時讓我看了他的手杖，那原本是一根撞球杆，頂部還有一顆撞球當成握把。他也買了我的「Kindle去死」馬克杯。他說他是從愛丁堡過來看他弟的，對方正在紐頓斯圖爾特醫院休養。我們聊了很久，他告訴我他兩個星期前曾過來替他朋友迪瓦爾德勳爵（Lord Devaird）送葬。聽到他的死訊有點令我震驚，因為他是常客，個性文靜，閱讀的品味很多元。通常都是有人告訴你某位常客死了，你才會意識到自己已經有段時間沒見過對方。

伊莎貝過來作帳。她無法辨認我在支票存根上的字跡，老實說我也很難看得出來。下個星期就要開始生小羊了，所以在那結束之前我可能會比較少見到她。

總收入60英鎊
5位顧客

一月二十八日，星期三

線上訂單：6

找到的書：6

今天的訂單全部來自亞馬遜；ABE一本都沒有。

天氣晴，有嚴寒刺骨的陣雨。不過風很明顯減弱了。

我替書本標價時，在一套早期的狄更斯（Dickens）作品中發現一張藏書票，上面有個名字叫芬妮・史卓特（Fanny Strutt）。不知為何，我想像芬妮・史卓特是一九五〇年代的美國跳舞狂。

總收入21英鎊

2位顧客

一月二十九日，星期四

線上訂單：4

找到的書：4

潮濕、陰暗的一天。這種天氣會讓我懷疑為什麼自己要選擇住在這裡。

我上個星期在《卡崔歐娜》發現那張阿爾瑪—泰德瑪的素描以一四五英鎊售出，大約是我預期的金額再乘以五倍。這就是二手書業特有的一面：在一本有一百二十年歷史的書中發現的一張紙，真的有可能比書本身更具價值。

在整理向艾爾那位寡婦（四段樓梯）買回來的書時，我又發現一位舵手的航海日誌，這次是一九三八年的，另外還有一本伊莉莎白女王二號（ＱＥ２）軍官室歌集，而由於上次我成功賣出了英國皇家空軍（ＲＡＦ）的筆記，所以這次我決定把它們刊登到eBay上，也用Google查詢航海日誌上的舵手姓名，看看他的重要性是否能夠增加價值。他的名字叫約翰．威廉．莫特（John William Mott），在埃克塞特號（Exeter）重巡洋艦於一九三九年攻擊施佩伯爵號（Graf Spee）裝甲艦時擔任輪機手。埃克塞特號受到嚴重損傷，而且沒有任何可用的槍砲，於是艦長下令要莫特加速並衝撞敵軍的戰艦。幸好施佩伯爵號轉向並開往蒙特維多（Montevideo）去了。後來莫特導引船艦安然抵達福克蘭群島（Falkland Islands）。他的訃聞登於《獨立報》（*The Independen*），內容相當有趣。他監督過伊莉莎白女王二號的建造，後來負責管理英國國民信託（National Trust）在艾爾附近所擁有的卡爾津城堡（Culzean Castle），而他過世後，他的遺孀也從那裡退休了。

下班之後，我跟卡倫到Brig End喝一杯——那是布萊德納克河（River Bladnoch）旁的一間酒吧，距離威格頓大約一哩遠。我們兩個都受邀明天到湯姆和威莉可的家吃晚餐。卡倫要開車過去，而我們會一起搭計程車回家。

總收入49.50英鎊
3位顧客

一月三十日，星期五

線上訂單：2
找到的書：2

妮奇在上午八點五十五分抵達，當時我正好打開燈。她的招呼語是「呃，你早起了」——從我上星期六賴床那次來看，她這麼說也算合理。她告訴我雖然她找了很久，但昨天晚上莫里森超市的特價區實在沒有什麼配得上美食星期五的東西。光看美食星期五的標準有多低，就知道當時莫里森超市特價區一定只有過期的狗食。

我們整理好訂單的書，接著我就在十一點把郵件拿到郵局。威廉故意不理我。或許他對兩個星期之前異常表現友善的事感到不好意思。

快到五點時，有位顧客問妮奇：「我在找一本書。我不知道書名，可是我在學校讀過，內容是關於一隻無尾熊一直偷果醬。你們有嗎？」妮奇笑了，然後指著我說：「問他吧，我要回家了。」不久後，有位顧客帶著六箱古董書出現，他說是從他姑婆那裡繼承的。我看得出妮奇很感興趣，顯然她想要留下來翻一翻那些書。我想，只要你在二手書業工作過，一聽見有人帶了六箱古董書，你怎麼可能不會想立刻查看一番，不過看來妮奇覺得今天夠累了，所以直接走出門往藍蠅去，也就是她那輛廂型車。

卡倫、安娜和我到湯姆跟威莉可的家吃晚餐，度過了極為愉快的一晚。湯姆和威莉可在食物方面算是自給自足，所以我們吃的東西全都是由湯姆種植並烹煮。凌晨兩點半回到家。

總收入85.50英鎊
5位顧客

一月三十一日，星期六

線上訂單：2

找到的書：2

我晚了一個鐘頭開店。才開門不到五分鐘，店裡就擠滿了人。也許這就是訣竅所在：營業時間不固定。

有一筆訂單的書是《鼴鼠及其控制》（*Moles and Their Control*）。

卡倫十二點半出現，然後閒蕩著往一位朋友家去，想看看能不能討到免費的早餐吃。

我在十二點十分把郵件拿到郵局，然後帶了一份《衛報》（*The Guardian*）。我開始懷疑自己買《衛報》的理由是不是只為了要激怒威廉的右翼情緒。每次我去買報紙，他找錢時都會咕噥說些什麼頭腦亂七八糟的自由主義者，要不就是香檳社會主義者。

下午一點，有個女人拿著一袋書進來，其中有一本路多維克·甘迺迪（Ludovic Kennedy）的《與大象共枕》（*In Bed with an Elephant*），是她八年前在店裡買的。她很激動地說書上有他的簽名。我檢查版權頁上的獻辭，寫的是：「給大衛（David）與蘿絲瑪莉（Rosemary）最誠摯的祝福，路多維克·甘迺迪。」大衛與蘿絲瑪莉是我的父母。他一定是好幾年前來參加圖書節時給了他們這本書。他們一定是在讀完書後給了約翰，也就是前一任主人，而現在它幾乎快繞了一圈又回到這裡。

總收入74英鎊
8位顧客

二月

二月

每個星期大約有兩百種新書出版。想到就很可怕。一個人必須要有很深的口袋才能夠買下他想閱讀的一切。事實是，他不必買。他可以從圖書館借。

這是流通圖書館的時代。他們以前從沒做過這麼天大的事。有人很認真地說，一本書如果不值得再讀一次，就沒有閱讀的價值，這點我無法同意。我可以列出一大堆只值得讀一次的書。這就是公共或私人訂閱圖書館的用途。除此之外，倘若有個人想要買一本新書，但是想確保把錢花在對的地方，就可以找圖書館的版本偷看一下。我有時候會聽見人們對流通圖書館大肆抨擊，而由於我是二手書商，所以他們以為我會認同。不過只有笨蛋才會想要攻擊這種實用的機構。

——奧古斯塔．繆爾，《書商約翰．巴斯特私想錄》

我們偶爾會遇到一本廉價製作的小書，上面有一張貼紙——通常是在正面——寫著「布茨圖書館」（Boots Library），或是更少見到的「穆迪圖書館」（Mudies Library）。那種書通常沒有價值，會直接拿去回收，或是送給慈善商店，不過這就是巴斯特所謂的「流通」或公共圖書館。如今已不再是「流通圖書館的時代」，或者其實該說不再是任何圖書館的時代了。十九世紀末期的技術革新，讓紙張和書本能以更低的成本製造，而在那之前，書本是昂貴的奢侈品，只有相對富裕的人才能取得，因此才會出現流通圖書館，透過其服務——訂閱或每日收費——沒那麼有錢的人就可以看到書。這些是營利事業，極受歡迎。出版商和作家也能受益，因為他們可以分到收入的一部分。它們的消亡有三個階段：首先是二十世紀早期書的成本降低；接著是平裝本的出現；最後是一九六四年的《公共圖書館與博物館法》（*Public Libraries and Museums Act*），向提供免費借閱圖書館的當地機關徵稅。布茨藥妝（Boots the Chemist）在一九六六年關閉了他們的流通圖書館。蘇格蘭最早的免費借閱圖書館是在克里夫（Crieff）附近的因內佩弗里圖書館（Innerpeffray Library），從一六八〇年起就開放公眾借書。我跟約翰·巴斯特一樣看重圖書館，理由跟他類似——如果有人讀了圖書館的書很喜歡，那麼他們很可能會想要擁有，所以只要書歸還給圖書館，他們也許就會去買一本。我不認為圖書館對書店會有什麼重大的負面影響。就算有也是相反過來的。有人對電子閱讀器抱持同樣看法，但我可不確定。

要是巴斯特發現去年在英國每個星期大概都有三千五百種新書出版，一定會很訝異。或許這才會對出版業有負面影響——提供公眾太多的書，必定會使每一種書的銷售量下滑——不過我想值得高興的是有這麼多東西可以出版，希望也有這麼多東西能讓人讀到。

二月二日，星期一

線上訂單：3
找到的書：1

卡倫上午十點過來查看書店櫥窗的裂縫。在暴風雨期間，這個地方簡直要被傾盆大雨淹沒了。

風勢整天都在增強，最後大到英國氣象局（Met Office）可能都要為此取個名稱了。

經營開放書店的柯蕾特（Colette）過來自我介紹。她要來這裡度過平靜的一週。我常替要在十二月、一月、二月經營那裡的人感到難過。如果以我的收入來判斷，他們要是能見到幾個發抖的客人就算很幸運了。

總收入54.49英鎊
3位顧客

二月三日，星期二

線上訂單：8
找到的書：8

暴風雨過後，是陽光普照的一天。

湯姆在午餐時間出現，借了我店裡過去十年的帳簿，要分析信用緊縮跟亞馬遜的成長對本地零售業有什麼影響。這是他為作家之家計畫籌措資金的其中一種做法。

克雷格爾畫廊（隔壁第三間）的莎拉（Sarah）送了兩張遲來的聖誕卡片，一張給妮奇，一張給我。妮奇的卡片寫：「驚奇女王。」我的寫著：「呸！騙子！」

今天大部分時間都在敲定春季圖書節的節目內容。

打烊後到開放書店邀請柯蕾特吃晚餐。她說她昨天在布萊德納克旅館過了很棒的一晚，還成為許多客人迷戀的焦點——其中很多都是農夫，住在與世隔絕的崎嶇地帶。

凌晨兩點上床睡覺。

總收入22英鎊
4位顧客

二月四日，星期三

線上訂單：4
找到的書：3

開店之後，在九點十分上樓泡茶。從螺旋梯下樓時，發現佩特拉正在又跳又唱。她給了我一個大大的擁抱，叫我要照顧好自己的脈輪，然後就邊跳邊唱離開了。

今天顧客非常少，不過我最喜歡的狄肯（Deacon）先生在午餐後出現了——他吃過午餐，我還沒，證據是他那套看起來很貴的藍色襯衫上有一大片佩斯利花紋般的汙漬。他問我們有沒有大衛・洛伊德・喬治（David Lloyd George）的傳記。我們沒有。事實上，我把我的最後一本賣給了羅伊・哈特斯利（Roy Hattersley），也就是《吐出圖像》（*Spitting Image*）節目裡經常諷刺那位已經退休的工黨政客。他要那本書是為了做研究，後來他也為大衛・洛伊德・喬治寫出了備受好評的傳記《偉大的局外人》（*The Great Outsider*），於二〇一〇年出版。我清楚記得他打電話來訂書的事——我立刻就知道對方是誰，還徒勞無功地試圖說服他參加威格頓圖書節，威脅他除非答應擔任我們的講者，否則就不把書寄給他。他沒來。

狄肯先生去年向我透露他得了失智症。從那時起，每當他來到店裡，我都會擔心地觀察他，不過到目前為止他似乎跟平常一樣：有點心不在焉，卻是一位興趣廣泛、求知若渴的閱讀者。

二月五日，星期四

線上訂單：0
找到的書：0

午餐後，有個行為舉止像是退休校長的女人帶來了一箱書。裡面沒什麼有趣的東西，不過我選了兩本我覺得看起來有點賣相的書：一本骯髒的《赫布里底群島之歌》（*Songs of the Hebride*）和一本舊的世界地圖集。我開價十英鎊給她，結果她把東西搶回去就氣沖沖離開了，還說：「這樣的話我不如拿給慈善商店好了。」

明天我會去慈善商店用五英鎊買下它們。有一種人堅信每個人都想敲他們竹槓，而且很明顯認為只要把有人想用錢向他們買的東西免費送給別人，就可以藉此懲罰要向他們買東西的人。世界不是這樣運作的。

下午規劃部的一個女人打電話來，跟我說有人對書店前面的混凝土書螺旋提出了正式投訴。所謂螺旋是兩道以書構成的柱子，將書排成螺旋形，再用一根鐵棒穿過書的中心，而書店門口的兩側各有一道。之前我會用真的書本來製作，外面再塗上一層玻璃纖維樹脂，可是這樣只能撐兩三年就必須替換，所以我請諾里（他是書店的前員工，是我的好友，對混凝土製作的任何東西都很在行）看看能不能用混凝土「書本」來替換。在顧客經常重複的「笑話」中，最常重複的「笑話」大概就是指著柱子底部的書問：「我可以買那一本嗎？」

規劃部的女人語帶歉意，而且顯然並不反對我這麼做，但她必須遵照程序，所以會寄給我一份追溯規劃許可申請書。雖然她好像很確定一切都會順利解決，但這就表示要花錢了。

總收入139英鎊
4位顧客

二月六日，星期五

線上訂單：0
找到的書：0

妮奇今天來上班，天氣晴朗而陽光普照。她跟往常一樣遲到了十分鐘，然後就把她的手提包丟到店裡的地板正中央。

今天是美食星期五，所以她拿出了炸羊雜跟一些看起來很噁心的巧克力甜點，你可以說那像閃電泡芙，也可以說那是某個身體部位。

一對外國夫婦跟著妮奇之後進來。女人問：「這裡，是圖書館嗎？」

我：不，是書店。

女人：所以這表示可以借書嗎？

我：不，書是要賣的。

女人：你會買書嗎？可以帶一本書過來給你，然後拿走一本嗎？（生存的意志正一點一滴消失）

女人：這裡這些舊書是要賣的嗎，還是展示用的？

我們的零錢不太夠，所以我去郵局換一點。通常在那裡工作的威爾瑪（Wilma）都很樂意幫忙，不過看來她今天休假，我只能跟討厭的威廉打交道，而他冷漠地拒絕了我的要求，對我說：「我們又不是天殺的銀行。」

午餐過後，我開車到斯特蘭拉爾（Stranraer）附近（二十五哩）的阿德威爾花園（Ardwell House）去看一批書，同行的還有安娜（Anna），她是我的美國女友，已經交往五年了。花園的主人是一對夫妻，叫法蘭西絲（Francis）和泰瑞・布魯伊斯（Terry Brewis），兩個人都在去年過世。泰瑞是威格頓郡（Wigtownshire）的郡尉（Lord Lieutenant）。那裡有棟漂亮的大房子，裡面都是精美的家具和繪畫，而且架上擺著一些有趣的古書，但可惜不是他們要賣的。我們從藏書中選出大約六箱的量，然後給法蘭西絲的弟弟克里斯（他繼承了房子）三百英鎊。他問我們能不能帶走一些我們不想要的書，這讓我們的載重增加了一倍。我會在星期一載安娜去機場的時候把那些書帶去格拉斯哥處理掉；她要回美國一段時間。令人難過的是，我們的關係並不順利（這完全不是她的錯），儘管她很喜愛威格頓和這一帶，以及她在這裡的許多朋友，她還是覺得暫時離開這裡對她比較好。

回程我們沿著盧斯灣（Luce Bay）西岸開，岸邊混合著礫灘與沙灘，再加上低矮的冬日照出拉長的陰影，景色真是迷人極了。我看見安娜以愁悶的眼神望向海灣另一邊的馬查爾斯半島（Machars），過去五年裡，她大部分的時間就生活在那片景色之中。

妮奇留下來過夜。

總收入83英鎊

4位顧客

二月七日，星期六

線上訂單：2
找到的書：2

妮奇開店，所以我賴床到九點半。我下樓時，她把美食星期五剩下的東西放在一個盤子上擺到櫃檯，說：「有什麼早餐比吃剩的巧克力炸彈、炸羊雜跟啤酒更棒的呢？」

我寫電子郵件問芙洛（Flo）星期一上午能不能來看店，好讓我載安娜去格拉斯哥機場。她向我保證可以過來，所以至少這件事解決了。芙洛去年夏天在店裡工作過。她是愛丁堡大學（Edinburgh University）的學生，而她在回家的期間通常都很樂意過來店裡幫忙。

午餐後，我跟安娜去了加洛韋莊園（一座十八世紀建立的植物園，大約六哩遠，從那裡可以通往一座海灘），讓她在星期一離開之前能夠享受她最喜愛的事物。地面鋪著一層薄薄的雪，雪蓮花懸掛其上，四處也點綴著一片片的熊蔥。安娜特別喜歡這座花園。這是她七年前從洛杉磯來這裡時我們最早到過的地方。我想是美麗花園和迷人海灘結合的景色激發了她如電影般的想像力。由於她的職業是電影製作人，所以只要我們來到這裡，她的表情就會明顯改變，而我也知道她正在腦中以這個地方為場景執導一齣時代劇。

安娜·德雷達（Anna Dreda）寄電子郵件提醒我，她的讀書會下個星期日就要過來了。我把書店跟大房間的場地借給他們一週，原因是二月實在太冷清了，不如找人來運用。安娜在什羅普郡（Shropshire）的馬齊溫洛克（Much Wenlock）有一間書店，去年她跟另一半希拉蕊（Hilary）從外赫布里底群島度假完回家的途中來找過我。

總收入349.48英鎊

15位顧客

二月八日，星期日

線上訂單：
找到的書：

今天是安娜回美國前的最後一天，所以我們去探視在威格頓經營畫店的潔西（Jessie）。她已經住院三個星期了，看起來非常虛弱。我們認為是治療而非健康衰退導致她這樣——也許這麼想太樂觀了。後來我們到加洛韋莊園的植物園散步，那裡杜鵑花的花苞正在膨脹，就要開花了，接著我們又去了里格灣（Rigg Bay）的無人海灘。下午五點，在逐漸濃厚的冬日黃昏中回到家。

儘管蘇格蘭鄉間跟美國麻州郊區的文化差異很大，安娜還是很自然地融入了威格頓的生活，彷彿生來就適合這裡。她跟每個人交了朋友，而她始終和善的個性讓她在這裡深受人們喜愛。她最喜歡的其中一個人是文森（Vincent），他在經營鎮上的加油站。她剛搬到這裡時，覺得自己需要一輛車，於是以擁有一堆報廢車聞名的文森替她找了一部Vauxhall Nova，她非常喜歡，也高興地開車到處去——起初她很緊張，開起來慢得要命（她會把臉靠近擋風玻璃，身體看得出來很緊繃），不過等她越來越習慣左駕之後，最近就開得相當快，甚至變得瘋狂魯莽。有一次她決定自己前往鄧弗里斯的拍賣（我一定是在忙著什麼），快要抵達會場時，她聽見一陣很大的金屬噪音，就像爆炸。驚慌的她出於本能往右側路邊開而非左側，那個方向可是會有對向來車的。她一下車，就發現幾乎整根排氣管都掉在路中央了。雖然她後來沒去成拍賣，不過文森好心安排一位在鄧弗里斯的技師去接她，而對方也修好了她的車，讓她可以開回威格頓。

二月九日，星期一

線上訂單：7
找到的書：6

早上七點起床，載安娜去格拉斯哥機場。天色很暗，風和雨一路擊打著廂型車。我們淚流滿面互相道別。我們之間的緊張感持續了一段時間，這完全是我造成的，而且我害怕做出自己不完全了解的承諾，所以我們決定分開一段時間。

我擔心這對安娜和我來說不是只有暫停，而是徹底的結束。她剛搬來這裡的時候，一切似乎都很完美：一位聰明、有趣、散發吸引力的女人想要住在威格頓跟我一起生活。不過問題出在我身上。我發現我能想像自己的未來，好像就只能是個難相處的壞脾氣獨居老人。這並不是我想要的未來——我猜也沒人會想要——但情況就是這樣，而令我羞愧的是這傷害了安娜，也傷害了我的家人，他們可是把她當成了女兒和姊妹。

回家途中，我把一整車要清掉的存貨載到回收廠。在那裡替我處理的男人似乎每次見到我都會更憤怒。今天他咒罵的是必須替我找三個大塑膠桶裝那些要回收的書。下午一點半回到家，發現書店鎖著，門上貼著一張芙洛的留言，解釋說她忘記自己沒有鑰匙，結果就沒辦法來開店，於是我打開了門，然後查看郵件。其中有一份混凝土螺旋的申請書，而申請的費用要四〇一英鎊。我打電話給本地的一位建築師亞卓安·派特森（Adrian Paterson），問他能不能處理這份申請書，因為裡面要求必須有符合建築標準的縮尺圖。

一對老夫婦在三點進來，女人把一個塑膠袋緊抱在胸前，像是在餵嬰兒。裡面用氣泡袋包著一本李文斯頓（Livingstone）的《南非傳教旅行考察》（*Missionary Travels and Researches in South Africa*），一八五七年由Ward Lock出版。她從她母親那裡繼承了這本書，而他們「看到有人在某個古董節目上買了一本，價值一萬英鎊。」這不是什麼稀有的書，當我把這一點告訴他們，還說他們的書只值五十英鎊，他們兩人都毫不掩飾地鄙視著我，好像我不是騙子就是笨蛋。我猜他們在電視上看到的那本有李文斯頓的題字。我想不出還有什麼理由能賣到這麼貴。這個時期的書，在卷首插圖部分通常是作者的肖像，而且底下經常有複製的簽名。我已經數不清有多少次顧客想要賣給我「簽名」的書，但很明顯那些只是作者簽名的複寫。

腰包戴夫在下午四點四十五分過來。他經常在不適當的時刻出現。事實上，這樣的次數多到讓我懷疑他是不是故意算準時間過來，才能造成最大的困擾。他一如往常掛滿腰包，還有其他各種形式的行李。他買了一本關於第一次世界大戰福克（Fokker）飛機的書，因此挽救了自己的形象。就在他打開門要離開時，船長突然高速衝進來，讓大衛看起來嚇了一跳，也讓我很滿意。

總收入67.49英鎊

6位顧客

二月十日，星期二

線上訂單：3
找到的書：2

上午十點，我在書店樓上為老太太們的藝術課點起客廳的爐火。她們冬天期間每個星期二會到這裡碰面，夏天則是到戶外作畫。

我在午餐過後開車到柯克派翠克杜蘭（Kirkpatrick Durham），那是座漂亮的村莊，距離鄧弗里斯大約十哩，而有個女人上個星期打電話找我過去看一些書。書是她亡夫的。房子是一棟粉刷成白色的小屋，位於一條農場道路末端，而他們的收藏是一套A．G．史崔特（A. G. Street）的精裝書，還有書衣。賣書的女人似乎不太願意跟它們分別，畢竟那些是她丈夫最愛的書。他在薩塞克斯（Sussex）的一座農場長大，她則是一直住在伯明翰（Birmingham），而他們兩個五十幾歲時在往聖基爾達島（St Kilda）的一趟旅行中認識。令人遺憾的是他兩年前死於癌症。

A．G．史崔特是威爾特郡（Wiltshire）的一位農夫，在一九三〇年代撰寫關於農業的題材，他的作品在當時受到廣大歡迎，不過就跟其他許多作品一樣變得相對沒沒無聞。雖然還是會有人來問他的書，不過頻率就像一隻垂死動物的呼吸次數逐漸減少。柯克派翠克杜蘭也是個有趣的地方，這大概完全是柯克派翠克．麥克米倫的成就，他是出身當地最有名的人。麥克米倫一八一二年生於此地，他發明了腳踏車，一輩子都廣受世人認同，可是他不太想居功或獲得讚揚，甚至拒絕取得發明的專利。

雖然書的狀況不是很好，但我給她四十英鎊買了兩箱，然後載回家。

我媽四點過來，告訴我畫店的潔西今天上午死了。不過嚴肅的氣氛後來緩和了些，因為我媽決定把潔西過世的傷心消息告訴伊蓮，她是藝術課的其中一員（聽力很差，是我媽的一位老朋友）。我不太確定怎麼會這樣，但伊蓮完全誤會我媽說的話，以為潔西要退休了，而安娜會接手她的店。她以為自己聽到好消息，於是大聲說：「噢，那可真是太棒了呢。」

就在打烊前，有個別著火紅色佩斯利花紋蝶形領結的男人帶來了六箱書，大部分是精裝本，書況都非常好，題材著重於藝術與園藝。我跟他說我會看過一遍，在明天午餐時間提出價格。

4位顧客

總收入67.50英鎊

二月十一日，星期三

線上訂單：5
找到的書：2

上午十一點，有個口臭得可怕的高瘦男人出現在櫃檯，說：「你好，尚恩，我們以前見過。我有些書要賣。」接著他把一箱關於電影的書放到櫃檯上，然後就閒晃著離開，於是我翻看那些書，挑出了幾本。他回來時，我提出用十二英鎊買八本書，結果他拿出一張清單，開始一本一本核對，說：「那本在亞馬遜賣六英鎊，你要給我多少？」我本來想解釋說雖然那本書在亞馬遜可能賣六英鎊，但我運氣好的話大概可以賣四英鎊。這就像是對黑猩猩說明粒子物理學。最後他帶著所有的書離開，臉上也帶著困惑的表情。我仍然不知道他是誰，也不知道我們之前在哪裡見過。

不過，在他帶來的書裡面，有一本哈利・湯普森（Harry Thompson）的《黑暗之物》（*This Thing of Darkness*）。這本書真的非常棒。大約在八年前有位朋友給了我一本。我讀完這本書不久後，在威格頓圖書節期間，一位來訪作家問我有沒有關於費茲羅伊（Fitzroy）和小獵犬號（Beagle）的書（正好就是《黑暗之物》的主題）。我在相關區域找了一下，可是沒找到什麼，於是我上樓到作家休息室告知他。我發現他跟在跟費歐娜．達芙聊天，她是那年圖書節在公關於行銷方面的負責人。我等待適當時機插話，告訴他我們沒有相關的書，不過我強烈推薦《黑暗之物》，結果費歐娜突然說：「噢，那是我老公寫的。」令我放心的是在我說完我很喜歡那本書之後，費歐娜立刻迅速俐落又詳盡地解釋了他們的關係如何結束。

即使在今年的這個時候，今天也仍然算是非常冷清，但我的樂觀恢復了很大一部分，因為我注意到就算打烊之後半個小時，逐漸變黑的天空還是殘留著一絲日光。二月繼續前進，帶來逐漸擺脫黑暗深淵的振奮與喜悅，讓人幾乎覺得熬過十二月那種痛苦消沉的絕望感是件值得的事。我記得幾年前我妹露露（Lulu）有一段時間都在旅行，而我們聊起了她在厄瓜多、祕魯或北智利的經驗。我問她有多喜歡那裡，結果跟我預期正好相反，她說她覺得夏天在那裡最難受的是白天很短，因為那裡非常靠近赤道。她很想念在蘇格蘭被拉長的夏夜，六月時太陽晚上十點才下山，而那些國家平常幾乎一過六點就日落了。即使我提醒她蘇格蘭十二月期間四點就會日落，她還是向我保證——對她而言——能換來夏天無盡的夏日非常值得。

總收入28.49英鎊
3位顧客

二月十二日，星期四

線上訂單：
找到的書：

跟往常一樣開店，不過我開燈時，聽見書店後面傳來一陣奇怪的聲音。我循聲找過去，發現是拍動翅膀的聲音，接著就看到一隻椋鳥，想必是那隻臭貓拖進來的。牠沒事，而且接下來一個鐘頭都在店裡飛來飛去，躲避我徒勞無功又無能為力的追捕。最後，我在梯子頂端亂揮漁網，終於抓到牠，把牠帶到外面放走了。

店裡的電腦前一天晚上重開機，結果現在「季風」打不開，所以我不知道我們到底有沒有訂單。我寄給季風要求協助的電子郵件被退回了。

下班後我點起小房間的火，讀完羅賓·詹金斯的《毬果採集人》，這本書果然有資格成為最經典的蘇格蘭文學。詹金斯一開始的出身很不起眼，後來在富有聲望的私立漢彌爾頓學院（Hamilton Academy）獲得獎學金，接著又進入格拉斯哥大學專攻文學。《毬果採集人》運用了他在第二次世界大戰期間擔任林務員的經驗（他拒服兵役，因此被派到林業）。他生命中有一大段時間都在蘇格蘭的學校裡當教師，不過也曾在婆羅洲、喀布爾、巴塞隆納擔任英國文化協會（British Council）的職務。在小房間那巨大一堆「待讀」的書當中，我發現一本威廉·波伊（William Boyd）的《新懺悔錄》（*The New Confessions*），是幾年前一位朋友送的。我不覺得這本書會跟《赤子之心》一樣完美，但還是決定嘗試一下。

總收入14.30英鎊
2位顧客

二月十三日，星期五

線上訂單：6

找到的書：3

今天妮奇在店裡，所以我花了很多時間整理並準備房子，好讓星期日從什羅普郡過來參與讀者度假村（Readers' Retreat）的人使用。安娜（溫洛克書店）和艾蜜莉（幫忙張羅一切）要過來住，所以每週打掃書店和房子兩次的珍妮塔（Janetta）替她們準備了臥房。其他人則住在犁人旅館（Ploughman Hotel）和格萊斯諾克賓館（Glaisnock guest house）。

上午十點，我跟距離威格頓約兩哩遠的一戶人家約好看書。書差不多有兩千本，大多數我都不想要，不過他們要賣掉房子，想出清掉全部，所以我把書都裝箱帶走，留給他們一張七五〇英鎊的支票。其中有一些不錯的軍團史，以及附了亞瑟．拉克姆（Arthur Rackham）插畫的好東西。拉克姆是少數作品能夠立刻受到認同並幾乎舉世聞名的插畫家。他跟艾德蒙．杜拉克（Edmund Dulac）、凱．尼爾森（Kay Nielsen）、潔西．M．金（Jessie M. King）、凱特．格林威（Kate Greenaway）以及十九世紀晚期與二十世紀早期的其他少數插畫家，共同創造了令人懷念的書籍插畫黃金時代。可惜的是，如果你找得到那些書，裡面的插畫通常會被撕掉好幾幅——甚至全部——書也因此變得毫無價值。

我在兩點鐘回到書店，然後把東西搬下車。妮奇開始翻看箱子，接著我們玩起了平常的「猜猜看我付了多少錢」遊戲。她猜二百英鎊。或許她其實比我更適合經營書店。她留下來過夜，而我們來了一段啤酒盲品時間。她仍然堅持不喜歡以鳥類命名的啤酒。結果她卻說長腳秧雞麥芽酒（Corncrake Ale）很好喝。

總收入57.50英鎊
4位顧客

二月十四日，星期六

線上訂單：2
找到的書：2

明亮、平靜的一天。妮奇開店。

下班後我點起爐火，開始重讀歐威爾（Orwell）的《巴黎·倫敦流浪記》

（*Down and Out in Paris and London*），這是企鵝現代經典版。通常我不會重讀書，因為我覺得自己的時間最好用來讀新的東西，不過有位顧客在我打烊之前提到這本書，讓我想起當初讀的時候有多喜歡，於是就到書架挑了一本。

身為書商，你會覺得一定要在架上擺某些作品和作家，才能讓你跟被丹妮爾・斯蒂爾（Danielle Steel）和凱瑟琳・庫克森（Catherine Cookson）占據的慈善商店有所區別。我指的不只是那些明顯的經典——珍・奧斯汀（Jane Austen）、勃朗特三姊妹（The Brontës）、湯瑪斯・哈代（Thomas Hardy）、狄更斯（Charles Dickens）、馬克・吐溫（Mark Twain）之類。有一些書，會讓身為書商的你被問到卻沒庫存而感到不好意思：馬基維利（Machiavelli）的《君王論》（*The Prince*）、海明威（Hemingway）或F・史考特・費茲傑羅（F. Scott Fitzgerald）的任何作品、約瑟夫・康拉德（Joseph Conrad）、J・D・沙林傑（J. D. Salinger）、艾薩克・華爾頓（Isaak Walton）的《徹底的垂釣者》（*The Compleat Angler*）、《梅岡城故事》（*To Kill a Mockingbir*）、《第二十二條軍規》（*Catch-22*）、米蘭・昆德拉（Milan Kundera）的《生命中不能承受之輕》（*The Unbearable Lightness of Being*），這份清單還可以一直列下去，不過通常我們被問到時都沒有顧客要找的書。賣新書的書店就不一樣了：他們可以挑選庫存，只要還在出版的都行。在二手書業，我們只能有什麼收什麼：書架上唯一一本《麥田捕手》（*Catcher in the Rye*）賣出去後，我們沒辦法再「訂」一本補充存貨。我常覺得顧客會認為我們沒有某本名著就是辜負了他們，可是這些書本來就賣得最快，要補貨完全只能靠運氣，就看我們何時遇得到。

我們好像從來不缺《達文西密碼》（*The Da Vinci Code*）和《格雷的五十道陰影》（*Fifty Shades of Grey*），原因極可能是這些書無法深刻觸及讀者的心靈，不會讓他們想保留書本，所以要處理掉的時候就不會那麼勉強。自一九五一年首次出版以來，《麥田捕手》的發行量絕對遠超過丹．布朗（Dan Brown），可是二手書的數量卻沒有丹．布朗作品那麼多。

總收入78英鎊
6位顧客

二月十五日，星期日

線上訂單：

找到的書：

從什羅普郡過來的安娜·德雷達和艾蜜莉在下午四點左右抵達。讀者度假村的其他成員大約六點來吃晚餐，是艾蜜莉烹煮帶來的素食辣肉醬。他們其中四位住在犁人，對那裡的設施實在不太滿意，於是我花了差不多一個鐘頭的時間到處打電話，看看誰那裡有空床位。目前沒問到，不過我明天會再試一次。

安娜的讀者度假村旅客中有一位在晚餐時間問我這棟房子是不是鬧鬼，我想對方會發抖應該是因為寒冷而不是恐懼吧。我向她保證沒鬧鬼，而且我很確信鬼魂只不過是想要它們存在的人所想像出來的虛構事物。

二月十六日，星期一

線上訂單：2
找到的書：1

今天芙洛在店裡。她是隔壁商店主人潔恩（Jayne）的女兒，這些年來偶爾會替我工作（主要都是在她方便的時候）。她是學生，也是暴躁的化身。她發現櫃檯上有一塊髒抹布時說的第一句話：「那是妮奇的圍巾嗎？」今天她的工作是把本月要寄出的隨機閱讀俱樂部書籍打包，這個工作我本來做得很有熱情，可是現在已經變成一件乏味的雜務了。

上午九點半，我到書店樓上大房間點起爐火要給讀者度假村使用，接著跟安娜和艾蜜莉討論這一週的計畫。艾蜜莉會負責晚餐，也包括幾次午餐，剩下的就由瑪麗亞（Maria）帶來。瑪麗亞是澳洲人，跟她的丈夫與孩子定居於此，她在經營小型外燴生意。九點四十五分時她雀躍地出現，帶來了食物與器材，以及她一貫興高采烈的好心情。

我設法解決了住宿問題：四位不滿意犁人的住客中，有兩位安排到貝爾提書店。另外兩位則要睡在這裡，這表示安娜和艾蜜莉必須空出她們的房間。艾蜜莉要睡在店裡的床位。

跟十二位度假村的成員在這裡吃晚餐：牧羊人蔬食派。吃喝聊天到很晚。一點鐘就寢。

總收入378.47英鎊

17位顧客

二月十七日，星期二

線上訂單：3
找到的書：2

今天芙洛也在店裡，於是我讓她負責替隨機閱讀俱樂部試算表設定合併列印。

我：芙洛，妳弄好那份試算表了嗎？
芙洛：我差不多做一半了。
我：好，那麼妳就拿差不多一半的薪水。
芙洛：滾開，你應該多付錢給我才對。

員工對我的尊敬程度差不多就是這樣。

午餐後有某個人從愛丁堡打電話來，對方的父親最近過世了，留下三萬本書，大部分是經典著作。我約好星期五過去看。

下午兩點離開書店（又一次讓芙洛當家），到新阿比（New Abbey）附近一戶人家看書；我向約翰・卡特（John Carter）買下書店後，就是跟著他來找這間房子的屋主談了第一筆生意。在我前幾趟買書的行程中，他都好心地陪著，確保我不會犯下什麼悲慘的錯誤。當時賣書的那一家人也要賣掉他們的房子——柯康奈爾宅邸（Kirkconnell House）——裡面有一間很棒的鄉間別墅圖書室。這一次很遺憾，之前跟我們交涉的那位老太太過世了，而她女兒在他們賣掉城堡搬進新房子後要把一些東西處理掉。可惜大部分都是垃圾：《讀者文摘》（*Reader's Digest*）的原著濃縮版，以及十幾本關於插花的書，諸如此類。前往那裡的途中，我到加洛韋小屋果醬工廠拿了一些箱子。他們丟掉的蘋果箱最適合拿來裝書了。加洛韋小屋果醬店（Galloway Lodge Preserves）的老闆拉迪（Ruaridh）是我童年好友克里斯汀的弟弟，也是我眾多粗魯朋友之中最沒禮貌的人。

下午五點回到家，正好跟芙洛道別，然後就跟讀者度假村的客人們一起用餐。一點半就寢。

總收入274英鎊
23位顧客

二月十八日，星期三

線上訂單：2
找到的書：2

今天第一位顧客：

顧客：你有沒有一本叫《一九五八至一九五九年跑車賽車》（*Sports Car Racing 1958 to 1959*）的書？

我：大概沒有，不過你可以到交通工具區看一看。

顧客：哎呀，我敢說你一定特別收集了像那樣的東西，只是沒有擺出來。

令人驚訝的是顧客很常認為我們有他們要找的書，可是——基於只有他們知道的理由——我們決定不賣給他們。我買下書店不久後，記得有一次約翰．卡特告訴我，有一位同業朋友抱怨他不明白為什麼自己有價值十萬英鎊的庫存，卻好像永遠賺不到什麼錢。約翰發揮他一貫務實的智慧，回答說：「你不想要價值十萬英鎊的庫存，你想要的是十萬英鎊。」

下午三點有一家五口進來。小孩們當著父母的面在古書區粗魯亂翻，後來父親注意到要求顧客小心對待書本的告示，大聲念出來，然後才叫他們住手。他在發現公告之前竟然完全沒想到要這麼做，實在太令人驚奇了。我在想他的眼鏡鏡片內側是不是刻著「記得呼吸」這幾個字。

艾蜜莉煮了晚餐：素食咖哩。我開始想吃肉了。

總收入273英鎊
6位顧客

二月十九日，星期四

線上訂單：3
找到的書：2

今天早上收到一位愛爾蘭顧客的電子郵件，他對一本非常早期（一八三六年）的愛爾蘭鐵道書有興趣，問我「最低價」是多少。書的標價是九百英鎊。

我給他的價格是七七五英鎊。他告訴我會考慮看看。

我要到樓上的廚房去泡茶時，非常不幸地經過了一位肥胖年長的男性顧客身邊，他穿著灰色的聚酯纖維長褲，正彎下腰看著低層書架的一本書。這是我第一次親眼見到三角褲的線條，而我非常希望這也是最後一次。

有個留鬍子、綁馬尾、拄著枴杖的大塊頭男人在店裡亂撞了一個小時，他碰倒東西後會看著我說：「那真的跟我完全沒關係。」

寫了《寂靜之書》（*A Book of Silence*）以及其他許多傑出作品的莎拉．梅特蘭（Sara Maitland）今天下午過來向讀書會的人演講。跟她聊過之後，我發現我妹以前經常跟她的姪子出去。她正要到外頭抽根菸時，注意到櫃檯上的愛因斯坦語錄（「只有兩種東西是無限的，也就是宇宙和人類的愚蠢，而我對前者並不確定」），然後問：「你確定那是他說的嗎？聽起來不像是他會說的話。」

跟讀書會的人一起吃晚餐。一點半就寢。

總收入184.99英鎊
20位顧客

二月二十日，星期五

線上訂單：2
找到的書：2

今天早上妮奇看店。上午十點，郵遞員凱特送來一個包裹給她。凱特有一部用於掛號郵件的條碼掃描器，而那東西一直令她很不高興。它要不是無法運作，要不就是掃描錯誤，不然就會發生其他問題。今天也不例外。妮奇的包裹裡面大概有十隻塑膠玩偶，她坦承是在喝了幾罐啤酒後到eBay上買的。那些原來叫貝茲娃娃（Bratz），而她很不認同她們過度性感的外觀，所以打算重新打扮，把她們變成「自然的女孩」。

愛爾蘭鐵道迷回覆了電子郵件，說他無法接受那本書的價值，因為「太貴了」。

中午我讓妮奇看店，然後開車到愛丁堡西側一戶人家去看一批數量很大的藏書。書原本是一位學者的，遺產留給了他的妻子與兒子約翰（John），我抵達的時候兩個人都在。裡面幾乎全都是古希臘文和拉丁文的書，非常難賣，而且根據我的估計，總數差不多是六千本，而不是約翰認為他們算過的三萬本。

其中有些不錯的古書和鐵道書。我挑選了足以裝滿一整車的量，都是非經典又有賣相的貨，然後開價六百英鎊給他們。寡婦說她想要在決定之前聽聽別人的意見，於是我空手而歸。白開了七個小時的車。

幸好我回家時還來得及跟貝爾提書店的讀者度假村成員一起吃晚餐。又熬夜了，這次是兩點。

總收入147英鎊
14位顧客

二月二十一日，星期六

線上訂單：3
找到的書：2

妮奇開店，所以我整天都在修理東西（例如鬆脫的門把），也把踢腳板上了油漆。

我們在網路上賣了一本書，叫《我們的貴賓狗朋友》（*Our Friend the Poodle*）。我找到書不久後，就有位顧客帶了一箱書來賣。大部分都是平裝本小說，不過有一本初版的《三人同舟》（*Three Men in a Boat*）。這並不是很稀有的書——書況還不錯的版本可以賣到五十英鎊左右——不過是我在青少年時期最喜歡的其中一本，於是我給了她三十英鎊買下，然後收到我的私人藏書。

一家本地報社《自由報》（*Free Press*）的記者大衛（David）打電話來訪問，主題是關於書螺旋以及規劃部所收到的投訴。我小心不對規劃部的人表現出負面看法，免得搬石頭砸自己的腳。

關店後，我到畫廊（店裡最大的房間）拆掉書架，替卡倫在聖誕節前施作過隔熱的那面牆上油漆。當時我沒時間漆，所以在灰泥乾了之後就直接裝上架子。我設法塗到了每個地方。明天我再把架子裝回去。

總收入160英鎊
19位顧客

二月二十三日，星期一

線上訂單：1
找到的書：1

星期一上午竟然只有一筆訂單，這很不尋常，一般我預期都會有六、七筆。

冬天很常發生這種情況：如果是我看店，聽到門打開的聲音，我會預期有顧客出現，不過在每年的這個時候，通常都是某個本地人經過——對方看見船長坐在店外盯著門把——然後就會打開門讓他進來，接著再關上門。今天就發生了三次。

彼得．豪伊（Peter Howie）是位工程師，來自海灣對面的克里頓（Creetown），今天他帶了六箱岳母的書。我查看了一番。我感興趣的大概只有兩箱的量，所以給了他六十英鎊。其中一本較有趣的書來自維多利亞時期，是關於印度的平版印刷畫，不過由於裝訂使用的是馬來膠（gutta-percha），後來膠老化消失，書裡的畫也鬆脫受損了。大部分使用馬來膠裝訂的書最後都會有這種下場；它的化學成分裡面一定有某種東西無法持久。在十九世紀後半期，馬來膠（膠木流出的膠狀汁液）被當成一種工業的萬靈丹：它可以用來製作任何東西，從高爾夫球到牙齒的填充物再到絕緣材料（第一條跨大西洋電報電纜就是利用它包覆絕緣的）。它也曾短暫地用於書籍製造。傳統上，「書帖」（巨大的紙張，上面印出十六張頁面，再摺成八頁，以八開本的大小裝訂）會以書脊上的繩線縫在一起製作成書，不過使用馬來膠黏起來快多了（也更便宜）。硫化（vulcanisation）被發現後，馬來膠就變得多餘了，不過在這段時期的書偶爾還是會出現，狀況也總是一樣。

我的手機充電器變得時好時壞。現在只有在手機正面朝下時才能充電。

總收入77.48英鎊

8位顧客

二月二十四日，星期二

線上訂單：1

找到的書：1

十一點鐘，有位顧客拿著一本標價一英鎊的書來櫃檯。接著他跟他老婆花了四分鐘翻找所有口袋和錢包湊出錢。他們少了二十便士，問我能不能以信用卡支付餘額。

沒過多久，有位顧客打電話來，對方發現我們在網路上賣的一本書是三英鎊，郵資要二點八英鎊（亞馬遜的標準費用）：「郵資真的是那樣嗎，因為我不太想付比真實郵資更高的費用。如果我直接向你買，郵資能算少一點嗎？二點八英鎊對一本書來說好像有點太高了。」

手機充電器現在只能斷斷續續運作，就連手機正面朝下的時候也是。

總收入203.65英鎊
7位顧客

二月二十五日，星期三

線上訂單：7
找到的書：7

今天早上七筆訂單中有六筆來自ＡＢＥ，這表示「季風」跟ＡＢＥ之間有某種通訊問題。我們會在網路上賣一些書，大部分是透過一個叫ＡＢＥ的網站（Advanced Book Exchange）。網站是由加拿大的一些書商成立，不過可惜的是亞馬遜在二〇〇八年買下了。

我在吃吐司時，有個顧客來到櫃檯說：「三件事：法律、哲學、靈性。」我稱讚他的計數能力。他對我露出目中無人的表情，然後就漫步離開。

有位顧客以二五〇英鎊買了一疊《加洛韋人》（*Gallovidian*）雜誌。《加洛韋人》是有插圖的季刊雜誌，在二十世紀前半發行，是各種有趣資訊的寶庫，主題幾乎都由受過教育的紳士們撰寫。雖然收集的人比我買下書店時更少（也更老），不過狀況良好的《加洛韋人》還是值得擁有。

手機充電器現在完全壞掉，而且手機也幾乎沒有電了，所以我打給Vodafone，花了一個鐘頭把那可惡的東西開開關關，更改設定，可是完全沒用。他們明天會寄替換品過來。

總收入293.99英鎊

6位顧客

二月二十六日，星期四

線上訂單：2

找到的書：2

美好晴朗的一天。

新手機上午九點半送達，所以我免不了花一大堆時間把我所有的應用程式裝回去。

今天上午背痛得要命，所以十點鐘我去找藥劑師買止痛藥，結果在製藥產業受到如英雄般的歡迎。我不知道這是怎麼回事，後來在那裡工作的梅（Mae）提到本地報紙《自由報》上有一篇寫到混凝土螺旋的文章。在那之後就一直有人到店裡表達同情與支持。大多數書商都有背痛的問題：這份工作時常需要從地上搬起沉重的箱子，無可避免會對背部造成傷害。

總收入83.39英鎊

7位顧客

二月二十七日，星期五

線上訂單：3
找到的書：2

早上八點半一下樓，就在樓梯平臺發現一堆亂糟糟的羽毛跟一隻死麻雀。船長通常會把牠殺死的獵物吃掉，不過現在牠很肥，讓我納悶牠為什麼還要去打獵。我的朋友卡蘿安大概在五年前把牠送給安娜跟我，而安娜發揮了母性的熱情，溺愛牠到令人擔憂的地步。

有一筆線上訂單是《第一次世界大戰中的加拿大》（*Canada in the Great War*），一套六冊，使用上好的紅色摩洛哥皮革裝訂。以一七〇英鎊售出。

午餐後我開車到文森的加油站加柴油。這些年來文森一直無法跟上時代，而有人會利用他針對燃油提供的信用額度。他真是難以置信的好人。最近他被說服安裝了信用卡機，因為不知道他沒刷卡機的人（主要是遊客）老是在加完油後必須開車去領錢回來付帳。我在那裡安裝完刷卡機後第一次去加油時，文森沒在我輸入ＰＩＮ碼的時候別開頭，而是抓著機器問我的ＰＩＮ碼，然後自己輸入。後來他才知道ＰＩＮ碼其實要由持卡人輸入，不過客人輸入號碼的時候，他還是熱心地看著機器。

總收入24英鎊
3位顧客

二月二十八日，星期六

線上訂單：4
找到的書：4

妮奇開店，所以賴床了一陣子。

下午兩點左右，我正在跟妮奇聊天時，有位顧客來到櫃檯。

顧客：這本書是三點五英鎊。我要用三英鎊買。（我看得出妮奇正咬牙切齒）

妮奇：不行，恐怕我們沒辦法那樣就賣。要三點五英鎊。

顧客：嗯，好吧，如果這樣，那我就付原本的價格吧。有什麼可以讓我放書的嗎，例如購物袋？

妮奇：有，你可以用袋子，不過我們要收你五便士。

顧客說不，咕噥著覺得被敲竹槓，然後從她的口袋拿出了一個塑膠袋。

妮奇拿出她重新化妝過的貝茲娃娃。看起來跟我一模一樣。

讀完了《巴黎．倫敦流浪記》。

總收入292.50英鎊

21位顧客

三月

三月

我必須強調所有書商都是誠實的。我不會用其他詞形容他們；無論如何就是這樣。不過有一些比其他人更機警。龐弗斯頓先生時常讓顧客討價還價，但他很聰明，不會跟對方說：他總是讓顧客自己發現，很清楚對方一定會知道。透過這種方式就能得到好的結果。

——奧古斯塔．繆爾，《書商約翰．巴斯特私想錄》

或許奧古斯塔・繆爾人太好了，才會說所有書商都很「誠實」。雖然這一行跟其他的行業一樣都有騙子，不過很少人進入書業是希望賺大錢。或許那正是他的意思：我們大多數選擇這個行業的人都不是為了得到巨大的財富。我們會透過其他形式得到好處。R・M・威廉森（R. M. Williamson）在他一九〇四年出版的《老書店點滴》（*Bits from an Old Book Shop*）提到：「藉由賣書致富的少數人跟生活還過得去的多數人根本沒得比。在這一行中，最快樂的人並不是最富有的人，而是最能夠滿足，喜愛自己的工作，將買書與賣書視為極高的光榮。」

然而奇怪的是，我是在買書的時候才會遇到最貪婪的人：賣書的人會向買書的書商努力榨取出最後一分錢，但自己當顧客買書時卻又會盡可能殺價。雖然這也許算是有良好的商業頭腦，但吃相實在太難看了。根本沒有公平可言。相反地，帶書來賣並能夠接受你任何開價的顧客，在向你買書時也不會想要壓低價格。就像龐弗斯頓先生，有些顧客不必開口，我也會很樂意把總價二十二英鎊算成二十英鎊，反倒是有些人只會要求減價，故意挑剔像是書衣有一道輕微裂痕這種小缺點。遇到這種討厭的惡魔時，我的反應總是「對，書套有一道裂痕——我在定價的時候把那個因素算進去了。為什麼我要因為一樣的裂痕折扣兩次？」這樣通常能讓他們閉嘴，不過他們這種人除非覺得自己成功殺價了，否則什麼都不會買。跟這種人打交道是最糟的，而我猜原因是對他們來說，最重要的並不是他們省下了那微不足道的一英鎊。重點是關於權力，關於能否由他們發號施令，無論你是古董商、農產品供應商或車商，重點是顧客在交易的過程中覺得自己在主導。這些人會在買兩本書時要求「大量購買折扣」，他們去餐廳從來不給小費，而且還會吹牛說自己在假日去了恐怖分子剛攻擊過的地方，「因為那樣比較便宜」。

在我看來，如果你是書商，買賣的重點在於公平與一致。要是你在這一行得到了會敲詐人的名聲，消息就會很快傳開，你的貨源也會枯竭。我曾經有幾次因為賣家要的價格比我的預算更高而取消交易，在那些情況中，他們大多數的人都會去找其他書商，在得不到滿意的結果後又回來找我。大部分書商在買書時的態度都一樣，而且老實說，我沒聽說過誰在買下稀有珍貴的書時還會努力想節省個幾英鎊的。

三月二日，星期一

線上訂單：7
找到的書：6

七筆訂單，全部來自亞馬遜。

上午十點野人傑夫（Jeff）來訪，他住在Doon of May——算是某種公社，是幾年前他在一座森林裡創立的。他是個正派到了極點的人，在政治上則非常反建制。他看起來很困擾，來回踱步了一番。之前他為了公社買下那片土地，後來有人提議以二十五萬英鎊換取土地上的森林，而現在他面臨了是否要成為資本主義者的問題。

傑夫一離開就下了半個小時的大風雪。船長顯然被這突如其來的天氣弄得很狼狽，暴風雪結束不久後就全身是雪出現在店裡。

午餐後有位顧客來到櫃檯，揮舞著一本關於刺繡的書，說：「我不是要買這本書，而是因為我在集郵區發現它，在我看來好像完全擺錯地方了。」

總收入68.99英鎊
8位顧客

三月三日，星期二

線上訂單：2
找到的書：1

只有一筆亞馬遜訂單，今天還是沒有ABE的訂單，所以「季風」一定又發生了技術故障。幾年前，我們帶著熱情開始在網路上賣書（熱情很快就惡化成冷淡，現在則是變得極度不情願）。我們會使用一種叫「季風」的資料庫，透過它管理庫存、上傳資料到網站，以及接收訂單。

有個上了年紀的女人問：「你能不能從那個書架把那本比頓夫人的書拿下來，告訴我價格跟出版日期？」我照做了，結果她說：「我家裡也有同樣的版本。現在我知道它的價值了。」我要開始針對浪費時間這件事收稅。

總收入39.49英鎊
5位顧客

三月四日，星期三

線上訂單：1
找到的書：1

妮奇今天在店裡，所以我開車載了些書到格拉斯哥的紙類回收廠。離開之前，我請她在我辦事的期間整理桌子並且弄好新的櫥窗擺設。

我在下午兩點半抵達斯墨菲卡帕（Smurfit Kappa）回收廠，從車上把書搬去放進四個很大的正方形塑膠回收桶（每個桶子大概可以放二十箱書）。桶子裡的東西會倒在一條輸送帶上，接著切碎並捆包起來，然後視國際紙價送到中國或伯明翰回收利用。

妮奇要我在格拉斯哥的時候到一家建築廢品賣場替她找百葉窗，所以我把書回收完之後就過去。我開車繞了好一段時間終於找到那個地方，這當中還不小心闖了一次紅燈。那家廢品賣場有很多百葉窗，我問了價格，他們說一組七十五英鎊，於是我打電話給妮奇問她能不能接受。她回答：「呃？什麼？他們是不是把小數點放錯地方了？」我空手離開。

六點回到店裡，發現妮奇照慣例把整個地方弄得一團亂，地板、桌面，甚至桌子底下都堆了書。她也擅自做主設計了新的櫥窗展示，把高爾夫、電影和政治的書擺在一起，看起來令人眼花撩亂。

開了五個小時的車，還要把書搬下車，這對我的背痛一點幫助也沒有。

今年冬天店裡似乎比平常忙碌，大概是因為天氣一直很溫和吧。我們大部分的顧客都退休了，他們不喜歡在路面結冰時開車，但似乎並不在意下雨。

總收入61英鎊
7位顧客

三月五日，星期四

線上訂單：3
找到的書：3

今天早上的電子郵件：

嗨，我想請問你們有沒有保羅．巴頓（Paul Barton）的書？我在網路上從Cube Cart找到了。我沒有信用卡，所以去年我寫信告訴對方我沒有信用卡，問看看我能怎麼買那些書。你知道他做了什麼嗎？他連看都沒看我的信就退回，還在信封上留了一堆蠢話。沒有說明，沒有道歉，什麼都沒有。我覺得這樣非常失禮！他好像聯絡不上。他一定在監獄還是某種機構裡。你認識這個人嗎？我寄電子郵件給他好幾次，他都沒有回應。說不定他會回應你。太奇怪了！謝謝你。

我不太確定有多少人收到一封未打開被退回的信後，就會推論對方一定進了監獄。我馬上就想到了幾個很簡單的解釋，其中比較可能的是寄這封電子郵件給我的人也許應該要送去「某種機構」才對。

我到花園採了些綠色枝葉要用來製作園藝櫥窗展示，發現菊花開始開花了。這種漂亮的花大概會持續一天，然後就開始變成褐色。雖然土壤偏鹼性，但它們還是每年都努力開花。

店裡的電腦昨晚重開機，防毒軟體移除了「季風」的某個東西，所以現在打不開了。我不知道我們有沒有訂單。寄了電子郵件給「季風」，不過他們在美國西岸奧勒岡州的波特蘭，所以比這裡慢七小時。

總收入60.49英鎊
8位顧客

三月六日，星期五

線上訂單：2
找到的書：2

妮奇在。她又劫持了店裡的Facebook頁面，照例留下了一篇令人困惑的貼文：

大家早安！

我心裡哼著歌快樂地去上班，卻因為用四十五英鎊向一位顧客買書而被臭罵了一番，要是BGC就會給對方一七五英鎊。開心的顧客，開心的我，不高興的tube，抱歉，我是要說「老闆」。

BGC是妮奇最近替我取的綽號，意思是「紅髮大麻煩」（Big Ginger Conundrum）。這裡替不知道的人說明一下，「tube」是蘇格蘭語裡罵人的話，最客氣的解釋是「白痴」。

今天早上有一筆訂單是《莫斯科的計畫》（*Moscow Has a Plan*），封面設計得很棒，我敢說普丁（Putin）先生一定喜歡這個書名。

收到「季風」的電子郵件，裡面有一組登入代碼，這樣就能讓他們遠端進入我的電腦處理問題。又來了，由於有時差，所以資料庫幾乎整天都不能用，這表示妮奇沒辦法把我們的庫存刊登到網路上。

總收入64.34英鎊
7位顧客

三月七日，星期六

線上訂單：0
找到的書：0

今天上午我開車到梅博爾（Maybole）附近的一戶人家（大約一小時車程）去看一批私人藏書。書就在我以前去過的一間房子裡，主人是位寡婦。上次那裡有一些很棒的古書。今天的書就沒什麼價值，除了一本一七五三年的《詹姆斯·史都華的審判》（*The Trial of James Stewat*）——這是蘇格蘭著名的阿平（Appin）謀殺案，而羅伯特·路易斯·史蒂文森（Robert Louis Steveson）根據這件事創作了《綁架》（*Kidnapped*）。史蒂文森的父親在因弗內斯（Inverness）一家書店買了相同版本的《詹姆斯·史都華的審判》——搞不好還是同一本——然後把書送給他，因此在他心中種下了《綁架》的種子。

史蒂文森甚至把他的主角（唯一不是根據現實人物創作出的重要角色）命名為大衛・巴爾弗（David Balfour），間接暗示了這個版本：《詹姆斯・史都華的審判》的出版社漢米爾頓與巴爾佛（Hamilton and Balfour）。

下午過了一半時，有位名叫亞當・修爾特（Adam Short）的退伍軍人來到店裡。他正在徒步以逆時鐘方向繞行英國的海岸，已經走了三百六十六天。他需要一張床位過夜，所以我們安排他睡倉庫，儘管那裡相當簡陋，他看起來還是很高興。我不禁想到，他選擇來到英國北部的時機正好是白天最短加上天氣最糟的時候，這麼做或許不太明智。

總收入215.97英鎊
17位顧客

三月九日，星期一

線上訂單：3
找到的書：3

呼嘯的風聲和抽打著臥室窗戶的雨聲把我吵醒。開店的時候，我發現窗戶漏水滴到了展示區的書，於是我從廚房抓了幾個燉鍋來接水，然後點起爐火，縮著身子在那裡待了十分鐘，徒勞無功地想讓身體暖起來。

開始營業不久後，大約有八個年輕人（二十幾歲）一起進來，晃了一個鐘頭左右。沒人買書。

妮奇過來說她星期五上班可能會遲到。我們一講完這件事，話題就突然轉往奇怪的方向。

妮奇：我有兩個雙胞胎朋友在替貝茲娃娃打扮。

我：雙胞胎？是同卵雙生嗎？

妮奇：有時候是。

崔西（英國皇家鳥類保護協會）上午十點過來使用無線網路。她整個上午都坐在爐火旁找工作。

總收入55英鎊

7位顧客

三月十日，星期二

線上訂單：2
找到的書：2

上午九點半，一個穿著紅色燈芯絨褲的大個頭男人大步走進店裡問：「告訴我，惠特霍恩（Whithorn）今天有開嗎？」惠特霍恩是一座城鎮，大小與外觀跟威格頓差不多。從這裡往南大約十二哩就到了。我到現在還有點搞不清楚，一座城鎮除非正在隔離，否則要怎麼樣才算是開放或關閉。

午餐過後，一對夫妻帶著兩個小孩進來。孩子們直接去看一本去年進的書，我最近才把那放在一張桌子的展示架上。書名叫《Fausto, impresiones del gaucho Anastasio el Pollo en la representación de esta ópera》，一九五一年於布宜諾斯艾利斯出版。不過，令孩子們著迷的地方在於那是一本質感很不尋常的書。它以加工處理過的皮革裝訂，但母牛皮的毛未被刮落，看起來就像動物的皮毛，實際上當然也真的是。這種技術在這一行裡俗稱為「毛皮裝訂」。

今天是晴朗和煦的一天，就在午餐時間前，有一隻蝴蝶開始在書店附近飛舞。

總收入163.50英鎊
8位顧客

三月十一日，星期三

線上訂單：2
找到的書：2

又一次在雨水漏進櫥窗展示的聲音中開店。到處都擺了桶子。郵遞員凱特送來信件，包括斯特拉斯克萊德（Strathclyde）警察局寄來的罰單和違規紀錄，原因是上星期我在格拉斯哥替妮奇找百葉窗的時候闖了紅燈。

這讓我被記了十點。去年我剛拿到新車時，對車上內建的衛星導航覺得興奮極了，這樣你就能知道預計抵達的時間。所以，為了打發長途開車去買書的無聊，我經常玩一種「打敗導航」的遊戲，看看我能比預計抵達時間快多少。這造成了不幸（但完全預料得到）的結果，也就是我被抓到超速三次。我不能再這樣了。

總收入134.49英鎊
12位顧客

三月十二日，星期四

線上訂單：2
找到的書：2

又是豪雨。窗邊的桶子正逐漸填滿。

有位顧客在我整理歷史區的時候過來搭話：「我兩年前來過這裡，當時你有一本羅傑・潘洛斯（Roger Penrose）的書。」你知道那本書後來怎麼了嗎？店裡有十萬本書，而我們一年會賣出兩萬本左右。再加上輪換的庫存、顧客丟給我們的書，以及我們超過十五年來賣掉的書，我估計我一定處理了接近上百萬本書。我不記得羅傑・潘洛斯的書。

晚上安娜打電話來。她顯然很想念威格頓。我們回憶起以前去巴爾的摩（Baltimore）一間養老院探望她外婆，而她堅持要帶我們出去吃午飯。許多住在那裡的人都還會開車，不過由於記憶和視力越來越差，所以他們在養老院的停車場常常找不到自己的車，後來有個人聰明地想到一個辦法，把一個塑膠玩具綁在車子的天線上，結果其他人全都照做了。那仍然是我見過最奇怪的場景：停車場裡每一輛車的天線都用小孩的玩具裝飾。

芙麗達（外婆）是安娜母親的母親，雖然在美國待了六十年，卻從未失去她的波蘭口音，聽起來就像跟她丈夫麥克斯剛下船抵達。他們兩個都是猶太人，克服了極不利的情況從戰爭與納粹的禍害中存活下來。當時納粹入侵外婆住的波蘭鄉下小鎮，把猶太人都抓起來，而十三歲的她跟姊姊逃了出去，幾乎整個戰爭期間都在逃亡，體驗過人性最美好的仁慈，也曾感受到最可怕的殘忍與惡毒。她進了一座勞動營，大戰結束後才被釋放。

安娜的外公麥克斯則是跟第一任妻子和兩個孩子被送到奧斯威辛集中營。他在抵達那裡時跟他們失散了。後來他就再也沒見過他們。雖然安娜自己並未意識到，但其實她承擔著這一切——悲傷就像尖銳的碎片，偶爾會刺穿她永遠樂觀的性格。雖然每當我注視她就能看得出來，但我懷疑這會不會只是因為我自己對她家族的過去感到悲傷。普利摩．里維（Primo Levi）曾經跟安娜的外公和幾個幸運的人從集中營存活下來，親眼見證不可置信的蘇聯解放者在一九四五年一月二十七日剪斷營區的鐵絲網。他在《溺死者與獲救者》（*The*

Drowned and the Saved）中寫道：「一九四四年以前，奧斯威辛集中營裡沒有半個孩子；他們一到這裡就全被毒氣殺死了。在那之後，就開始有在華沙起義期間任意遭到逮捕並送到這裡來的波蘭家庭；他們的身上都被刺青，包括新生兒。」在奧斯威辛估計有上百萬個孩子被殺害，而麥克斯五歲和七歲的孩子就在其中。

相比起來，我的外公外婆戰時則待在愛爾蘭鄉下，那個國家一直到最近才掙脫英國統治的枷鎖，甚至無法把在歐洲發生的衝突視為戰爭，寧可當成是「緊急狀態」（The Emergency）。他們雖然生活不算優裕，但至少不必擔心會因為自己的身分而被處決。

總收入155英鎊
10位顧客

三月十三日，星期五

線上訂單：2

找到的書：2

真驚人，妮奇竟然在上午九點準時抵達，我還檢查了我的手錶三次確認它沒停。沒過多久，在柯金納一間教會服務的牧師傑夫突然出現，到神學區翻找。他常常這麼做，也免不了對我的存貨批評了一番。妮奇一見到傑夫進來就火大，不過幸好他沒注意到她特別的宗教偏好。

今天做了一筆好生意：路易斯・卡羅（Lewis Carroll）的《愛麗絲鏡中奇遇》（*Through the Looking Glass and What Alice Found There*）和《愛麗絲夢遊仙境》（*Alice's Adventures in Wonderland*），兩本都是早期以皮革裝訂的漂亮版本，賣了二二〇英鎊。雖然這些並非最值錢的初版，但也絕對不會賣不出去。

我在整理幾箱新進的書時，發現一本第二次世界大戰時期一位英國皇家空軍觀測員的日誌。這在店裡賣不出去，所以我會放到eBay上。這些比較不常見的東西在店裡通常會隱沒到書架後方，不過在線上似乎就會引人注目，賣到還不錯的價錢。

最近我有一本一九四二年出版的《小灰人》（*The Little Grey Men*），作者是BB。在簡略書名頁的verso（書本打開時的左頁）上面有一個紋章，寫著「BOOK PRODUCTION WAR ECONOMY STANDARD」。我想我第一次見到這個章是一九一五年發行初版的《三十九級臺階》（*The 39 Steps*），不過我也有可能記錯。當然，《三十九級臺階》的製作價值並不高。戰時經濟標準（War Economy Stand）的執行是因為必須將資源優先用於戰爭，所以出版商被迫減少百分之六十的用紙量，而印刷尺寸、空白頁、每頁字數等都要依照供應部（Ministry of Supply）的規定。在一九四二至一九四九年間出版的書籍，大部分在前幾頁上就會有這種標章。

戰時經濟標準也造就了出版界的一項傳奇。Pan Books出版社的出現有一部分就是因為那些規定：戰時的嚴格要求，表示便宜的平裝本比沉重的精裝本更能夠符合規定。出版社委託馬溫・皮克（Mervyn Peake）為他們設計一個商標，而他也設計出來了——希臘牧神潘恩（Pan）吹奏潘笛的經典輪廓。他們給了他兩個選擇：一次領完十英鎊的支付款項，或是出版社賣出的每本書都給他一定百分比的金額。格雷安・葛林建議他收下十英鎊，原因是他覺得「平裝書只是在缺紙期間的臨時方案」。他採用葛林的建議，結果吃了大虧。

德尼斯・瓦特金斯—皮奇福德（Denys Watkins-Pitchford）是作家與插畫家，以ＢＢ這個筆名創作了許多自然史書籍（ＢＢ是用於獵鵝的獵槍子彈內的彈丸尺寸）。他的書在收藏家之間很吃香（至少其中一些是），即使不對那些題材感興趣的人都覺得他的寫作很有魅力，有時也很細緻。我最早一段關於閱讀的回憶，是對他為孩子寫的一個故事著迷，叫《黑女巫池》（*The Pool of the Black Witch*）。我愛不釋手，而他搭配文字畫的插圖一直到三十五年後的今天還是很清楚。書中的景觀、張力和刺激極為豐富與真實，說不定就是那一本書讓我體驗到閱讀能夠帶來的樂趣。

妮奇留下來過夜。

總收入366.50英鎊
9位顧客

三月十四日，星期六

線上訂單：2
找到的書：2

妮奇跟我一起吃早餐，接著她去開店，於是我又回去睡了一個小時。

午餐過後瑪麗亞打電話來（她會在圖書節期間負責作家休息室的飲食），以她最驚慌的方式（稍微緊張）問是否能使用書店當成她那間快閃餐廳（加洛韋晚餐俱樂部）的會場。原來她排到的地方被重複預訂了，所以她沒辦法使用。我很樂意地答應讓她使用書店。活動是下個星期五晚上。

午餐過後，有位老女人一邊發出嘖嘖聲一邊抱怨店裡的橘色企鵝書區，於是我問她有什麼問題。她開始囉嗦抱怨有些書脊上的書名是從下往上讀，有些則是從上往下讀，所以她一直得把頭往不同的方向傾斜，接著叫我應該把全部的書排好，讓書名可以從上往下讀。這表示要把很多書顛倒過來，而由於從以前到現在只有她抱怨過這件事，所以我跟她說我不打算照她的意思做。

就我所知，出版界中並沒有書脊應該從哪個特定方向讀的慣例。一般來說，書脊通常是從上往下讀，而出版社的名稱或商標則置於書脊底部，可是也有很多是從另一個方向讀的。唯一的慣例似乎是把出版社的商標放在底部。

在她離開之前，妮奇給了我一本小冊子，叫《聖經要教的是什麼？》（*What Does the Bible Really Teach?*）。原來這是耶和華見證人挨家挨戶拜訪時的標準配備。她走的時候說：「對，就是你。我要你每個星期都讀兩段。然後我要在下次見面的時候考你。」

她離開之後，我趁著越來越長的白天外出，沿著舊鐵路線散步。這段散步景色很漂亮，包括從書店到山腳下，經過傾斜的班克街（Bank Street）上那排喬治亞風格房屋，然後是荒廢的諾曼式教堂，從那裡可以俯瞰經常淹水的田野，之後沿著鐵路走，左側就是鹽澤，在每年這個時節密集棲息著成千上萬隻的鵝，等待牠們在格陵蘭島與冰島的繁殖地融冰，接著就會再次往北遷徙。

總收入165.50英鎊
12位顧客

三月十五日，星期日

線上訂單：0
找到的書：0

早上打電話給妮奇，跟她討論要去尋找她家附近一處失落的遺跡。我到她家附近的懷特菲爾德湖（Whitefield Loch）跟她碰面，然後我們就到處尋找一座漂亮的蘇格蘭男爵城堡遺址。那棟建築完全毀壞了，只剩下一面牆的一部分。接著她帶我到附近一間漂亮的藝術工藝館，看起來有人正在修復那裡。我問她怎麼會知道那個地方，她回答：「身為見證人的其中一個好處。」

後來我們開車到半島上最高的諾克山（Knock Fell）去找一座禮拜堂，妮奇確信那裡的保存狀況很好。我向她保證那裡一定只剩下一堆石頭。我讓車子卡住了，必須走到附近的農場找人幫忙。等我跟農夫的妻子開著她的四輪傳動車回去時，妮奇剛找到了一顆羊頭骨，還驕傲地擺在廂型車的保險桿上展示。稍微努力一番後，我們成功弄出了車子，然後開回家。

三月十六日，星期一

線上訂單：3
找到的書：1

只找到一筆訂單的書。其中一筆找不到的訂單是一九七〇年代高地區（Highland Region）的冬季公車時刻表。

本週最早出現的顧客是一對德國夫婦，他們買了總價三十七英鎊的烹飪書，主要都是傑米・奧立佛（Jamie Oliver）的作品。

下午四點有位美國顧客到櫃檯問：「有賣舊地圖嗎？」

我：有，要多舊的？

顧客：很舊。你最舊的書是什麼？

我：目前是這邊這一本。一五八二年出版的。

顧客：哇。那大概有三百年了吧。

他只少算了一百三十三年。

每年的這個時候，流經紐頓斯圖爾特附近的克里河（River Cree）中都會有一年一度的胡瓜魚洄游。這是一種小魚，每年會有一次隨著潮汐到河中產卵（牠們的游泳能力差得出名——如果你是魚，這樣就有點遜了）。克里河是蘇格蘭西岸唯一一條仍然有胡瓜魚的河，而牠們的出現代表了我們正緩慢遠離漫長的冬天。

總收入179.05英鎊

14位顧客

三月十七日，星期二

線上訂單：2
找到的書：2

早上很安靜，氣氛在十一點鐘被一個中年女人破壞，她穿著一件粗呢大衣，不斷對她的丈夫大喊：

女人：貝瑞（Barry）！……貝瑞！……貝瑞！

貝瑞：親愛的怎麼了？

女人：貝瑞，我有沒有讀過《一九八四》（*Nineteen Eighty-Four*）？

果然，由於貝瑞並不確定她是否讀過，所以她決定不花二點五英鎊買一本書況如新的企鵝版，以防自己讀過了。

我把英國皇家空軍觀測員的日誌放到eBay上時，發現威爾斯的科爾溫灣區書店第二次把整批貨放在eBay賣的嘗試顯然失敗了，而現在他們已經把貨分成了兩小批。現在要把整間店的貨當成一批出售真是越來越難，因為其他書商會假設最好的書都被拿走了。

總收入94.20英鎊
9位顧客

三月十八日，星期三

線上訂單：1
找到的書：1

一直到十二點半，唯一進門的人只有凱特（郵遞員），她送來今天的郵件，其中有一個是給安娜的包裹，所以她免不了又要跟條碼機掙扎一番，最後才終於掃描好。

今天花很多時間打包隨機閱讀的書，這些書主要選自幾個星期前從新阿比買回的一批貨，其中包含了一箱橘色企鵝。其中還有書名取得很好的《崩潰的笨蛋》（*The Breaking of Bumbo*），作者是安德魯・辛克萊（Andrew Sinclair）。

下午兩點左右，為了付錢買一位顧客帶來的幾本書，我得拿出支票簿。結果我把支票簿留在車上了。今天是個陽光普照的春日，而當我一打開車門就有股惡臭襲來，那是妮奇在我們週日那場冒險時留在車裡的羊頭骨。

總收入44.50英鎊
3位顧客

三月十九日，星期四

線上訂單：2
找到的書：1

我整個早上都在替隨機閱讀俱樂部的書打包、貼標籤、蓋章；目前總共有一百七十六位訂戶。

明天妮奇不上班，因為她這個週末要去參加一場耶和華見證人的集會，所以我預先安排找芙洛來幫忙。明天我要去看兩批藏書——一批在鄧弗里斯，一批在桑希爾（Thornhill）。

晚上我整理了大房間，明晚瑪麗亞的加洛韋晚餐俱樂部就要在這裡舉辦活動。預計會有二十三個人到場，目前我只能騰出二十個人的空間。明天上午我會再搬動一些家具。

總收入131.95英鎊
8位顧客

三月二十日，星期五

線上訂單：3
找到的書：3

芙洛九點出現，她這麼準時很不尋常。妮奇去參加耶和華見證人的集會了。

我為了去看藏書，整天都在開車。第一批在鄧弗里斯附近（五十哩遠）：有個女人大約有一百本書。我帶走差不多四十本書，給了她五十英鎊，接著就前往桑希爾（四十哩遠），來到一間漂亮的舊房子。我開上車道時，看見一位老人正推著一輛獨輪推車，他身穿一件看起來很緊的黑色皮褲。他跟他太太要換小一點的房子，而他們兩位都可愛，也一直用熱茶跟餅乾招待我。藏書之中有不少園藝書，包括兩本十八世紀的植物誌，但是有一堆都很難賣，而且許多書狀況也很差。我帶走了大約兩百本書。他想要我全部清空，不過我已經沒有箱子了，所以我告訴他下次經過的時候會去載剩下的（差不多還有五百本）。那件皮褲看起來還是很怪。

五點半到家，發現凱蒂在店裡等我，她是前員工，現在則是格拉斯哥大學的醫學生。我忘了她說過四點半要來喝茶。芙洛把她鎖在裡面了。

凱蒂離開不久後，瑪麗亞跟她的同伴出現，要為加洛韋晚餐俱樂部的活動準備。我點起爐火，在七點半客人開始抵達之前用工業級的暖風機狂吹大房間。晚上非常愉快，而瑪麗亞的食物——一如往常——美味至極。大家清理完後，我在一點鐘左右爬上床。

總收入115.49英鎊
8位顧客

三月二十一日，星期六

線上訂單：1
找到的書：1

芙洛在，天氣很好，於是我大部分的時間都在做園藝。書店後方的花園是一座又長又窄的迷宮，有草坪、苗床和樹。自從我在二〇〇一年買下書店以來，花園裡大部分地方都重新種植也重新設計過，而儘管冬天漫長又陰沉，每年此刻即將邁入春天之時總會帶給我很大的樂趣。

晚上我查看電子郵件，發現妮奇寄了一封信：

> 十八年後重返IKEA真是令人失望，那個地方到處都是又吵鬧又愛哭的小孩，而且我愛的東西都賣光了……不過，猜猜在隔壁結帳的人是誰……？正是登山客傑米（Jamie），他在艾格峰（或是別的山上）困住好幾天，失去了他的同伴跟他的手腳。他買了一株植物。

凱蒂下班後又過來，我們一起看了六國橄欖球錦標賽的決賽，她離開後，我發現了《新懺悔錄》，那本書我才看十五頁就放到某一堆書後方了。我讀了一個鐘頭，發現這跟《赤子之心》一樣——我從沒讀過有誰能像波伊那樣刻畫出寄宿學校的壓迫感。他描寫敘事者逃離學校——「那是個涼爽的晚上，高空中濃雲密布。空氣中瀰漫著懸鈴木傳出的一種蜂蜜味，還有一隻木雀在我們頭頂低語。一道暗淡的藍光籠罩著一切」——這讓我直接回到了十歲的時候，想起那天夏夜的氣味與聲音，當時我在半夜短暫逃出了我的寄宿學校。我們跟波伊的主角陶德（Todd）不一樣，後來（當然）被發現了，也繼續關回那個地方。

總收入106.30英鎊
15位顧客

三月二十三日，星期一

線上訂單：3
找到的書：2

訂單有一本書叫《保存你的種子》（*Save Your Own Seed*）。九點半時電話響起：

> 早安，先生。我有一些想要賣的書。我會把所有的書名念出來，你可以告訴我要付多少。《漢斯沃通用百科全書》（*Harmsworth's Universal Encyclopedia*）第一冊、《漢斯沃通用百科全書》第二冊、《漢斯沃通用百科全書》第三冊、《漢斯沃通用百科全書》第四冊……

每當我試圖插話告訴他那些書完全沒價值，他就會講得更大聲，然後繼續大聲一直念著他那些不值錢的書。

兩位上了年紀的顧客在十一點進來，五分鐘後離開時說：「呃，這裡真是可以待上一整天對吧。」嗯，顯然不行。

下午把要在網路上賣的書登錄到資料庫。

四點鐘，有位顧客拿著兩本書到櫃檯，一本的價格是二十英鎊，另一本是八點五英鎊，而對方問：「可以用二十英鎊買下這兩本嗎？」

總收入189英鎊

13位顧客

三月二十四日，星期二

線上訂單：3
找到的書：3

有一筆訂單是我昨天刊登的書。沒想到這種事竟然很常發生。

貝芙在我開店不久後進來，她是威格頓的另一位書商，也是個非常有事業心的朋友。她對我正要拿去紙類回收廠那四十箱左右的滯銷貨有意見，提供了一些其他可能的選擇，包括找人刊登到Fulfilled By Amazon——一種透過亞馬遜賣書的方式，讓缺少存放空間的書商可以把書送到亞馬遜的倉庫，他們會把書存放到賣出為止，還會負責打包與寄出。很明顯地，這要付出代價——亞馬遜不太像是慈善組織——不過目前以這種方式處理過多的存貨還算有趣，儘管我非常懷疑這樣維持不了多久。新的費用會慢慢出現，價錢會慢慢提高，亞馬遜的影響力也會慢慢變大。

總收入153.39英鎊
16位顧客

三月二十五日，星期三

線上訂單：2
找到的書：1

今天上午有位顧客發現一本罕見的書，叫《開羅波斯往返記》（*Cairo to Persia and Back*），版本是一九三三年，裡面有漂亮的插圖。我們把書的價格訂為三十英鎊。他帶著書到櫃檯，用力放下，說：「如果你願意，我給你十英鎊買下這本書，不然它實在定價太高了。」

我一點也不願意。

他離開不久後，一位老人進了店裡，身上是萊卡材質自行車褲、羽絨外套、一頂皮寬邊帽，他直接走向古書區，花了很多時間把書從書架拿下來，打開，發出嘖嘖聲，然後又放回去。

到午餐時間的收入是二點五英鎊。

三點鐘電話響起，有人打來問一本書，叫《短促的人生》（*La vida breve*）。她看見我們在網路上列出兩本，問我能不能先幫她留著。她星期六會過來「看一下」。雖然我買下書時沒仔細看，不過這本自費出版的詩集非常漂亮，是布面裝訂，該有的都有，還有雕工良好的木刻，並且印刷在手工紙張上。我們訂的價格是一百英鎊。

打烊時，我到eBay上查看英國皇家空軍觀測員的那本書——有四次出價，兩百一十八次觀看，三十位關注者，目前出價是二十六英鎊。結標日還有一天。

已經把四十箱滯銷／要換掉的庫存擺上車，明天到伯斯看一批書的途中再載去格拉斯哥的回收場。

總收入40.50英鎊

5位顧客

三月二十六日，星期四

線上訂單：2
找到的書：1

妮奇不尋常地準時到達，接著馬上就說我看起來像個流浪漢。我伸手往上拉動店裡的窗簾時，想必T恤跟著往上露出了一點皮膚。她跟我說她這輩子「從來沒見過這麼噁心的東西」。

下午，我出發前往伯斯（Perth）過夜，這樣明天上午就能到霍伊克看一批私人藏書。

在旅館查看Facebook，發現妮奇又劫持了書店的帳號，還寫了這些東西：

親愛的朋友們，在離開兩個星期後，我很開心地要跟紅髮大麻煩聊天，結果他不理我，自己去整理被風吹動的門簾；因為我太高興了，所以一分鐘後才發現我原本以為是某種像油灰／史蒂爾頓乾酪／褐斑的東西翻起來，結果那是他的肚子——那是一件露臍裝！噁！知道那有多痛苦嗎？

在伯斯一間叫「小屋」（The Bothy）的餐廳吃晚餐，一邊享用裝在巨大碗裡的淡菜，一邊試著讀《破產書商》。我說「試著讀」是因為我很努力不讓背景音打擾：有個非常吵的加拿大女人正在招待一群人，主導了所有的話題，讓他們看起來頭昏腦脹、無聊至極，而且隱約還有點害怕。

總收入199.40英鎊
19位顧客

三月二十七日，星期五

線上訂單：2
找到的書：1

我在上午九點半離開旅館，前往霍伊克，大約在中午的時候抵達第一戶人家——那是一間又大又漂亮的鄉間別墅，主人叫克里斯多福．沃德，談吐非常文雅，他是位退休的新聞工作者，擔任過《每日快報》（*Daily Express*）的編輯。他幾年前曾經以作家身分參加威格頓的圖書節。他替他祖父寫了一本傳記，而他祖父在沉沒的鐵達尼號上擔任樂團的小提琴手。那本書叫《樂音永恆》（*And the Band Played On*）。他的書相當多，主要都是現代作品，而且書況很好。我建議他把想留下來的拿走，幾個月內打電話給我，到時我會再來替他剩下的書估價。我們喝了杯茶，討論了（很久）關於出版業的情況，以及作家面臨的問題，而他們現在的平均收入是一萬一千英鎊，比朗特利基金會（Joseph Rowntree Foundation）提出的「最低生活標準」還低。我在圖書節期間就會不斷聽到作家們這麼說，其中很多在開始以寫作為業的二十年後，賺的錢還是跟以前一樣，這不只是按「實際價值」計算，而是指他們真正的收入。

我在十二點半離開克里斯多福家，在一點鐘抵達預計要去的下一戶人家（早了一個小時）。屋主是我一位朋友的伯母，去年丈夫過世了。又是一間很美的屋子——這次是棟牧師住宅——而且附近也很漂亮。我帶走幾箱書，花了三百英鎊。有一套很不錯的《紳士雜誌》（*The Gentleman's Magazine*），是十九世紀早期發行的。

下午兩點半離開霍伊克，五點半回到店裡，發現妮奇還在打混。當她（終於）打開門鎖讓我進去，我才發現原來她把店裡弄得亂糟糟——就算以她那差勁的標準來看也是如此——而她正忙著想要在我回來之前整理好。到處都是書，筆也隨處都有，破布丟在地上（「我是用來清理髒書的」），箱子也刻意到處擺放，想讓我越看不順眼越好。

妮奇整理完畢後，我查看電子郵件，發現有位顧客寄信問一本書《鬧鬼傳統：現代神祕主義的故事》（*A Haunted Inheritance: A Story of Modern Mysticism*），而我們在ABE上的價格是七十五英鎊。「你好，可以考慮用四十五英鎊加運費賣出這本書嗎？請讓我知道你的想法。先謝謝你了。」我回答他說不，我不考慮以那種價格賣出。那樣就是要打六折，表示我們會賠錢。

妮奇回家後，我跟卡倫到酒吧喝一杯，回想著我們在布萊德納克河上划獨木舟的時光，河流穿過了威格頓所在的山丘底部。那是一條非常漂亮的河，旁邊長著天然的闊葉樹，上游還有一些湍急的激流，最後則是流進寬闊平坦的鹽澤。這些冒險每次都是卡倫煽動的，而他也從一位朋友那裡替我借到了一艘獨木舟。在一個溫暖的夏日，我們平穩地順流而下，後來到了一處水流特別急的河段，結果我把我的獨木舟弄破了一個洞。或者，說得更確切一點，是卡倫朋友的獨木舟。從那時起，重點就變成我能在沉沒之前划多遠，而且還得把獨木舟翻過來倒掉水。幸好釀酒廠跟酒吧都在不到一哩遠的地方，所以最後一段路還不算太曲折。

總收入127.78英鎊
18位顧客

三月二十八日，星期六

線上訂單：2
找到的書：1

通常，在兩筆訂單之中，我找不到的那一筆都會比較貴，這次是一本關於穆罕默德的書，售價五十英鎊。

我們在店裡的一個角落有幾座架子擺放古董：珠寶、玻璃酒瓶、飾品，這一類的東西。上面有一塊小招牌寫著「古董」。一個男人從那裡拿著兩把未標價的小摺疊刀過來櫃檯問：「這兩把多少錢？我是從你們那些擺垃圾的架子拿的。」噢，教訓客人的棍子在哪裡？

到eBay查看那本英國皇家空軍的日誌情況如何。令我意外的是出價到了一五六點〇九英鎊。我以後一定要多注意這些東西。

要我把《短促的人生》留下的那位顧客跟她丈夫出現了。我把兩本都拿給她看。他們花了一個小時仔細研究，然後在離開時說：「我們會再想一想」，而每一位書商都知道這句話意思指的是「太貴了」。

今天下午我發現妮奇又復原了她的「大後方」書架，儘管我已經很明顯告訴她別這麼做了。一年前她找到一箱以第一次世界大戰為背景的言情小說，於是決定自己創造出一個文類——「大後方小說」——結果一本也沒賣掉，所以我跟她說我不想再看到那些書了。這一年來那些書一再出現，而我也一直拿掉它們。我把那裡換成一整個書架的綠色企鵝書。企鵝一直是很創新的出版社，而那些簡單、精美的封面——單色書皮再加上中間的一片白色——以及出版好書的名聲，讓他們的書還是很熱門。在獨特的封面上，每種顏色都代表一個不同的主題，所以橘色（通常）是小說，綠色是犯罪小說（企鵝出版社在我店裡最暢銷的類別），紫色是傳記，黑色是經典作品，粉紅色是旅遊，諸如此類。

午餐後，我收到一位義大利女人的電子郵件：

敬啟者：

希望這封郵件不會打擾您。我的名字是伊曼紐拉・瑪蘭奇（Emanuela Maranci），是都靈大學（University of Turin）的義大利學生。我主修電影與藝術，而我正在找工作（目前即使是兼職的也可以）。在這些年的研究與奉獻期間，我有幸近距離觀察到書本的世界，而我的經驗也讓我了解每一張書頁與每一個文字的真正價值。尤其是在Film and Resistance National Archive的工作需要更多技能：為一九六四年的義大利電影製作目錄時，我參與了文章的研究與選擇（包括數位版），查看過雜誌中的研究資料，並使用Photoshop設計版面（這也有助於改善一些隨時間受損的物件品質）。我二十五歲，覺得這一生中必須做點什麼，可惜的是研究並不夠。到英國之類的國家擴展知識並從事跟書有關的工作，這將會是夢想成真。您需要幫手嗎？

謝謝您抽空考慮。履歷已附上。

伊曼紐拉・瑪蘭奇　敬上

我明天會回覆，看她是否願意到店裡工作交換食宿。

一個大塊頭帶著一隻小小狗（比貓還小）在情色區待了半小時，然後轉移陣地到神學區。

總收入268.94英鎊

18位顧客

三月三十日，星期一

線上訂單：3
找到的書：3

昨晚時間開始往前調，可是我忘記改掉鬧鐘的時間，所以晚了半個鐘頭開門。

店裡整個上午都很忙，所以一定是學校放假了。

在星期一上午如往常堆積如山的電子郵件中，有一封來自上次想用四十五英鎊而非七十五英鎊買下書的那個男人，他要我再出價。我告訴他六十英鎊是我賣掉書還能有利潤的最低價格。

午餐之前，我發現妮奇把一張紙貼在門板玻璃的「到Twitter追蹤我們」貼紙上。進一步調查後，原來她是想要摳掉貼紙，結果弄得一團糟，只好貼別的東西上去，希望我不會注意到。

我回信給寄電子郵件過來詢問工作的義大利女人，告訴她這個夏天我已經答應僱用別人了，但如果她不介意沒薪水，我很歡迎她過來。雖然我從沒做過這種事，也覺得很不安，可是我沒辦法付兩份薪水。

總收入114.98英鎊
15位顧客

三月三十一日，星期二

線上訂單：2
找到的書：2

風勢猛烈的一天，陣雨跟燦爛陽光出現的時間一樣多。我想起安娜在談論每年此刻的天氣時最愛說的一句話：「四月陣雨帶來五月花，那麼五月花會帶來什麼？清教徒。」我猜這一定是新英格蘭的說法，就像我們的「三月來如猛獅，去如羔羊。」

今天的兩筆訂單都來自亞馬遜。

想用四十英鎊而非七十五英鎊買下書的那個顧客答應付六十英鎊，但前提要包含寄到美國的運費。我回覆說無法讓他免運，因為我已經解釋過我的底線，而且如果他到網路上找，就會發現唯一另一個買得到的版本要二五〇英鎊。

九點十五分有位顧客進來後就一直徘徊，大約持續二十分鐘都是一副要問問題的樣子，讓我根本無法離開去泡我非常需要的茶。

店裡整天充滿了一邊尖叫一邊到處橫衝直撞的小孩。

下午兩點，有位老人問了我一個最厲害的問題：「你能回答問題嗎？」可能的回答只有兩種，「是」或完全沉默。

就在打烊前，有個顧客帶來四袋關於獵鳥的書。他留下號碼，我說我會算出一個價格再聯絡他。

總收入138.54英鎊

23位顧客

四月

四月

當她描述那家二手書店，說他人生中最精華的階段就在那裡工作，我便告訴她我跟她丈夫很熟，因為有一段期間我習慣到愛丁堡舊學院建築附近狹窄如迷宮的街道之間逛書店。這些書店的數量一度相當多：唉，現在的數量則是少了很多。

——奧古斯塔．繆爾，《書商約翰．巴斯特私想錄》

奧古斯塔．繆爾於一九四二年藉由巴斯特的嘲弄式日記寫下了這些文字，要是他能夠預見二〇〇五年後面十年期間書店數量減少的情況有多嚴重，一定會很驚恐；自那時起，英國的書店數量幾乎少了一半，而今年是數量連續下滑的第十年。

歷經線上技術發展而存活下來的書店，主要是因為他們改造了自己或採用多元化經營，或是因為他們原本的商業模式不會受到變化莫測的消費習慣影響，例如位居頂端的著名古書店——Maggs、Harrington、Jonkers這一類——他們的顧客通常不會像我們這些處於經濟食物鏈底部的人感受到經濟循環的摧殘。而在經濟開始復甦時，還是會有獨立書店出現的：或許近幾年來最有名的例子是二〇〇六年在巴斯（Bath）開張的Mr B's Emporium of Reading Delights，書店所有人尼克·巴頓利（Nic Bottomley）則大方坦誠，城裡大量的觀光人潮是他們持續成功的因素。不過這無損於他開店時發揮的創新構想，例如量身打造的閱讀清單以及「閱讀SPA」。大部分倖存的書店似乎都有這些共通點——讓書店變成一種「體驗」，提供某種新奇又不一樣的東西，是線上購物永遠無法給予的，例如咖啡廳或穿過書店的鐵道模型（Barter Books），或是莎拉·漢修（Sarah Henshaw）那間令人驚奇的Book Barge，或者定期舉辦現場活動，像是脫口秀、讀詩、音樂演奏等。顧客想要的更多，除非書店能繼續提供更多東西，否則數量就會一直減少。我的店能存活下來有一部分是因為隨機閱讀俱樂部，會員每個月都能從我這裡得到一本書，但是無法掌控會收到什麼，而雖然這讓我做了一堆多餘的工作，卻在幾年前拯救了書店。

四月一日，星期三

線上訂單：2
找到的書：2

今天的兩筆訂單都是ABE。沒有亞馬遜的訂單。

郵遞員凱特上午十點送來郵件。其中有一封信是鄧弗里斯醫院寄來確認預約時間的，我要在四月十四日下午十二點四十五分做背部的磁振造影（MRI）掃描。

之前寄信詢問我書店工作的伊曼紐拉回覆說她很高興能過來以工作交換食宿。我整天都在思考這件事，覺得我已經相當習慣有自己的隱私和空間了，所以找卡倫談，看能不能把園藝室（書店一個銷售量非常少的偏遠地帶）後側改造成一間自給自足的小屋[1]。根據我們的計算，這麼做的成本只要省下兩個月薪水就能補回來。喬治．麥哈菲（George McHaffie）和家人大約在一八三〇年蓋了這棟建築，他們居住於此的時候，那裡本來是一位工作人員的住處。

一位叫桑迪．麥克雷斯（Sandy McCreath）的本地農夫進來討論他的一個構想：找四位農夫拍攝一年的影像日記，製作關於農業實際情況的系列節目，而不是像電視上修飾過內容的《鄉村檔案》(*Countryfile*)。

今天最早出現的顧客是一家四口，他們在十一點半進門，待了大概十分鐘就兩手空空離開了。

昨天那批獵鳥書我忘記估價了，所以今天查看了一遍。雖然書況不太好，可是裡面還有些不錯的書。要是十年前我就會毫不遲疑買下這批貨，不過現在關於打獵的書籍價格似乎驟降了，對這類書的需求也是。我想以今天的市場情況來看，二百英鎊算合理了。十年前的價格就會多出一倍。

有位顧客買了一個店裡的購物袋，而他留的馬尾從頭頂附近突出，頭髮垂在脖子旁邊有點像是狼尾髮型。我考慮了一番到底要不要賣給他，因為我懷疑他這樣嚇跑的人會比吸引來的人還多。

總收入287.47英鎊
25位顧客

---

1 傳統上，小屋(bothy)是用於讓農場工人居住的小農舍，不過最近幾年大家越來越常聯想到在山區翻修過的小農場，可供登山客與健行者休息。

四月二日，星期四

線上訂單：4
找到的書：4

四筆訂單，全部來自亞馬遜。

天氣很好，陽光和煦。

郵遞員凱特送來安東尼・帕克（Anthony Parker）從鄧弗里斯寄的信，他說他要搬進安養中心了，問我能不能去看看他的書。我明天要到鄧弗里斯看另一批書，所以會把行程盡量安排在一起。

十一點，一個招搖炫耀著蘇格蘭民族黨（Scottish National Party）徽章的老女人過來為了一本《木偶奇遇記》（*Pinocchio*）討價還價，那是年代久遠的精裝本，書況如新。價格是四點五英鎊。「現在景氣這麼差，你不可能要我付那種價錢吧。」顯然她沒想到在「景氣這麼差」的時候，書店更容易受到各種變化與限制影響。

有三個人帶書來賣，幾乎都是垃圾。每年此時人們就會開始清理東西、搬家和大掃除，所以我們在三月跟四月總會被書淹沒。

我查看了妮奇在東基爾布萊德買回來的幾箱書（某個人打給我說他們有書要賣，當時她正好在那裡，所以就替我談了這筆生意）。大部分的書都非常骯髒，不過那有可能是因為在妮奇的車裡待了兩個星期。在我車上還有從伯斯和邊區買的二十箱書要搬下來，而店裡也堆了不知多少箱書。

打烊之後，我回信給伊曼紐拉，問她想要什麼時候開始。

總收入98.50英鎊
8位顧客

四月三日，星期五

線上訂單：2
找到的書：1

聖週五，銀行休假日。幸好妮奇很樂意在銀行休假日工作，也願意過來「幫忙」。其實，她對任何假日都不以為意——甚至是宗教假日——所以我幾乎等於隨時都能找她，而她只要有空就會過來。

今天上午我打電話給帶來獵鳥書的男人，向他提出二百英鎊的價格。他不滿意，顯然預期的數字還要高得多。事實上，他說過兩年前有人光是為了其中一本書就願意出價二五〇英鎊。我懷疑這可能是逼我提高價碼的計謀——我已經在網路上查過每一本書的價格才算出這個數字，而裡面沒有任何一本接近二五〇英鎊這個價位。所以他有可能是想要從我這裡得到更多而說謊，或者如果兩年前真的有人出價二五〇英鎊要買那本書，那就是他太貪心，還想得到更多。不管怎樣他都沒機會了。他星期二就要過來拿書。

獵鳥在這一帶算是滿流行的運動；山腳下被小溪劈開的那片鹽澤平灘，除了是威格頓的所在，也是鵝在冬天時的廣大棲息地，而在破曉時分蹲伏於泥濘溝渠的獵鳥人，就時常帶著靴子上的泥塊一起進入店裡。他們每次都會找獵鳥的書，可是從來不買，還說定價太貴了，然而當他們想要賣自己的書，卻又期望我給他們超出應有價值的金額。賣書的人很少拒絕我提出的價格，除了獵鳥人以外，他們似乎都會過度高估自己的價值。

午餐後，我去找一位叫安東尼．帕克的人看藏書，他之前寫信說要搬進安養中心，問我能不能過去買他的書。我開上崎嶇不平的農場小路前往他那棟偏僻小屋時，發現我幾年前曾經來過，也向他買了書。當時他太太還活著，而他很有精神。今天他只有自己一個人。他的視力每天都在惡化，也只能使用助行器拖著腳步走路，而助行器很明顯是他自己製作的：一臺木製推車，再用鐵人膠帶將兩根手杖黏上去。那還有架子跟輪子，真是一部實用到令人佩服的裝置。他要搬到薩里的一間安養中心，離他孩子家比較近。他明天就要九十歲了。我向他買了一箱書，以及大約五十份英國地形測量局（Ordnance Survey）的地圖。

我在下午五點半左右回到家，後來就跟卡倫以及好一段時間沒見的崔西去酒吧。她一直在忙著找工作，不過這裡沒什麼產業，我認識的人大多是自營工作者。

我從酒吧回來之後查看電子郵件，發現伊曼紐拉問她能不能從七月二日開始，我馬上就答應了。現在我得處理改造園藝室的問題了。裡面大概有兩千本書，而我沒地方可以存放。我必須在她來之前整理好那個地方。

十一點鐘，克蘿達（Cloda）和里歐（Leo）從愛爾蘭來到這裡，還帶著他們的寶寶艾莎（Elsa）。大約凌晨兩點就寢。克蘿達是我住在布里斯托時認識的愛爾蘭朋友。她是藥劑師，現在跟來自阿根廷的另一半里歐住在都柏林。我們經常聊顧客的事，不過她的故事通常比較會牽涉到犯罪，例如頻繁偷竊麻醉劑或是持械搶劫未遂。

總收入228英鎊
22位顧客

四月四日，星期六

線上訂單：0
找到的書：0

今天又是妮奇在，陽光很燦爛。我下樓時，克蘿達和艾莎已經起床在廚房了。

今天有第一場威格頓年度市集。今年的攤位似乎比之前都好。市集從四月持續到十月，而且混雜了各種攤位，什麼都賣，例如鄉村音樂CD、方格花紋旅行毯、本地種植的蔬菜。

午餐時間剛結束，有個人從道格拉斯堡打電話來，操著北英格蘭口音，說想要在星期二帶一些用香蕉箱裝的書過來。「我才剛搬到這裡，要怎麼去威格頓？」在加洛韋要去哪裡其實很簡單：這是個人口稀少的地方，道路也不多，所以我只告訴他往西走。

到惠特霍恩島的蒸汽班輪吃午餐，同行的有克蘿達、里歐、卡倫跟他朋友莫瑞（Murray），以及莫瑞的女朋友薇薇安（Vivien）。惠特霍恩島是座漂亮的漁村，大約十五哩遠，而蒸汽班輪則是港畔一間很棒的酒吧。遊客總會問為什麼這裡稱為「島」，但其實並不是島。根據當地的傳說，那裡曾經是一座島，跟大陸之間有一處淺淺的沙洲隔開，而在十八與十九世紀，走私的淺水船被海關船追逐時——如果潮水的高度足夠——就會開往島和大陸之間的海灣。他們可以通過海灣，但是海關的深水船就會擱淺，所以當局築了一條堤道將島和大陸連結起來，防止這種走私的冒險行為。雖然我喜歡這種生動有趣的說法，不過我懷疑其真實性。

在店裡愉快地忙了一整天。每年這個時候，人們會開始脫離冬眠，而每年日期不同的復活節也總會為這裡帶來遊客。

總收入672.93英鎊
52位顧客

四月六日，星期一

線上訂單：3
找到的書：2

復活節假日。

寒冷、陰鬱的上午，鎮上籠罩著一片濃厚的海霧，不過顧客很多——主要都是帶著小孩來又完全不花錢的家庭。跟星期六非常不一樣。

我找不到一筆訂單：麥柯里（McKerlie）的《加洛韋雙子》（*Two Sons of Galloway*）。這本書我曾經有過幾本，但在網路上一定很稀少，因為這本是以一二〇英鎊售出。其他訂單之中，有一筆是一套兩冊的《露西・哈欽森作品集》（*The Works of Lucy Hutchinson*），賣了一五二英鎊，稍微補償了缺少麥柯里那一本的損失，而且對我們平均七英鎊的線上銷售金額是很大的提升。

《加洛韋雙子》讓我想到了身分認同的問題。這裡的人不會形容自己「來自」某個地方；他們會說自己「屬於」某個地方，彷彿那個地方擁有他們，而不是相反過來。幫我將店裡跟家裡維持乾淨整潔的珍妮塔，幾乎一輩子都住在威格頓，不過她會說自己「屬於」莫克魯姆，那是在大約八哩外的一個小村莊。我在這裡長大，母親是愛爾蘭人，父親是英國人，而我一直認為雖然自己是在加洛韋出生，卻不能真正地說我「屬於」這裡。原因並非我不覺得自己屬於這裡，而是其他人才覺得自己有資格這麼說——你的前人必須好幾個世代都是加洛韋人，這樣你才會被允許對這個地方有認同感。

多年前我在幫父親「剪」（羊毛）的時候，有一位叫萊斯利・德萊斯戴爾（Lesley Drysdale）的剪羊毛工人問我父親在加洛韋住了多久。他回答說他跟我母親在這裡住了二十年。工人告訴他，再過五年他就可以當成「定居」了。這裡比任何地方感覺更像家，但其他人並不認為你屬於此地，這是一種很奇怪的錯置感。起伏的鼓丘、蜿蜒的河流、馬查爾斯半島崎嶇不平的海岸線，這些都深深融入了我的自我意識之中，讓我懷疑要是我住在別的地方，就會覺得心裡少了那一個部分。

到了兩點，霧氣已經蒸發，太陽也露出臉來，這時顧客全都拋棄書店，前往山上與海灘了。我在三點鐘後就沒見過任何人。

下班後，我騎自行車到我父母家（六哩遠），我妹維琪（Vikki）正好也跟她先生艾利克斯（Alex）帶他們三個孩子去探望。大約十一點鐘回到家。

總收入155.49英鎊

19位顧客

四月七日，星期二

線上訂單：0
找到的書：0

今天又沒有訂單。這種情況極為罕見，不過三天內卻發生了兩次，而且還是在假期，讓我懷疑季風又出問題了。

起床後發現感冒了，有鼻涕也有痰。不知道是哪個頑皮又流著鼻涕的小鬼在復活節期間好心跟我分享了病毒。

上午九點四十五分，有個矮胖的男人手裡抓著一張紙出現。他緊張地到櫃檯問：「我來對地方了嗎？」原來他是星期六打過電話，要用香蕉箱裝書帶來的人。他把箱子搬進來，偷偷輕聲說：「最近的公廁在哪裡？」然後就匆忙跑去找了。

我花了二十分鐘查看六箱書。所有的書都完好如新，而且有一些極為罕見的題材：最特別的是運輸、病蟲害防治（十二本書），以及擔任行刑人的皮耶爾波因（Pierrepoint）家族。我們談好一二〇英鎊的價格。

下午，把香蕉箱裡的書定價並上架之後，我開始整理兩個星期前從霍伊克那戶人家買的書，發現了一套很漂亮的史蒂文森作品，共二十五冊，是Swanston發行的限量版。可惜店裡沒有擺放的空間了，所以我把書刊登到eBay上。

有個想要處理掉亡父藏書的人寄電子郵件來：

我知道有些狩獵的書轉賣價值很高，而我必須把這些書賣得越貴越好——就像你想要付得越低越好。一定會有能夠妥協的地方。

這個完全不認識的陌生人幾乎把我當成有罪的乞丐，讓我覺得有點受到冒犯。

維琪和艾利克斯帶女兒們來店裡，年紀最小的莉莉（Lily）追著船長到處跑，還堅持要爬上書店前面的展示櫥窗。沒過多久，一罐品客洋芋片引起了爭吵，另外兩個女孩加入後，變得說有多討厭就有多討厭。我不知道維琪是怎麼忍受的。她聲稱她們任何兩個在一起都沒事，但加上第三個就很容易爆發。

有兩個人想要以信用卡支付一點五英鎊的價格。一直到最近，我們都跟其他許多商家一樣，不接受以信用卡支付低於十英鎊的金額。部分原因是這樣有點討厭，另一個原因是我們還要給銀行一小筆費用，不過自從倫敦交通局（Transport for London）於二〇一四年在倫敦地鐵推行非接觸式支付以來，越來越多人似乎都能接受連最低的交易金額都用這種方式支付。我想我們一定得適應必然到來的無現金社會。

到了打烊時間，說今天要來拿回獵鳥書的那個男人還是沒出現，於是我跟卡倫與崔西去喝了一杯，而崔西終於得到一次工作面試的機會。她要去特恩貝里應徵一份接待員的工作。儘管川普盡力了，但蘇格蘭西南部的人還是不肯用「川普・特恩貝里」（Trump Turnberry）這麼自大的新名字來稱呼那裡的飯店和高爾夫球場。我懷疑他提出的飯店改造方案會把那個地方變成一個品味糟糕透頂的地標。我的舊室友馬丁（Martin）以前住在這裡的時候都會跟我交換聖誕禮物。有一年——完全是巧合——我們都送給對方一本彼得・約克（Peter York）的書，叫《獨裁者的家》（*Dictators' Homes*）。我敢肯定唐納・川普（Donald Trump）的室內設計一定用了這本書，就像一般人使用泰倫斯・康藍（Terence Conran）的《家居手冊》（*House Book*）那樣。

總收入162.89英鎊
17位顧客

四月八日，星期三

線上訂單：6
找到的書：5

有一筆訂單是三本書，其中一本在昨天那個男人帶來的香蕉箱裡——伊恩・奈恩（Ian Nairn）的《無法無天》（*Outrage*），這是一本很特別的書。奈恩是一位建築評論家，創造了「郊托邦」（subtopia）這個詞。有一個人在線上訂了三本書，代表今天賣出的書總共是八本：總價九十九英鎊。我們的網路銷售很少賣到這麼高的價錢，不過這算是彌補了我們過去一週完全沒訂單的那兩天。

上午十點，有位年輕的義大利女子來找我討論書店的生活，因為她要為部落格寫一篇文章。在我們聊到書店今日面臨的艱難時，有位顧客在店裡隨意翻看，然後拿了三本書到櫃檯。總價是二十三英鎊。他說：「你可以算二十英鎊吧。」義大利女孩瞠目結舌不敢相信。這讓我想起已經有段時間沒聽到伊曼紐拉的消息。或許她改變心意不來蘇格蘭了。

一位年輕女子在情色區待了很久，後來買了五本書。這是很不一樣的改變，因為出沒在這一區的通常是留著鬍鬚又穿著聚酯纖維褲的男人。

總收入293.27英鎊
30位顧客

四月九日，星期四

線上訂單：3
找到的書：3

今天上午我在把最近進的書定價並上架時，發現了麥柯里的《加洛韋雙子》。幸好我還沒取消星期一的那筆訂單，因為我懷疑這本書就在某個地方。

一定是某個顧客拿起來讀，然後放到不同的書架上。可惜，這種情況一點也不少見。

伊曼紐拉寄來電子郵件：

尚恩：

我不知道該怎麼感謝你的幫忙。明天我會訂機票（七月二日）我非常開心。

伊曼紐拉

今天收件匣裡還有某個人寄來的信，想要找一些企鵝出版的書：

你好：

我下個月要結婚了，而我們算是以企鵝的書當主題。我們要在婚宴會場擺一些企鵝的書。雖然我們在網路上找到了一些橘色書，不過還差幾本，另外也需要其他顏色的——綠色、藍色、黃色、淡紫色等。我們真的很想要書中間那種經典的橫向白色／乳黃色背景。不知你能夠幫忙嗎？我們不在蘇格蘭，所以需要安排寄送。

> 如果可以，我們大概還需要五本橘色書，其他各種顏色則需要二十到二十五本。
>
> 書的內部狀況並不重要，萬一外觀有點受損，只要看起來還完整，褪色也不會太嚴重，那就可以了。我們打算每本書付二十到二十五便士。

這種情況很有趣，因為他們只把書當成餐具墊，或者裝飾品，總之不管他們拿來做什麼，都算是把書當成沒有價值的東西。這些書我每本可以賣到二點五英鎊，為什麼要以十分之一的價格賣給他們？

午餐時間剛過，一位少女（講話很得體）興奮地跑到櫃檯說：「這間書店太神奇了，我剛剛才遇到我最好的朋友的表妹。她住在鄧迪（Dundee），我們住在紐卡斯爾（Newcastle）。」關於書店似乎真的有一種緣分，不只是找到你從不知道存在過的書，或是你尋找很久的書，還包括遇見其他人。顧客（不只本地人）經常在店裡巧遇他們從完全不相關領域認識的人。我已經聽到很多次這樣的對話了。

下午四點四十九分，有個留著稀疏鬍子的男人出現，在店裡到處晃，偶爾發出哼一聲，好像是在跟自己的羊毛衫摔角。我不清楚他到底是想穿上或脫下。他在五點十分兩手空空離開，一隻手穿進袖子裡，另一隻手卻沒有。

到了打烊時間，帶獵鳥書來的那個男人還是沒出現，於是我打電話給他，提醒他那些書讓店裡變得雜亂了。現在他說星期六會來拿。店裡已經快容納不下最近進的書了，那些書不只擋路，還要標價與上架，不然就是丟掉。

總收入432.20英鎊
16位顧客

四月十日，星期五

線上訂單：4
找到的書：4

妮奇九點十分出現。她立刻開始翻看我標記要回收的那幾箱書，然後把書拿出來，重新放回架上。後來，我上樓替她泡茶的時候，她花了我六十英鎊買下一位顧客帶來賣的三本書，全都是圖書館用書。

今天的收件匣裡有一位亞馬遜顧客寄來的電子郵件：

我在找一本書，可是我不記得書名。
那差不多是一九五一年的書。
有一部分情節是關於一車的蘋果翻倒了，我就只知道這些，書是想要給一個朋友當驚喜的。
可以請你幫忙嗎？
祝好

在替書標價時，我發現了雪莉．傑克森（Shirley Jackson）的《鬼入侵》（*The Haunting of Hill House*），這本書好幾個人都推薦過。我翻了一下，看到這段文字，想起喬伊絲當初很肯定地說這家書店鬧鬼了：

在蘇格蘭有一座莊園，裡頭充滿了吵鬧鬼，最多一天曾經發生過十七次自然起火的事件：吵鬧鬼喜歡搬動床用力把人甩下去，而我記得有一位牧師還被迫離家，因為他日復一日受到折磨——有隻吵鬧鬼會把從競爭教會那裡偷來的讚美詩集丟在他頭上。

這間屋子就像書中的希爾山莊，年代久遠，會發出吱嘎聲，還有些地方很冰冷，可是我從來沒感受到任何超自然事物的威脅，主要原因是我覺得周圍有成千上萬本書保護著我，提供我一道理性的障壁，阻擋對未知的不理性恐懼，儘管我從未讀過那些書，也永遠不會讀。圍繞著我的鬼魂，是付出時間寫下故事或闡釋所學的作家鬼魂，不是無法解釋的超自然幽靈。所以，當我看著樓梯的平臺，我看見的是有光亮透進來，而不是陰森的幽靈隱約出現。

提早十分鐘打烊，跟卡倫和另外幾個人去酒吧。

總收入177.99英鎊
17位顧客

四月十一日，星期六

線上訂單：2
找到的書：1

今天妮奇沒上班。我忘了她的藉口是什麼，不過想必一定很牽強。我猜可能跟她的寵物兔或貓有關係。或是兩者都有關係。今天找不到的訂單是一本四十英鎊的書，內容是關於拉賽島（Raasay）的清洗運動，妮奇最近才刊登到網路上。我搜尋附近架上，可是完全找不到。

卡倫在十點半過來喝茶。他到鎮上是要把昨晚開到酒吧的車開回去。喝了幾杯以後，他決定還是騎自行車回家比較好。

卡倫抵達不久後，菲內拉跟她的孩子們過來聊天，沒多久翠絲（Tris）也來了。菲內拉和翠絲是我從小就認識的朋友。雖然我很早就認識她們，但她們彼此卻不太熟，這在人口如此稀少的地區來說很不尋常。店裡滿是顧客時，我們就轉移陣地到廚房，接著我讓卡倫負責泡茶，自己回到店裡忙，他們則在廚房閒聊敘舊。

想賣獵鳥書的那個男人中午剛過就來拿書了。我幫他把書搬上車。他在五分鐘後又出現，生氣地說最值錢的那本《Snowden Slights》不在其中。我請他再找一遍，我也會檢查店裡的存貨，看看是否不小心把書標價並上架了。五分鐘後他就面露歉意抱著那本書回來。

有位顧客帶來滿滿一皮袋的書，問能不能用書交換在店裡消費的額度，於是我挑出了幾本，給他二十英鎊的額度。剩下的都是亞歷山大・麥考爾・史密斯（Alexander McCall Smith）的作品——這些書越來越常出現，顧客帶來的每個箱子或袋子裡幾乎都有，而它們在二手書業賣得很差——就跟大部分的暢銷書一樣。

下午四點鐘，有個男人載了一車的書過來。那些幾乎都是賣不出去的東西，不過我在其中發現兩本有趣的書：《大麻的效力》（*Marijuana Potency*）和《大麻植物學》（*Marijuana Botany*）。我已經知道有哪位顧客會買了。

總收入316.87英鎊
36位顧客

四月十三日，星期一

線上訂單：4
找到的書：4

今天最棒的訂單是由法蘭克・布朗溫（Frank Brangwyn）畫插圖的《魯拜

集》（*Rubaiyat*），價格七十五英鎊。

一直到十一點二十分都沒有半個人進門——連郵遞員凱特也沒來。

我又看了一次鄧弗里斯醫院寄來關於ＭＲＩ掃描的信。裡面有一份調查一般健康狀況的調查表，其中有一個關於穿環的問題。最下方有一段說明寫著：「如果您在任何一個問題回答『是』，請於預約時間之前致電ＭＲＩ單位」，於是我打給他們，說我身上有一個穿環。專科醫生建議我找個磁鐵，看看那個環會不會對磁力有反應。如果有，那麼就必須摘下它才能做ＭＲＩ掃描。我有一點擔心，所以在屋裡找磁鐵，可是找不到。

有位老人在我替書標價時過來問：「不知道你能不能幫我，我在找自助類的書。」我幾乎敢肯定他看不出這當中的諷刺之處，於是我問他要找哪種類型的自助書，結果他回答「我不知道」。

電話在四點鐘響起。有個女人要買我們刊登在亞馬遜上的一本書，可是她的電腦在過程中當機了，所以她想透過電話購買。我抄下了她的姓名、地址、信用卡資料和電話號碼。掛斷電話後，我手動把她的信用卡資訊輸入機器，可是不知道為什麼一直無法完成交易，後來才終於發現我輸入的不是她的卡號而是電話號碼。

就在打烊前，有對老夫妻帶了一本家用《聖經》過來。這種書幾乎沒價值，就算書況很好也一樣。在維多利亞時代，幾乎每個家庭都會有一本，就我所知這毫無市場需求。我手上唯一有過真正有些價值而且相對好賣的《聖經》叫「馬褲聖經」（Breeches Bible），是一五七九年發行的日內瓦聖經（Geneva Bible）其中一版（在欽定版聖經之前），而會有這個名稱是因為其中的創世紀第三章第七節寫道：「他們二人的眼睛就明亮了，才知道自己是赤身露體，便拿無花果樹的葉子，為自己編作馬褲。」

總收入130.29英鎊
15位顧客

四月十四日，星期二

線上訂單：3
找到的書：3

芙洛今天在店裡上班，因為我要去做背部的MRI掃描。我在上午十點離開威格頓，開往鄧弗里斯。費了一番工夫後，我終於在Homebase找到一個磁鐵。我不確定我的穿環是否有磁性，所以也買了一把鉗子，以防需要拆掉，接著我開去醫院並找到了MRI室。那裡沒有人，於是我帶著鉗子跟磁鐵進廁所。穿環看起來對磁鐵沒反應，所以我把它留著，然後非常緊張地等了半個小時，後來有人叫我，給我一件檢查服，接著有兩個人各問了我一遍調查表上的所有問題。最後我進了有掃描裝置的房間，慢慢滑入像棺材的機器，接下來二十分鐘完全不能動，那東西發出可怕的噪音，就像《超時空博士》（*Doctor Who*）裡的某種機器，而這整段期間我還得害怕身上的穿環可能帶有磁性。

我在下午兩點左右離開鄧弗里斯，差不多三點回到店裡，當時芙洛正坐著看書，周圍都是顧客帶來要賣的好幾箱書。哪天我一定要花時間教她這方面的事，免得重擔全落在我跟妮奇身上。

芙洛：每次我在店裡工作的時候進帳都會增加。

我：原因並不是妳在這裡，而是因為我不在這裡。

總收入297.08英鎊

22位顧客

四月十五日，星期三

線上訂單：1
找到的書：1

上午八點二十分，蘇格蘭廣播（Radio Scotland）打電話來。他們想要做一個節目，內容是關於人們只把書店當成瀏覽書籍的地方，然後到網路上買書。他們在上午十點再次來電，接著我就跟莎拉・謝里丹（Sara Sheridan）做了一段現場對談，這位作家正好是我在都柏林念大學時的房東。我從頭到尾都緊張得發抖——我在公開演說時都會嚇到動彈不得，而且我討厭參加現場廣播。毫無疑問，我的表現完全就像個白痴——當然是因為節目現場收到並讀出的訊息跟電子郵件時那種氣氛，而且有很多人完全可以接受在店裡瀏覽再到網路上買書。

午餐過後有一家四口進來店裡。母親看著我，說：「你剛結束今天的廣播節目，對吧？我們開車過來的路上就在聽。」他們逛過以後買了幾本書。結帳的時候，她跟我說她在我小時候跟我見過面。在我十歲時有一次全家出遊去澤西（Jersey）探訪一些朋友，而她是他們的互惠生。我忍住沒提醒她，當時招待我們的主人有一條規定，就是女人在游泳池必須上空，而我第一次看到胸部就是她的胸部。

我完全忘記自己已經把Swanston版的史蒂文森作品集放到eBay上了。當初我並沒有設定底價。賣出的價格是二十英鎊，以史蒂文森的限量版全套作品來看，這個數字實在太慘了。雖然這一定會讓我虧錢，不過我想既然市場願意給的價格是這樣，那麼這套書的價值也就只有這樣，而且店裡還被占了一堆空間。

下午，我注意到一位年輕女孩正往上注視著掛在店裡畫廊天花板的那副骷髏。她的母親跟我說她不肯從它底下經過。女孩問我那副骨頭有沒有名字，這個問題以前從來沒人提過，而且我也完全沒想過，於是我問她覺得它應該叫什麼名字。她立刻回答「阿骨」（Skelly），這正好是同伴們對斯圖爾特・凱利（文學評論家、作家以及威格頓圖書節重要人物）的稱呼。

就在我考慮提早打烊時，一對長得非常高的美國夫妻進來了。她買了一本書。離開時（四點五十五分），她問：「這附近還有什麼地方可以讓我們吃午餐嗎？」在威格頓光是午餐時間要買到午餐就很困難，更別提都快五點了。

卡倫打電話來，說他明天要去高地區爬山，於是我寫電子郵件問妮奇能不能來上班，讓我可以離開幾天。

關店後跟崔西去喝一杯，她今天在特恩貝里參加了一場工作面試。

總收入146英鎊
15位顧客

四月十六日，星期四

線上訂單：3
找到的書：2

妮奇過來上班，這樣我就可以離開幾天。卡倫上午九點到，接著我打包登山用具，跟他在十點出發，下午五點抵達洛欽弗（Lochinver），而卡倫的兩個朋友莫瑞與薇薇安也在那時加入我們。在這種旅行時，卡倫跟我通常都共用一個房間。

總收入200.99英鎊

18位顧客

四月十七日，星期五

線上訂單：4
找到的書：3

我們四個人八點半從民宿出發前往蘇爾文山（Suilven）。路上我們討論了卡倫是否能把園藝室改造成一間小屋，讓伊曼紐拉可以在夏天期間住。他似乎對這個想法很熱衷。如果要及時準備好，我們就得盡快開始才行。

總收入205英鎊
16位顧客

四月十八日，星期六

線上訂單：3
找到的書：3

陽光燦爛，穿著短褲和T恤在阿辛特（Assynt）的山區健行，度過了興奮又疲累的一天。

總收入337.92英鎊
29位顧客

四月二十日，星期一

線上訂單：3
找到的書：1

卡倫跟我昨天從洛欽弗開車回來。下午六點回到家。

今天又是美好晴朗的春日。

「季風」似乎又掛掉了，防毒軟體一直誤認它感染到某種病毒，還移除了一些重要的部分，結果讓它無法開啟。

妮奇留言寫下她在我離開期間做的事：

買了一些書
拒絕了一些書
打掃了外面
清空了鐵道區的書架
把紋章從園藝室拿進來了
逗了船長
照顧受腹瀉所苦的親愛顧客
對每個人笑
處理了箱子
所以，就跟平常一樣做得非常少
應付了很多笨蛋

替一位可愛的老人把所有比格斯的書拿下來
又一次聽黏人先生說話
一堆欣喜若狂的顧客簡直愛死了這間店

她還寫了幾句話，不過如果我列出來，可是會惹上訴訟的。「季風」終於回覆了我的電子郵件，傳來一個Log Me In的PIN碼，然後接手我的電腦解決了問題。

有個老人穿著很明顯是設計給年輕人穿的褲子，在古書區看了一陣子，然後說：「真希望這些書能說話，這樣就能告訴我們它們見識過什麼。」

總收入74.50英鎊
9位顧客

四月二十一日，星期二

線上訂單：0

找到的書：0

雖然沒有訂單，不過又是個陽光燦爛的一天。柯金納教會的牧師傑夫上午十點過來。他正要去參加一位教區居民的葬禮，不過是以朋友而非神職人員的身分。「對啊，她是個好人。」他離開時憂鬱地說。他通常會在等待藥師準備處方藥的時候來訪，而且心情通常也很輕鬆愉快，可是今天不一樣。

十一點，有位顧客到櫃檯引起我的注意，然後說「在阿尼克（Alnwick）有一間比這裡更大的書店」，接著就離開了。顧客經常提起位於阿尼克的Barten Books來跟我的店比較。我沒去過，不過真的應該造訪一下。這家書店除了有一流的名聲，另外還有一點值得肯定（或是應該永遠在地獄之火中焚燒），那就是店主在拍賣買下的一箱書中發現了今日隨處可見的「保持冷靜繼續前進」（Keep Calm and Carry On）二戰海報。

刺青異教徒桑迪帶了七根新手杖來，所以我替他增加了四十二英鎊的額度。我在跟他聊天時，有位顧客拿著三本書到櫃檯，跟我說他一直「跟書本有一種關聯」，然後問我跟書有什麼關聯。我無法回答——書除了是我買賣的物品，我真的想不出該說什麼，也想不出它對我而言是什麼。但其實還有更深的意義。

狄肯先生過來訂一本關於亨利四世（Henry IV）的書。我已經有段時間沒見過他了，而他看起來跟平常一樣，儘管他最近很不尋常地坦白透露自己得了阿茲海默症。我們討論完他想訂購的書本細節後，另一位員工稱為「鼴鼠人」的常客進來店裡，照慣例花了三十五英鎊買下各種類型的書。我試圖跟他交談，可是他一點也不感興趣。鼴鼠人就像狄肯先生的表親，只是比較矮、一貧如洗，而且又近視：鬍子刮得不均勻，衣物材質是聚酯纖維而非皇家律師的絲質，但是對知識的渴求並不遜於狄肯先生——事實上，說不定還更勝一籌。他會安靜地在店裡潛伏搜索，幾乎看不見蹤影，接著又突然出現在櫃檯，衣衫不整，透過像牛奶瓶一樣厚的鏡片眨著眼睛。他帶到櫃檯的一大堆書總是包含了各種主題，而且幾乎不會少於十本書。但跟狄肯先生不一樣的是他從不說話或跟人眼神接觸。在他成為顧客這五年左右的期間，從來沒在交易中說過半個字，此外他總會急切地從他那破舊的皮夾中奮力抽出鈔票付現。另一個跟狄肯先生不同的是他身高很矮，而且——除了他偶爾像是在店裡挖地道那些時候以外——每當他來到櫃檯結帳，我都只能看得到他的上半張臉。我不知道他的名字，也非常懷疑他是否知道——或在乎——我的名字。我猜想他是個閱讀癖，讓自己沉迷在閱讀中，代價則是沒學會最基本的社交技巧。我真是太喜歡他了。我不知道他為什麼來威格頓；或許他有家人在這裡。我想我永遠也不會知道。

今天上午在臉書有一則關於書店的新評論，作者是一位叫珍娜・費格斯（Jenna Fergus）的顧客。我根本不記得她。

店長的無禮與傲慢簡直讓我厭惡到了極點。他因為懶惰而拒絕幫我拿我搆不著的書，也完全不在乎顧客是否滿意。

總收入128.50英鎊
9位顧客

四月二十二日，星期三

線上訂單：0
找到的書：0

今天妮奇在。她抵達時說的第一件事：「上星期我帶了個禮物給你，可是你不在。有機豬肉香腸。」我問她怎麼處置那些東西，因為她是吃素的。「我吃掉了。味道很棒。」

今天又沒有訂單了，所以我寄電子郵件給「季風」，看看出了什麼問題。

有個男人開著一輛又舊又吵的Land Rover停在店門前，然後搬來一箱關於時鐘的書。妮奇查看了一番，並且在網路上查價。她叫我向他報價七十英鎊，而我在他散步完回到店裡時也這麼做了。他只說「我不接受」，接著搬起箱子，沒再說話就離開了。

今天陽光和煦，於是我打電話問崔西想不想去散步。我們在午餐時間回到書店，發現妮奇跟佩特拉站在外面，像笨蛋一樣驚奇地張開嘴巴盯著天空。她們顯然覺得自己在看一隻很稀有的鳥。佩特拉指著牠，問崔西（英國皇家鳥類保護協會的成員）那是什麼。她跟她們說那是一隻海鷗。佩特拉是奧地利人，有一對大約十歲的雙胞胎女兒。她跟卡倫是一對。她總是看起來一副開心到誇張或者像嬉皮的樣子，讓我幾乎無法想像她是怎麼在不藉助迷幻藥的情況下達到那種境界，不過她也古怪到了極點，這表示她能夠完美融入威格頓的人文風情。

我們出去散步時，妮奇跟兩位顧客有了以下對話：

丈夫：這間店是妳的嗎？

妮奇：不。

妻子：這間店是妳的嗎？

妮奇：不。

丈夫：（廢話廢話廢話）……最大的店……（廢話廢話）……我可以拍妳的照片嗎？（把手機鏡頭塞到我面前）

妮奇：不行。你們要買書嗎？（遮著臉說話）

妻子：噢，如果我買書妳才會讓我拍照。

兩個人都走掉了，一本書也沒買。

下午我跟本地藝術家戴維．布朗開了一場簡短的會議，討論他想在店裡舉辦的春日狂歡活動。春日狂歡是一年一度的活動，會讓藝術家跟手工藝人向大眾開放自己的工作室。活動的人數每年都有成長，而且是加洛韋的重要文化事件（就像威格頓圖書節）。成千上萬的人會湧入這一區，希望能從參加的藝術家那裡搶到便宜（少了展場的費用他們就可以降價），而且也是出於好奇，想看看藝術家們如何在活動的空間裡創作。在建議的路線中，有一條會經過威格頓。這通常會讓鎮上的所有店家生意興隆，尤其是餐廳和咖啡館。

我在下午兩點半離開店裡前往愛丁堡，中途還要經過位於格拉斯哥的紙類回收廠。可惜我在四點四十分抵達紙類回收廠時，發現它四點半就關了，所以就跟一位朋友待在格拉斯哥。

總收入66英鎊
6位顧客

四月二十三日，星期四

線上訂單：1
找到的書：1

特別平靜的一天，不過幾乎每位顧客都買了一本書。

總收入64英鎊
12位顧客

四月二十四日，星期五

線上訂單：3
找到的書：1

今天只找到一筆訂單的書，叫《露營者手冊》（*The Camper's Hand Book*），一九〇八年出版，裡面有一則絕佳的Buberry廣告。

另外兩筆訂單是我們幾年前在亞馬遜上賣掉的書，可是不知為何神奇的「季風」認為我們還有那些書。這造成了很大的麻煩——由於第三方軟體的技術故障，我們現在必須取消訂單，而且還有在亞馬遜得到負評的風險（幾乎一定會）。

卡倫過來問我要不要去鎮公所聽一場關於聖基爾達島的演講，不過由於妮奇這個星期已經上班兩天了，所以我得困在店裡。我在二〇〇一年搬回威格頓時，這個地方的樣貌跟今日非常不一樣。廣場中間的喬治亞風格花園被一九七〇年代的都市計畫糟蹋到醜得要命，用重組的花崗岩塊建造花床，種滿高山植物與玫瑰，而堪稱鎮上建築瑰寶的鎮公所也被關閉並以柵欄隔開。不過現在，花園已經恢復往日的壯觀，不再是醜陋的花崗岩，而且造訪的遊客與本地人比之前多太多了，至於前身為市政中心（雄偉的市政廳）的鎮公所也整修得很漂亮，也一直有各種社區企業加以利用。

上午十點，有位顧客帶著三本書到櫃檯：

我：一共是二十四英鎊謝謝。

顧客：二十四英鎊？什麼？那兩本各是二英鎊。

我：對，不過那一本是二十英鎊。

顧客：可是那看起來跟另外兩本一樣啊。

崔西打電話來，說她得到了特恩貝里的那份工作。她星期三就開始上班，另外她也告訴我，謠傳唐納．川普最近打算過去看看。希望這比他要競選美國總統的謠言更有真實性。

下午，有個男人帶來三本關於李．哈維．奧斯華（Lee Harvey Oswald）的書，然後問：「你現在會買書嗎？」我給他五英鎊買下，而他沮喪地告訴我：「我的人生已經到了不再重讀的階段了。」

總收入48英鎊

7位顧客

四月二十五日，星期六

線上訂單：1
找到的書：1

一位顧客幾乎整個上午都坐在爐火旁讀一本關於蘇格蘭紋章的古書，價值四百英鎊，而對方很明顯不打算買，還把書留在桌上。

有個顧客帶著一堆書到櫃檯，然後又拿掉一本，說：「我要把那本放回去，因為我剛想起來我已經把它下載到Kindle了。」這給了我靈感，想要製作一些印著「Kindle去死」的馬克杯，於是我寫了電子郵件給露易絲（偶爾會來買書，是在愛丁堡一位非常棒的設計師），看她願不願意設計一下。

我想了一個新策略來對付愛討價還價的人。他們要求折扣的時候，我就會問他們做什麼謀生。我會根據一些站不住腳的猜測，判斷他們賺得比我多或少。如果是他們賺得比較少這種可能性低到極點的情況，我就會讓他們有百分之十的折扣。如果是他們賺得比較多這種幾乎必然的情況，我就會要他們多付百分之十。這就是進步經濟學。

關店後，卡塔琳娜（從布里斯托搬來威格頓的一位年輕攝影師）出現，問能不能替書店拍照，於是我把鑰匙給她，讓她自己拍。她七點離開。

總收入334.89英鎊
23位顧客

四月二十六日，星期日

今天上午我開始把園藝室的東西裝箱，好讓卡倫可以開始把那裡改造成一間小屋，希望接下來幾天就能完成。

露易絲傳來兩種「Kindle去死」馬克杯的設計，而我用電子郵件把檔案寄給有馬克杯印刷機的貝芙，問她能不能替我製作二十個。

四月二十七日，星期一

線上訂單：7
找到的書：3

今天早上其中一筆訂單是露西．英格利斯（Lucy Inglis）的《喬治王朝時期的倫敦》（*Georgian London*），二〇一三年出版，原本的價格為二十英鎊。我們的書以十一英鎊賣出。這種還算新的書在亞馬遜網站上竟然還沒跌價到只剩一便士，真是太不尋常了。

通常找不到的書都是當天最貴的那筆訂單。

狄肯先生下午三點過來想領他那本關於亨利四世的書，可是書還沒到。

本地醫生的妻子麗莎帶來一箱書，我給她十英鎊買下。我們聊天的時候，一位顧客問：「莎士比亞那齣有摩爾人的戲劇叫什麼？」我還沒承認自己不記得了，麗莎就回答「《奧賽羅》（*Othello*）」，讓我免於太過丟臉。

今天下午遇到一件非常滿意的事：有位顧客想買一堆關於勞斯萊斯公司的書，開口要求折扣。他的朋友從背後戳他，說：「你開著那輛豪華的勞斯萊斯，還有臉跟這個窮小子要折扣啊。」他沒得到折扣。

下班後跟崔西去喝一杯替她送行——星期三她就要去特恩貝里開始新的工作。她現在是唐納・川普的員工了。

總收入214英鎊
18位顧客

四月二十八日，星期二

線上訂單：3
找到的書：3

卡倫上午九點到，開始跟我討論園藝室的工作。

九點半有兩位上了年紀的顧客進來，逛了一陣子後就往門口走去，對彼此說著「不，不，不」。我只能猜他們覺得這間店不怎麼樣。或是我。

狄肯先生的書今天寄到了，於是我在他的答錄機留言告知。

貝芙帶來了二十個「Kindle去死」馬克杯。看起來真棒。露易絲設計得非常好。現在我只需要把這些該死的東西賣掉。面對亞馬遜凶猛的競爭，隨時想要把你的利潤壓到極限，我發現唯一能避免的方法就是控制產品的供應，也就是自己製作產品；這些馬克杯就是完美的例子。

中午有位顧客打電話來，想找一本一九六六年的愛丁堡電話簿。我們沒有那一年的，不過說來奇怪，舊電話簿——尤其是工商名錄——在網路上賣得相當好。我有一本一九七四至七五年的，可是沒有一九六六年的。我才剛跟問電話簿的來電者結束通話，就有個男人帶著那本四百英鎊的蘇格蘭紋章書到櫃檯直接買下——沒有討價還價。或許我稍微錯看了上星期整個早上坐在爐火旁讀這本書的男人。說不定他曾向買書的男人提過這本書。

有輛巨大的露營車停在店門前一整天，不只擋住了視線，也讓潛在的顧客看不到書店。車主進來店裡說：「你架上有一套脫節的貝恩斯（Baines）作品《蘭開斯特》（*Lancaster*）。價格是六十英鎊。你可以接受四十英鎊嗎？」在我告訴他不同意之後，還想了一下「脫節」是什麼意思。

總收入650英鎊

19位顧客

四月二十九日，星期三

線上訂單：2
找到的書：1

今天找不到的書是《聖方濟．沙雷的神祕植物》（The Mystical Flora of St Francis de Sales），價格七十五英鎊。是很早就刊登的。每次最難找的就是這種書，因為書在架上越久，就越有可能賣掉了（而且沒下架）或是被顧客放到不同的書架。

有個格拉斯哥女人穿著一件緊到不像話的褲子（而且是膚色），讓我一開始還以為她腰部以下是裸體，而她想要一份這裡的地圖，好讓她「避開道路」。結果她的意思是指單線道。她就是那輛露營車車主的妻子。

下午有位顧客在店裡晃了一個鐘頭，不斷對他太太說「好像完全沒有德文的書」，然後沒來詢問就離開了，事實上我們有各種德文書。雖然我很想插話指出我們有一整區的德文書，不過老實說，在這種情況下，如果顧客根本沒想到要問，那麼他們會買書的機率也是微乎其微。

下班後到酒吧去見即將經營開放書店兩個星期的薩瑪拉（Samara）。

總收入78英鎊
5位顧客

四月三十日，星期四

線上訂單：2
找到的書：1

卡塔琳娜（來書店拍照的攝影師）傳給我她拍的一些照片。我不知道她那位苗條模特兒在拍照期間都是裸體的。

總收入67英鎊
6位顧客

五月

五月

奇怪的是，人性的古怪會激起我的想像力。會發生這種事或許是因為我太平凡了。一想到自己如果很引人注目，或是有人覺得我很怪異，就會令我渾身發抖。我希望不會給他們任何理由在我背後談論我的古怪。有一次在店裡，我聽見一位非常粗魯的年輕大學生對他同伴說：「去問那個奇怪的鄉巴佬。」一開始我以為他說的是我，因為他正往我的方向看，不過我馬上注意到麥凱羅（McKerrow）就在我正後方。對方指的一定是麥凱羅。那老傢伙又不能控制自己的長相。

——奧古斯塔．繆爾，《書商約翰．巴斯特私想錄》

那位學生所謂「奇怪的鄉巴佬」當然就是指巴斯特，不過他說人性的古怪會激起他的想像力，大概是因為在書店工作了幾十年的緣故。一想到顧客是怎麼看我的，我就忍不住發抖，不過我猜「奇怪的鄉巴佬」這種描述已經算是奉承了。

大部分的零售業都需要應付各式各樣的人，不過就像歐威爾在《書店記憶》中提到：「許多來找我們的人到哪裡都是討厭鬼，但他們在書店卻有了特別的機會。」以書店為背景或是關於書店的書似乎都有個共通點，就是作家好像會以類似林奈分類系統的方式將顧客分類：R・M・威廉森在一九〇四年的《舊書店點滴》（*Bits from an Old Bookshop*）曾經這麼做；威廉・Y・達爾林在一九三一年的《破產書商手記》（*The Private Papers of a Bankrupt Bookseller*）曾經這麼做；歐威爾在《書店記憶》曾經這麼做，而奧古斯塔・繆爾則在一九四二年對巴斯特這麼做過。除此之外，珍・坎貝爾也曾在二〇一二年的《書店怪問》裡這麼做，不過她的方式較為寬容。或許每一個人都會這麼做，但話說回來，將書店裡的顧客分類好像本來就比較簡單一點；人們似乎都會比較容易符合某些框架，原因也許是你可以從一個人買的書大致感受出對方是什麼樣的人，可是達爾林在《破產書商》中否定了這一點，他寫道：「我的顧客之中有些還真是個謎，而且我也無法透過對方買的書更加理解他們。」

重點可能並非他們買的書，而是達爾林所描述的人際互動，此外從非常廣義的角度來看，人們可以分成兩種類別：在酒吧、咖啡館、餐廳或商店工作的人，以及不是在那些地方工作的人。雖然第二類的所有人把第一類的人當成次等公民這種說法並不公平也不真實，但我們大概可以肯定地說第一類的人幾乎不會用這種方式對待第二類的人。

五月一日，星期五

線上訂單：3
找到的書：1

今天妮奇在店裡，於是我整理行裝，要到愛丁堡參加阿拉斯泰爾．里德（Alastair Reid）的追悼會，時間是下午六點，位置就在大學校區裡。到了洛克比，我留下車子，改搭火車前往愛丁堡。阿拉斯泰爾是位非常有天分的作家，出身自加洛韋（他在晚年時每年春天都會回到這個地方）。那段期間他成了我的好友，而這裡和其他許多地方的人都會非常想念他。芬恩、艾略特和一大群人都去參加了追悼會。儀式結式後，我在晚上十點半左右抵達我小妹露露的家，跟她丈夫史考特喝了一下威士忌，然後在午夜上床睡覺。

ＡＷＢ（威格頓書商協會）的春季圖書節今天開始。這是個由書商安排，預算很低的小活動。我們通常會在鎮上各個地點（主要是書店）舉辦十幾場演講與活動，時間都是在五月銀行休假日的週末。

總收入126.60英鎊

9位顧客

五月二日，星期六

線上訂單：2
找到的書：1

早上七點被露露跟史考特的小孩丹尼爾和瑪莎吵醒，因為他們在我房間門外玩。上午九點離開，前往威弗利，途中到一家小餐館吃了早餐。抵達車站時，我發現所有前往洛克比的火車全都取消了，改成增加公車班次。結果我無法如預期愉快地在火車上坐一個小時，還得像沙丁魚擠進一輛非常不舒服的公車裡，而且馬上就有一個瘦得皮包骨的男人坐到我隔壁，一整路都在抽鼻子，有時候一秒還好幾次。經過兩個半小時，公車才終於跟蝸牛一樣進入了洛克比。

大約下午三點半回到店裡，結果妮奇一臉不悅：「你說過會在午餐時間回來的。」我道了歉，然後讓她提早回家。就在她離開之前，有位常客帶來了一箱書。大部分都是我不會進的東西，但我還是買了幾本。在我退回的箱子中，妮奇發現一本舊損的《波達克》（*Poldark*），是「書友俱樂部」出版的。接著我們就吵了起來，因為她很堅持這本一定賣得出去。我告訴她我們在企鵝書區有很多溫斯頓．格瑞艾姆（Winston Graham）的書，好幾年連一本都賣不掉，但她不理我，給了對方一英鎊，告訴我：「這本下個星期結束前就會賣掉了。」

我回來時果然看到一團亂，而店裡整個下午都很忙，打烊前一個鐘頭我才能整理。

我覺得貓有寄生蟲，於是翻找出驅蟲藥，結果牠一看到就一溜煙跑掉了。

總收入375.98英鎊
35位顧客

五月三日，星期日

線上訂單：3

找到的書：3

我上午十一點開店時，發現有位顧客等在外頭：一個留鬍子的男人，他一進來就問：「關於登山有沒有什麼特別的書？」我回答說這是很主觀的問題——不同的人對「特別」的看法可能不一樣——而他回答：「呃，我應該是指貴的書吧。」於是我告訴他直接把架上的書價乘以兩倍就好。後來他才解釋說他是書商，專攻極地探險的書。

丹恩・樂福（Dane Love）這個名字取得很好，他是艾爾郡當地的歷史學家，下午一點半到店裡要替他最新的書《加洛韋高地》（*The Galloway Highlands*）發表一場演說。今天下雨，幸好活動有很多人參加，大約三十位。可惜的是只有我看店，所以沒辦法去聽丹恩的演說，而在活動開始後，有個顧客拿著一本書到櫃檯：「這本書上面有三個標價，哪一個是你們的？」其中一張貼紙寫著「水石書店」（WATERSTONES），另一張是「樂施會」（OXFAM）。

白天很明顯越來越長了，而且雖然還很冷，但氣溫正在升高，讓我晚上不用再點起爐火了。

總收入330.98英鎊
26位顧客

五月四日，星期一

線上訂單：3
找到的書：3

今天的三筆訂單都來自ABE，我處理好之後就把郵袋送到郵局，到那裡才發現沒開，原來是銀行休假日。

在標價時，我發現一本書，作者是個叫凱伊．布瑞蘭（Kay Brellend）的女人。我真心希望她打字機上的「R」鍵還能用。

今天第一位顧客買下了妮奇在星期六買的《波達克》，這讓我氣得要命，而妮奇當然開心極了。我打出這些字時還得忍住苦澀的淚水。

今天上午有鄧弗里斯的醫生寄來的信。MRI掃描的結果顯示問題在於磨損，唯一能處理的方法是疼痛管理（布洛芬）和運動，於是她把我轉診給紐頓斯圖爾特的物理治療師。

尼可森地圖（Nicholson Maps）的銷售代表中午抵達，平常我都會向對方購買英國地形測量局的地圖替店裡補貨。我們的庫存不多，所以我訂了四十份地圖。英國地形測量局針對本區出的地圖在店裡銷量很不錯，大部分都是賣給來這裡散步的遊客。

午餐過後，有個女人帶著一堆書到櫃檯，說「這些我想要有同業折扣」，然後就把名片啪一聲放到櫃檯上，連「請」或「謝謝」也沒說。後來我看到她名片上的簡介，覺得非常有趣：

灰女士書店與出版社——由Ladies Long Gone推出的文雅書籍。

雖然進度很慢，不過我還是很享受《寂寞芳心小姐》，以在一九三三年寫出的作品而言，似乎太現代化了。內容真是有趣、巧妙又毒舌。

關店後，我發現貓正埋頭在飼料碗裡，於是我緩慢走到威爾斯式櫃子，從包裝紙中拿出一顆驅蟲藥，偷偷靠近，然後抓住牠的頸背。每當我試圖把藥片塞進牠嘴裡，牠都會發出咆哮又亂抓一通，激烈到我不得不鬆手，免得倒在自己的血泊中。

總收入347.38英鎊
18位顧客

五月五日，星期二

線上訂單：1
找到的書：1

今天又冷又濕，比較像是一月而非五月。戴維．布朗打電話問大房間能不能使用。夏天期間，女士們的藝術課一般會在戶外上，通常是到其中一座花園，不過由於天氣很糟，所以今天戴維決定在室內上課。

一個穿著Ugg牌靴子的中年女人上午十點半進來，問：「你們有沒有跟這一區土地所有權發展相關的書？我在做一些家族史的研究。」於是我帶她到蘇格蘭室，那裡有一套五冊裝的《加洛韋的土地及其所有權人》（*Lands and their Owners in Galloway*），作者是麥柯里，一八七七年出版，價格一百英鎊。一個鐘頭後，她到櫃檯說：「非常謝謝你。我會去圖書館借。」

我在整理神學區的一座書架時，發現一本薄薄的小冊子，是由一個叫AOL的組織出版。在我剛買下書店不久後，曾經有個女人帶了一箱小冊子過來，是大約一百年前由AOL出版的，而從書上的圖像及語言的用法判斷，AOL就像某種祕密組織。我隱約記得他們信奉奧西里斯（Osiris）。我不知道那些小冊子是幹嘛的，於是我給了她五十英鎊，然後把它們刊登到網路上。小冊子賣出的速度快到不可思議，而且全都賣到大西洋彼岸的加拿大一個女人手中，不過在那之前，我收到了一封語氣非常威脅的電子郵件，警告我不能賣這些東西，應該要毀掉，免得落入壞人手中。我還記得內容是「你不知道自己面對的是什麼。這是個非常強大的組織。別再賣這些東西，否則你會有嚴重的後果。」就我所知，我沒發生什麼後果。或者賣書十七年就是我的懲罰。

總收入134.50英鎊

17位顧客

五月六日，星期三

線上訂單：1
找到的書：1

今天收件匣中有人寄電子郵件詢問《梅里克山及其鄰近山丘》（*The Merrick and the Neighbouring Hills*），我們刊登在網路上的價格是三十英鎊，對方問我是否有打算以十五英鎊賣出。這種事永遠不會結束嗎？

打烊後，我開車到鄧弗里斯的火車站接安娜。我覺得比起美國，她現在更習慣蘇格蘭了，而儘管我們已經分手，卻還是走了出來，發展出一段極為緊密的關係。

幾年前——我們同居兩三年後的二〇一〇年三月二十六日——安娜回波士頓探望完父母要再入境這裡時，在格拉斯哥機場有個愛管閒事的移民官員留下她盤查。我在入境大廳等了三個鐘頭，不知道發生了什麼事。我知道她的班機已經降落，可是沒見到她。終於有人應安娜的請求出來找我，解釋說她被拘留了，而且可能會搭下一班飛機被遣送回去。最後她出現時，看得出來心情很煩亂。她被盤問了好幾個小時，官員甚至還查看她的私人日記，把她寫下偶爾在店裡幫忙我的地方劃記起來。根據她的簽證（度假簽證）條款，她不能從事任何類型的工作。

她向官員懇求先給她兩天時間回威格頓收拾東西再遣返她，最後他們勉強答應了。我們必須在下個星期一中午回到機場。

那些日子很可怕，充滿了憂慮與情緒，不過跟後來即將發生的事比起來是小巫見大巫。星期一早上，我載她回格拉斯哥機場，然後我們一起去找移民局的人。那真是一場鬧劇；他們好像根本不知道該怎麼做，甚至也沒替她訂機位。有一次官員告訴她，他們替她在冰島航空一班往波士頓的飛機上找到一個位子，會在雷克雅維克轉機，不過她必須自己付錢。我記得當時我感到一陣驕傲，因為她告訴他們，要是他們要她離開這個國家，他們就要支付她的機票。一開始他們答應支付到雷克雅維克的費用，可是從那裡她就得自己想辦法回波士頓。她說這樣會讓她在冰島無處可待，也沒足夠的錢回到美國，而他們竟然不為所動。後來我們兩個揚言要上車開回威格頓，他們才終於同意支付所有的機票費用。邊境管理局（Border Agency）從頭到尾處理這件事的方式真是丟臉極了：不斷表現出他們的無能、遲鈍、處理失當。我永遠記得她被他們帶走時臉上的表情，那是一股深沉的悲傷，帶有些許不屈不撓的樂觀。

接下來幾個月都很不好過，尤其是安娜，她非常渴望回到蘇格蘭，回來找她所愛的一切，但卻被小心眼的官僚阻擋了。我在這裡也盡力了——我找過英國國會議員和蘇格蘭議會議員，也試圖跟邊境管理局的人談——可是徒勞無功。邊境管理局是個難以理解的組織，就連國會議員也無法影響他們的決定。他們用這種方式對待安娜，就是我在公投中支持蘇格蘭獨立的其中一個理由。蘇格蘭鄉下需要她這種人——聰明、勤奮、熱愛此地——然而她卻因為針對英國東南方制訂的規定而被迫離開。

為了讓她回到蘇格蘭，我嘗試過許多方式都失敗，包括支付貴得離譜的費用給一位律師，對方謊稱可以想辦法「加速發放簽證」，而且等了好幾個月，有幾個星期還睡在她的車上，到最後只剩下一個選擇：我們兩個都不想要的——未婚妻簽證。我們填寫表格，接著她就開心地回到蘇格蘭，有六個月可以試著找出其他辦法，要不然就是被迫結婚。雖然這不算是世上最悲慘的結果，但我的恐懼超乎想像。

幾個月後，我壓抑自己所有的本能，跟她前往道格拉斯堡的登記處，在典型而枯燥的都市環境中結了婚，並由卡蘿安擔任見證人。那一件事就是我們後來在關係之中發生問題的根源——比其他的事影響更大。

總收入210英鎊

13位顧客

五月七日，星期四

線上訂單：5
找到的書：5

真是驚人，今天早上五筆訂單的書我都找到了。全都是亞馬遜的訂單。總共四十英鎊。

安娜似乎真的很高興能夠回到加洛韋。她整天東奔西跑四處拜訪。我們決定她在這裡的期間最好只做兩件事，一是住在書店樓上的客房，一是去找朋友。我全部的朋友都變成了她的朋友，而她比我受歡迎無數倍。幸好她沒在離開之前把車賣掉，所以車子還在這裡，只是都生鏽並長滿了苔蘚，就跟她離開時一樣。大約三年前，有一次我們打算在一個冬天的週日下午去散步，就在我關店鎖上門時，安娜突然驚慌起來，說她的車子被偷了。我試著安撫她，向她保證一定有別的原因：車子在威格頓不會失竊，尤其是老爺車。我說也許是文森開去檢查某個地方（他有備用鑰匙），於是我們走了一小段路到他的車行，然後說明情況。他告訴我們車子沒被偷，而且他剛剛才看過車子停在合作社外，於是我們散步過去，果然看到了車子——在路中間，比較不像是停放而是丟在那裡的。最後我們才弄清楚發生了什麼事。幾天前安娜去看芬恩，回家的路上她停在合作社外面，要去買麵包和牛奶。因為沒有位置，所以她並排停車（這在威格頓寬廣的大街上很常見），而在離開合作社時，她完全忘了自己是開車過去的。她的車就這樣丟在路中間四天。沒人抱怨；大家就只是繞過去，彷彿那裡是一處圓環。

就我所知，在威格頓唯一被「偷」的車是我父母的車，那是超過二十年前的事了。當時車子是留在車行做年檢，而技師把鑰匙插在車上放了一夜（那些日子在這裡這麼做是完全正常的）。有個十五歲的男學生經過，想要取悅一位女孩，於是跟她跳上車，在寧靜的鄉間小路上開了十分鐘，然後回到原來的地方停妥。他的罪行會曝光，就只是因為回家作業的一張紙從他口袋掉出來，隔天早上被正在調整座位的技師發現。

有個顧客到櫃檯放下一英鎊，說：「拿去吧，去年我們來這裡，結帳的時候少收了一英鎊，由於你老是在Facebook上抱怨自己一毛錢也沒有，所以我們覺得應該還給你。」我向他道謝，然後問是誰少收錢的，而他回答：「每次都跟你吵架的那個黑髮女人。」

下午四點，有位顧客帶著一本漂亮的維多利亞時期全牛皮裝訂書到櫃檯。有人（猜對是誰沒獎品）把書定價為九點五英鎊。那本書最少都應該要賣四十五英鎊才對，可是對方看起來很興奮，於是我讓她以標價買下了。

總收入106英鎊
13位顧客

五月八日，星期五

線上訂單：1
找到的書：1

今天妮奇在。美食星期五再度降臨；這次她帶來了一盒巧克力甜甜圈，我很確定她一定坐在上面過。或者她的貓曾在上面睡覺。總之，所有巧克力都融化成鬆軟的爛泥了。

今天早上在廚房的桌子下發現一堆羽毛，這表示有一隻從非洲千辛萬苦來到這裡的可憐燕子成了船長最新的受害者。牠喜歡在廚房的桌子底下貪婪地吞食獵物。

今天下午有個女人從坎布里亞打電話來，跟我說她想賣兩箱一九六〇年代的平裝本童書。我告訴她賣書賺的金額可能還不夠補貼到這裡的油錢，然後建議她直接在當地附近找個地方賣。在卡萊爾（Carlisle）有間書店可能會買，於是我把他們的聯絡資訊給了她。至少她很清楚在上路之前先打電話來問。我太常遇到不先來電就直接出現在店裡的人了，而且要在對方大費周章之後告訴他們書沒有價值，這也常讓我覺得很不開心。

午餐過後，我開車到紐頓斯圖爾特去買一些Spot On貓用驅蟲藥。滴在牠的皮膚上可能會比逼牠吞藥更容易些。

妮奇留下來過夜，但她不是睡在店裡的床上，而是拿了羽絨被、地毯和毛毯，在我們以前經常當成倉庫用的地方弄了個窩，那裡現在已經改造成圖書節期間的會客室／俱樂部，讓訪客可以在活動之間的空檔過去休息並享用酒和食物。我必須想辦法讓那個地方在其他時候也能賺錢。

跟卡倫和崔西去了酒吧。很晚才睡。

總收入64英鎊
7位顧客

五月九日，星期六

線上訂單：0
找到的書：0

今天上午沒有訂單。

我在八點四十五分勉強起床，下樓就看見開朗又開心的妮奇，她正在向Facebook追蹤者更新動態，告訴大家我的宿醉跟壞脾氣。

妮奇在午休時間一離開，就有個年紀非常大的老人出現，他拄著兩根手杖行走，買了一本書：《高階性愛：激烈做愛體位詳解》（*Advanced Sex: Explicit Positions for Explosive Lovemaking*）。

今天下午我帶著讀完一本好書後的失落感向《寂寞芳心小姐》告別。很少有書會讓我讀超過一遍——我認為這浪費了讀新東西的機會——可是這本書太完美、太出色、太有趣，而且在道德上太模稜兩可了，所以我一定會重讀。

終於困住貓，把驅蟲藥滴到牠後頸上。牠怒氣衝衝地離開，還回頭用冰冷責怪的眼神看我。

總收入242.99英鎊
30位顧客

五月十一日，星期一

線上訂單：2
找到的書：2

今天我們有一筆訂單是要一本四英鎊的書，登記在鐵道區的D3書架。二十分鐘後我才終於在B2書架上找到。我們在倉庫的書從來沒出過這種問題；書店裡才會發生，因為顧客可能會把書從架上拿下來，再放到不一樣的地方。

每一年我都會嘗試在店裡做點什麼，想讓新訪客或回訪客注意到。通常那是讓人們覺得夠有趣的事，然後他們就會拍照分享到社群媒體上。幾年前，諾里跟我在鐵道室更換腐爛的木頭地板時，發現底下有個用石牆圍起來的大空洞。我敢肯定那一定是裝白蘭地的洞，用來藏走私的酒。諾里想到一個主意：在那個空間打造一座鐵道模型，再放上一片強化玻璃，這樣顧客就可以看見。我們打造了鐵道模型，然後我就發現了強化玻璃的價格；要蓋住洞口的費用得花六百英鎊，於是模型就留在那裡，沒人看得見。總有一天我會買玻璃，這樣顧客才看得到。

今天上午我花了半個小時向一位老女人解釋，我們沒有歐威爾描寫在緬甸一場絞刑的作品——我猜那是《緬甸歲月》（*Burmese Days*）——然而她還是堅持要告訴我，由於她孫女正在寫一篇關於死刑的論文，所以要找這本書給她。最後她離開時還一邊不高興地低聲抱怨店裡的庫存。

總收入306.79英鎊

25位顧客

五月十二日，星期二

線上訂單：1
找到的書：1

上午十一點，有位顧客問能不能帶狗進來店裡。我跟往常一樣說可以，接著馬上就後悔了，因為那隻生物是頭又大又老又臭的毛茸茸野獸，在剛清理好的店裡（珍妮塔週一跟週二都會過來打掃）到處留下巨大泥濘的腳印。

我正用拖把擦掉巴斯克維爾獵犬的足跡時，有個女人到櫃檯問：「你是尚恩嗎？」我確認我是，然後她就說溫洛克書店的安娜．德雷達向我問好，而她會來這裡度假是因為安娜推薦了威格頓。

下午兩點，我快跑到郵局寄件（就在對街），回來時發現有位顧客已經在店裡要拿她訂的書。她大概才剛到一兩分鐘，卻站在門口不耐煩地喊：「有人在嗎！」我用類似的語氣打招呼，結果她回答：「你在哪裡？我看不到你。」我就站在她後方。她幾個星期前來店裡訂了一本書。當時她給我一張紙條，上面潦草寫了作者、書名和ＩＳＢＮ號碼。書上個星期到了，於是我從櫃檯後方翻找出來拿給她。

總收入379.50英鎊
13位顧客

五月十三日，星期三

線上訂單：1
找到的書：1

今天上午的訂單是《莫克魯姆：土地與人》（*Mochrum: The Land and its People*），作者是約翰．麥法斯安（John McFadzean）。約翰是本地的一位退休農夫，而且他兒子伊恩娶了我的表妹。幾年前他寫了這本詳盡且令人印象深刻的地方史，希望我替他出版。我對出版完全沒有經驗，於是向當初將書店賣給我的約翰．卡特尋求建議。約翰一如往常幫了我非常大的忙，還浪費一堆時間從頭到尾指點我，最後那本書在二〇〇九年以編號的方式限量發行了五百本。書在本地廣受好評，而且雖然我還有幾本沒賣出去，卻出乎意料在很短的時間內就回本了。

昨天過來領書的女人今天下午又回來了。她氣得要命，因為她認為那不是她想訂的書。我拿出她給我那張手寫著書名、作者跟ISBN號碼的紙條後，她才稍微平靜一點，承認我犯了「可以理解的錯誤」。

總收入170.48英鎊
14位顧客

五月十四日，星期四

線上訂單：4
找到的書：4

今天上午花了超過一個小時才找到訂單的書：只有一本放在正確的書架上。

有個戴棒球帽的年輕顧客問：「你們的旅遊書在哪裡？」當時我正好在那一區把一本剛標好價格的書放上書架。我回答：「就在你面前。其實你現在看到的就是了。」

顧客：哪裡？這裡嗎？（他看著右邊的書架指過去，那裡是歷史書。）

我：不是。就在你面前。

顧客：什麼，這裡？（他看著左邊的書架指過去，那裡是印度區。）

最後我不得不把手放到在他面前大約六呎並標示著「旅遊」的書架上。

醫生的妻子麗莎帶來兩套圖像小說，分別是《布雷克與莫蒂默歷險記》（*Blake and Mortimer*）跟《阿黛拉的凡非冒險》（*Adèle Blanc-Sec*），另外還有一些其他的書。我給了她七十英鎊全部買下，下午就把兩套圖像小說刊登到eBay，底價各設定為五十英鎊和四十英鎊。我不否認我對圖像小說的價值一竅不通，但我希望那些書在下星期的這個時候就賣出了。

艾略特（威格頓圖書節的藝術總監）晚上八點抵達，那時安娜跟我正外出去達爾比（Dalbeattie）蒂拜訪卡蘿安。我們十點半回到家，發現他正在（安妮塔之前打掃過的）廚房大口嚼著一片披薩。每個櫥櫃的門都打開了，而且幾乎到處都散落著餐具。在我開口跟他打招呼之前，就先被他的鞋子絆到了。

他對安娜打招呼的方式就像對待一位失散許久的朋友，而我猜她真的是吧。

總收入69英鎊
12位顧客

五月十五日，星期五

線上訂單：3
找到的書：2

艾略特從八點三十分到九點二十分都在浴室裡，所以我沒機會在開店之前刷牙。這次他來是因為晚上有一場募款拍賣會，要替圖書節籌錢。圖書節已經變成年度的活動，而支持者捐助了很多東西，例如在當地河裡捕魚一天的漁獲，或是在愛丁堡提供一間公寓供週末居住——只要是他們負擔得起的都行。

妮奇上午九點到，穿著一件非常像小型熱氣球的上衣。我告訴她那不太好看。當然，那是她自己製作的。

我在書店前打掃人行道時，有兩個女人經過。其中一個對另一個說：「進去又沒什麼意思，就只是書而已。」我幾乎無法相信人們會不讀書。

打烊後，我到紐頓斯圖爾特載拍賣前酒會要用的酒和食物，結果沒有半個人來。好極了。一整個月需要的酒都安排好了。

拍賣會今晚在鎮公所的大廳舉行，由芬恩主持。我捐了兩份東西：一段無人機飛越的影片，以及隨機閱讀俱樂部的會員資格。第一項賣到了一四〇英鎊，第二項則是四十五英鎊。

拍賣會結束後，我們幾個人去了酒吧，包括妮奇。我們回到家後，她向我保證明天她會開店，好讓我可以睡久一點，然後她就晃蕩著走回舊倉庫裡那個像流浪漢住的巢穴。

總收入295英鎊

15位顧客

五月十六日，星期六

線上訂單：4
找到的書：3

八點五十五分醒來，發現樓下沒有任何動靜，於是我下樓開店。妮奇終於在十點鐘出現，看起來很邋遢又宿醉。

戴著貝雷帽和單片眼鏡的顧客：你有艾瑞克·「玉黍螺」·布朗（Eric 'Winkle' Brown）的書嗎？

我：我從來沒聽過他。

顧客：什麼？你從來沒聽過艾瑞克·「玉黍螺」·布朗？

然後就一直這樣繼續下去。

通常不太關心保護我的船長，似乎在我跟顧客之間建立了一道防線，下午大部分的時間都躺在櫃檯上，攻擊所有想要買書而靠近的人。

總收入100.48英鎊
8位顧客

五月十八日，星期一

線上訂單：8
找到的書：4

幸好今天上午找到書的訂單都是比較貴的。成功找到書的訂單總價為一八〇英鎊。

卡倫過來繼續拆除園藝室，為了伊曼紐拉將那裡改造成小屋的進度也很穩定，因此書店後方整天都是敲擊跟鑽孔的聲音。

卡蘿安來找安娜討論一個構想，要透過一項新事業來推銷這個區域。卡蘿安目前的工作是商業顧問，而安娜當初一搬來這裡就跟她成了很要好的朋友。她們之間總會生出不太可能實現的商業構想。

下午四點有位顧客走進店裡，四處張望，一發現我就說：「噢，你在那裡。你以前都是在那裡的。」對方指著室內的另一邊。櫃檯從我買下書店時就一直在原本的位置，再往前十年大概也是。他指的地方根本就不對，但記憶是很古怪的東西，而且我也很不想去討論那件事，所以就禮貌地點點頭，然後繼續看我的書。

eBay上的兩套圖像小說都沒人下標，不過觀看次數很多，通常這表示很快就會有人開始出價了。

總收入113.50英鎊
14位顧客

五月十九日，星期二

線上訂單：2
找到的書：1

戴維·布朗為了這週末即將舉辦的春日狂歡送來他的畫作。他要把畫掛在大房間，那裡在九月圖書節期間會當成作家休息室使用，而在夠暖和的少數幾個月裡則作為我的客廳。

有個將金黃色頭髮剪短並漂白的女人進來，買了一本威廉・霍加斯（William Hogarth）的銅版畫集。我認出她以前來過，接著我們就聊了起來。我告訴她我記得她大約一年前來過這裡，結果她說是三年前的今天。

幾年前（甚至在我剛買下書店那時候），版畫賣得非常好，長年下來還有人為了弄到版畫而「破壞」了很多書。銅版印刷特別有魅力，部分原因在於這是一種比較舊的技術，所以印出來的東西一定比較古雅，不過另一部分原因是比起後來較為粗糙的鋼版印刷技術，銅版印刷有一種更加溫暖的美感。現今版畫（無論是否加上裱背板）幾乎都賣不出去了，而買下霍加斯那本書的女人，如果在十五年前大概就可以用每張十英鎊的價格賣掉書裡的版畫。不過現在沒辦法了。要是真的賣得出去，每幅差不多是三到四英鎊吧。

她離開後，我在替登山書籍標價時，一位顧客問：「你們有舊書區嗎？」我回答：「你是指討論舊書的書？目錄學之類的嗎？或者你問的是我們有沒有把比較舊的書擺在同一個地方？」顧客：「我不知道。」

有個男人帶來一整套初版的《蘇格蘭統計報告》（二十一冊，一七九一至一七九九年）。雖然大部分書況都很差，但內容很不錯。目前我們在蘇格蘭室的架上已經有一套，從我兩年前買回來後都還沒賣出。我給了他二百英鎊買下。

下午大部分時間都在包裝隨機閱讀俱樂部的書。

總收入187英鎊
15位顧客

五月二十日，星期三

線上訂單：2
找到的書：1

為了減少郵資成本，我一直跟皇家郵政那裡某個叫蓋瑞（Gary）的人有聯繫。今天——在審視完「郵資情況」之後——他打電話來，建議「我們用DMO取代你的OBA，這樣你的STL會轉移到CRL。」我沉默了許久，而蓋瑞顯然感覺到我因為在一句話裡聽到這麼多三個字母的縮寫而越來越不高興，於是安慰我：「別擔心，到時候會有很多訓練的。」訓練。這個詞保證會讓大多數的自營作業者背脊發涼。我再也不想接受任何訓練了。並不是我不願意學習新的東西。當你從事有薪工作，「訓練」的意思就是得聽某個人講廢話三天，而你卻想著其他更加富有成效的實際做法。這就是我覺得自己再也無法替別人工作的其中一個理由。另一個原因則是沒有任何腦袋正常的人會僱用我。

我在整理箱子並將書標價時，發現有一封信塞在奧登《關於住宅》（*About the House*）的書衣裡：

一五〇號公寓。

致：一五八號公寓住戶。

如果你能夠避免製造噪音，例如關門以及有點頻繁地使用開關，我一定會感激不盡，由於我最近發生一場意外，弄斷了手臂和手，導致我變得非常神經質，而且我還得每天到醫院接受治療。醫生說我應該盡量保持安靜，盡量多睡一點，而我寫給你這些不是要拜託你別發出我提到的那些聲音，尤其在晚上十點後。

或許你並不知道那些聲音會穿透我的公寓。

在此先感謝你的配合。

我好奇奧登這本作品是不是收件者的書，或是寄件者決定不把信寄出去而藏在書裡。

一位美國女人進來要找我們「關於麥康奈爾（McConnell）宗族的書」。宗族和家族史似乎是大多數美國人造訪蘇格蘭書店時最常找的題材。今天後來還有一群美國人出現，這次是要找跟《異鄉人》（*Outlander*）有關的東西。

昨天買了霍加斯銅版畫集的女人回到店裡，要加入隨機閱讀俱樂部。

總收入221.99英鎊

12位顧客

五月二十一日，星期四

線上訂單：1
找到的書：1

再一個月就會到一年之中白天最長的一天。

卡倫上午九點進來，為了改造園藝室而挖開地板。諾里（前員工）十點過來借車，伊莎貝十點半來作帳。戴維．布朗十一點抵達，開始在大房間擺放他的畫作。所以這裡相當熱鬧，不過大部分的活動都是讓我花錢而非賺錢。

那些圖像小說在eBay上賣出了，不過之前有人先寄電子郵件給我，說要用三十英鎊買下我將底價設定為四十英鎊的其中一套。我覺得他是在碰運氣，於是回覆如果那套書賣不出去，我就會在eBay上拆賣。結果他是唯一的出價者，也付了原本的四十英鎊。另一套書達到了五十英鎊的底價。

今天的收件匣：

自從一九五〇年離開倫敦到澳洲起，我就偶爾會尋找當初不得不留下的圖解歷史系列書籍，例如史前不列顛、大英帝國、美洲等等。我想那些可能是博物館出版物，或許是四開本、軟封面，順帶一提，裡面大約散布著一百到兩百頁的雕版印刷插圖，每幅圖都有一小段說明文字／註解。你可以幫忙嗎？找到出版社，某些確定的書名？

老實說，任何系列的書都有可能。

總收入162.50英鎊
14位顧客

五月二十二日，星期五

線上訂單：1
找到的書：1

又是妮奇在。謝天謝地，今天沒有美食星期五的請客活動。我把車子裝滿，然後前往格拉斯哥的紙類回收廠。那裡有很多卡車跟廂型車來來去去，而我等了一個小時才排到上地磅，大概又等了差不多久的時間才秤好重量。

回家的途中去了克羅斯希爾（距離威格頓大約三十哩）一戶人家，幾年前我曾到那裡買過書。目前的居住者是先前賣書給我那一家人的女兒；他們已經搬到養老院了。我記得第一次在那裡買了兩本非常特別的書，主題是關於明朝的瓷器，而兩本書賣出的價格遠遠超出了我的期望。今天的書大部分都很普通，可是包括一些封皮有圖片的W．W．雅各布斯（W. W. Jacobs）作品，以及幾本P．G．伍德豪斯的初版（沒有書衣），於是我給她一七〇英鎊買下三箱書，不過在我出價後她又看了一下那些書並拿走二十本左右，所以我們還得再重新議價。發生這種事真的讓人非常討厭。

明天就是威格頓美食節，所以我把幾年前買的大帳篷裝上車。帳篷在一間小屋裡擺了好幾年，我在搬動時發現有太多老鼠大便從上面掉落了。毫無疑問這噁心極了，而且可能會造成健康危害。貝芙跟費歐娜明天會把帳篷搭起來。威格頓美食節這個活動是要填補春季結束到夏季開始之間的空隙，所以每次都是在一年當中最舒適的時候舉辦。

總收入40.50英鎊

8位顧客

五月二十三日，星期六

線上訂單：2
找到的書：1

妮奇今天不在；她弟弟來拜訪，而她想要帶他參觀一下。那應該會讓他很有樂趣：坐在她的廂型車上到處晃，還有常駐在車子後側的肥料袋。

今天是舒適晴朗的一天：非常適合今年首度在廣場上舉行的威格頓美食節。貝芙和費歐娜九點過來拿車鑰匙，然後去搭起大帳篷。費歐娜的丈夫羅比（Robbie）也來了，他每次都會在我們需要幫手的時候出現，貝芙的丈夫基斯（Keith）也是。威格頓的書商很明顯分成肯做事跟不做事的人，但我不確定自己屬於哪一類。

戴維．布朗上午九點半帶來更多他在春日狂歡展覽要用的素材。我完全忘了自己也答應過要讓一個寫作團體使用那裡的空間，所以十點半有個頭髮烏黑、名叫瑪喬麗（Marjory）的美國女人過來自我介紹說是主持人，讓我稍微吃驚了一下。十一點，作家都出現了，於是我讓他們自己去爭出個結果。

十一點〇五分，有位金髮高個子女人到櫃檯來。她找到一本想必早在我買下書店之前就已經在這裡的書。那是本破舊的「觀察家」叢書，標價為五十便士：「兩個問題，第一是能不能打折，因為它的書況很差；第二，我能不能以信用卡支付。」我告訴她這想必是店裡唯一一本標價五十便士的書，所以我不可能打折，結果她露出驚恐的表情，然後就把書留在櫃檯上。在我們店裡的觀察家叢書，沒有書衣的大多是四英鎊，如果有書衣就是六英鎊，光是這樣就賣得很好了。

午餐時間，有個留馬尾的胖子竟然卡在一堆箱子跟科幻區中間。我還得搬開幾個箱子才把他救出來。

總收入279.91英鎊

33位顧客

五月二十四日，星期日

線上訂單：1

找到的書：1

我在上午九點開店。翠西亞和卡倫（戴維的女兒和兒子）十點出現，過來擔任春日狂歡展覽的工作人員。

今天第一封電子郵件一開頭就讓人有種不祥的感覺：「嗨我有九十六本讀者文摘皮面精裝原著濃縮版，還有很多單冊的你有沒有興趣。如果需要我可以提供更多資訊謝謝。」《讀者文摘》的書（尤其是濃縮版小說系列）可能是你在二手書業中最不想碰到的東西。那種書毫無價值，而我在這一行待了十四年，好像就只被問過一次而已。

就在午餐時間前，有個男人拿了一小堆關於本地史的古書到櫃檯，而妮奇把那些書的價格訂得太低了，其中包括赫伯特．麥克斯韋爵士（Sir Herbert Maxwell）一套兩冊的《道格拉斯家族史》（*A History of the House of Douglas*），她把價格訂為四十英鎊。上次我用八十英鎊買了一套，以一二〇英鎊賣出。他問：「如果這些我全買了，總共是多少？」我不知道把四十英鎊、二十五英鎊、四十五英鎊加起來對一位成人的智力會是這麼大的挑戰。

有個男人頭戴一頂鱷魚鄧迪（Crocodile Dundee）的帽子，留著染成藍色的山羊鬍，他拿起一本《Tripe Advisor》看了一下，竊笑著告訴他的朋友們：「那真符合我的幽默感啊。」接著他就放下那本，買了另一本關於兒童虐待的書。

卡倫、傑若德、安娜跟我在打烊後一起去酒吧。那裡一定在舉辦某種邊車大集會，因為整條街上排滿了摩托車跟邊車。

總收入224.92英鎊

33位顧客

五月二十五日，星期一

線上訂單：0

找到的書：0

沒有訂單，所以我懷疑「季風」又不聽話了。

今天是銀行休假日，也是春日狂歡的最後一天。店裡到處都是搗亂的小孩。丹尼（我的鄰居兼水管工）過來看看我打算在後面那間小屋做的一些工程。我因為在銀行休假日打擾他而向他道歉——他只是笑了笑，告訴我銀行休假日跟其他日子沒什麼兩樣。自營作業者——以及大多數從事零售業的人——

他們對銀行休假日的看法跟一般人完全不同。對國內大部分的人而言，銀行休假日是長週末：代表了休息與假期。不過對我的生意來說，這種時候會有人上門，而且有想要花錢的人，所以我不但沒有放假，工作時間反而還比普通的週末更長。這種時候我通常還會有一屋子想要待到很晚邊喝邊聊的客人。

一位前女友的母親安娜・坎貝爾（Anna Campbell）在午餐時間帶了四箱書來賣，我看過之後挑選了一批價值二十五英鎊的書。人們賣書的時候經常告訴我，他們想要自己的書「找到好歸宿」，彷彿那些書是備受疼愛的寵物或傳家之寶。我不知道我賣的書能不能找到「好歸宿」，而要是我在這一點很堅持，甚至真的問顧客是不是會把書帶回「好歸宿」，我猜我會流失一堆生意吧。

刺青異教徒桑迪帶來四根手杖，然後花了十二英鎊。桑迪是少數的常客。他住在斯特蘭拉爾附近，據說是全蘇格蘭身上刺青最多的人。他對製作手杖很熱衷（也有天分）。我們有一種等價交換系統，讓他可以用手杖跟我交換書，而我則在店裡出售手杖。

有個北愛爾蘭人在店裡待了四個鐘頭，不斷擋在我要去的每個書架前方。他在店裡的整段期間，我根本沒見過他從書架上拿半本書來看。最後他問神學區在哪裡，於是我告訴他書都裝箱了，全都堆在音樂區。自從我把那些書裝箱並堆在音樂區前方（這樣就沒辦法看到音樂區的書了），進來店裡的顧客幾乎有一半都會要找音樂或神學類的書。他什麼都沒買。

有個女人在五點半到櫃檯，說：「你只有一本R．S．湯瑪斯（R. S. Thomas）的書。」我謝謝她讓我知道這件事，然後繼續替書標價。

就在打烊前，有一個大家庭出現了——大概十五個人。他們很棒，而且全都買了書。原來是其中一位女兒堅持要大家來書店，在這裡可以避開加洛韋其他的遊客。

總收入357.37英鎊
44位顧客

五月二十六日，星期二

線上訂單：2
找到的書：2

卡倫九點過來繼續小屋的工程。

今天我以二點五英鎊賣出一本《世界上最沒有意義的一百件事》（*The 100 Most Pointless Things in the World*）。那是一年前出版的精裝本，書衣狀況如新，原價是十四點九九英鎊。妮奇把價格訂為二點五英鎊。要是我就會訂為六點五英鎊。她認為我們的價格應該要能跟亞馬遜競爭，但那裡有太多用一便士就能買到的書，所以她的論點根本站不住腳。我要嘗試說服她：我們不應該在意最低價的書，而是要想想看那本書如果今天是全新的會賣多少，然後再把數字除以三。

一位亞馬遜的顧客寄來電子郵件說他很失望，因為他跟我們訂的書沒有書衣，跟亞馬遜刊登的照片不一樣。我向他解釋，亞馬遜是使用一般通用的庫存照片，而在那個刊登的項目下還有其他十二本一樣的書。那些不可能全都一樣。

有個看起來就像《老爸上戰場》（*Dad's Army*）主角梅恩沃林上尉（Captain Mainwaring）的男人到櫃檯說：「我八十九歲了，住在明尼加夫（Minnigaff）。我要搬家，有很多書得處理掉。二手書有市場嗎？」

總收入193.98英鎊

16位顧客

五月二十七日，星期三

線上訂單：1

找到的書：1

卡倫上午十點過來繼續園藝室的改造工程。他通過書店時，諷刺地說這裡還真忙。店裡除了我們根本沒其他人。

上午十一點，有位顧客帶來一箱書。「全都是初版。」雖然全都是初版，不過大部分是狄克．法蘭西斯（Dick Francis）之類的作品，那些書出版的數量太龐大了，所以幾乎沒什麼價值，但我挑了幾本里德小姐（Miss Read）跟泰瑞．普萊契的小說，以及一本很有趣，是關於三明治群島（Sandwich Islands）的舊書。那本書在網路上只有兩本，最便宜的是二百英鎊。我把我們這一本刊登為一二五英鎊。

下午三點開始下起大雨，而先前安靜冷清的書店突然充滿了顧客。這時卡倫過來問我一件事，是關於一扇門的位置。店裡一定有四十個人。等他終於緩慢擠過人群來到櫃檯，我重複了他今天早上說的話：「這裡還真忙，可不是嗎？」

有個長得非常高的法國女人買了總價四點五英鎊的書，堅持要以信用卡支付，在按PIN碼的時候還用手完全遮住，儘管現場除了我以外沒有別人。她離開後，鼴鼠人出現了，他小碎步經過櫃檯進入歷史區開始挖寶，然後又靜靜地移動到鐵道區。他來櫃檯時帶了十幾本書，從他肚子部分捧著的那些書幾乎都快碰到鼻子了。書的題材跟往常一樣很廣泛，其中包括維吉妮亞．吳爾芙《日記》（*Diary*）的零散本（第五冊）、一本關於杜倫郡（County Durham）採礦史的書、三本企鵝出版的伊夫林．沃（Evelyn Waugh）小說、一本關於布里斯托大教堂（Bristol Cathedral）唱詩班座椅木雕的圖文書。在他把手伸進各個口袋想翻出足夠的現金時，我注意到他的鼻子尖端出現了一大條鼻涕，而我著迷地看著它越來越長，還開始隨著他的動作下垂擺盪。幸好，在地心引力決定它的命運前，他就敏捷地用袖子擦過鼻子，將它轉移到不太能吸收的聚酯纖維外套上，然後再把書價三十七英鎊拿給我。

總收入429.83英鎊

五月二十八日，星期四

線上訂單：1

找到的書：1

今天的電子郵件中有「季風」的回信，告訴我由於亞馬遜的一項技術問題，所以我們賣出的一些書收到了訂單，而我必須將所有庫存下架再重新上架。結果只要按一下滑鼠就全部解決了

今天早上開店時，那個矮小又留鬍鬚的愛爾蘭人就坐在長椅上等我。我對他認識不多，只知道他會開著那輛又大又舊的藍色廂型車，每年過來兩三次賣書給我，內容通常都是相當有趣的東西，而且書況都還不錯。我很確定他平常都睡在車上，不過裡頭沒有任何奢侈品：連張床墊都沒有。他是個安靜的人，如果你形容他是「野人」，我猜他應該會很高興。我買了六箱各種題材的書，給他一八〇英鎊。

45位顧客

昨天晚上下過大雨，於是我查了河流水位，克里河是三呎六吋，這表示米諾克河（Minnoch）今天下午的水位剛剛好，所以我寄電子郵件問父親想不想去。他回信說他的背太不舒服了。就我所知，他從未錯過去釣鮭魚的機會。

就在午餐時間之前，有個男人進來問我想不想買一些書——「我有三袋，然後還有一批一樣多的。」所以是六袋。結果那些都是非常適合銷售的現代平裝本小說，書況如新，包括一本馬丁．艾米斯（Martin Amis）的《時間箭》（*Time's Arrow*），我記得以前在布里斯托時有位舊室友曾經推薦過。我從來沒看過馬丁．艾米斯的作品，於是我把它放到不斷擴張的「待讀」書堆中。

我在整理桌面上的書時，有位年長的顧客竟然坐了上去，絲毫不管我在店裡各處總共擺了七張椅子。

總收入323.90英鎊

32位顧客

五月二十九日，星期五

線上訂單：2
找到的書：2

今天其中一筆訂單就是三明治群島的那本書。把書迅速處理完畢總是能讓人感到寬慰與安心，因為這代表你買入跟賣出東西的價格大致上都是對的。顧客經常帶著想要賣的書來店裡，然後跟你說他們在ABE上看過有一本賣好幾百英鎊。稍微查一下你就會知道其實還有幾十本，價位從十英鎊到數百英鎊不等。就算是十英鎊的版本大概也把價格訂得太高了，因為書並沒有賣出去。

今天妮奇在，所以我們不免針對我用一八〇英鎊向愛爾蘭人買的那批書吵了一架。那些書很普通，我大概丟掉了四分之一。她做的第一件事就是開始查看我不要的書，但其實我們積壓了大約三十箱還不錯的新貨要整理。

在書店的前側有一張漂亮的喬治亞風格寫字檯，是我兩年前在鄧弗里斯拍賣場買回來的。蓋子開著，可是今天我好幾次注意到妮奇把它關起來，還說「小孩的頭一直猛撞到角落」。蓋子已經打開好幾個星期了，而我在店裡的時候從來就沒發生過這種事。

「季風」仍然顯示我們在亞馬遜的庫存處於「下架」狀態。過了二十四小時之後，我寄電子郵件問他們這樣是否正常，因為系統必須要有「重新上架」的按鈕，我們原本刊登在網路上的一萬本書才能再繼續賣。

妮奇晚上在舊倉庫的流浪漢巢穴過夜。我跟卡倫去酒吧。

總收入187.50英鎊
18位顧客

五月三十日，星期六

線上訂單：1
找到的書：1

妮奇今天早上很早就起床開店。

今天的訂單是之前向愛爾蘭人買的其中一本書，原本被我丟掉了，但妮奇從箱子裡把它搶救出來。這本書賣了三十英鎊，而她一點也不打算掩飾自己看到我犯錯有多麼開心。

妮奇午休時，一對夫妻（年紀跟我差不多）帶了兩箱書進來，那些原本是女方父親的書。書況很糟，大部分都有一兩百年的歷史了。原來她的父親想要自學成為裝訂工，曾經有幾年都會到拍賣場尋找狀況差的書來修復。這些都是他去年過世之前沒能處理的書，而他們不知道該怎麼處置。由於書況不好，所以只有兩三本能讓我賺得到錢，而且修復的成本也會高得嚇人，於是我給了他們二十英鎊買下，希望可以找本地的裝訂工克里斯汀替我修復幾本，剩下的書就給他當作交換。

多年以來，這種狀況的書讓我學會了很多關於書籍製作的知識。從十九世紀書籍的封面硬紙板跟書脊上，你可以徹底看清楚縫製的過程，而在裝訂用的皮革錘打上去之後，那些繩線就變成了書脊上的「裝訂繩線」。通常，這個時期的皮革裝訂書籍上會有五道裝訂繩線。如果是一本裝訂損壞的書，你連「書帖」都能清楚看見。

傳統上，書的尺寸取決於兩個因素——用來印刷文字的原始紙張大小，以及紙張為了製成「書帖」或書頁而摺疊的次數。

對摺一次會產生一份兩頁的書帖，這就是所謂的對開本。

對摺兩次會產生四頁，這是四開本（縮寫為4to）。

對摺三次會產生八頁，因此叫八開本（8vo，這是最常見的書籍大小，即使到今天仍然如此）。

對摺四次會產生十六頁，也就是十六開本（16mo）。

另外還有其他的變化：12mo、32mo跟64mo。

當印刷完畢（以八開的書帖來說，印刷工必須準備好十六頁要印刷的字，八頁用於紙張頂部，八頁用於底部），紙張要摺成書帖，接著有頁碼的書帖就會依照正確順序排好，再將書脊上的縫線縫合起來。完成之後，裝訂工可以選擇裁切書本，這不只能讓邊緣整齊一致，也可以將書帖的每一頁分離開來。偶爾會有書的頁面還相連的情況（未裁切），不過這通常只會出現在書口前緣。上緣跟下緣幾乎都會裁切。

妮奇走了以後，我給自己倒了一杯琴通寧，然後到花園開始讀《時間箭》。春天已經降臨，白天的時間越來越長，地面也開始在陽光下變得溫暖，讓人又一次想在店裡工作一天之後，到花園消磨時間度過寧靜的晚上。

總收入189.99英鎊

16位顧客

六月

六月

我們從神職人員那裡得到的書大部分都是舊神學，而我們提出用三十五先令左右買下一整批書時，他們簡直目瞪口呆。他們的反應通常會有點不高興，然後跟我們說四十年前他們付的比那還多，像是克魯登（Cruden）的《聖經詞彙索引》（*Concordance*）和史密斯（Smith）的《聖地之旅》（*Travels in the Holy Land*）。雖然克魯登還是能賣個幾先令，但他們不明白舊神學是什麼——就只是舊神學而已。前幾天我還差點告訴一位牧師，對於這些大部頭的舊書，我所能想到的最佳用途就是把它們埋到花園裡當肥料。

——奧古斯塔．繆爾，《書商約翰．巴斯特私想錄》

這一點從繆爾寫下這些文字以來幾乎沒什麼改變。神學仍然是很難賣的題材：就連克魯登的書現在也都擺在架上沒人動過。我獲得的神學書籍大部分並非來自牧師，而是來自牧師的遺孀，她們通常都很想趕快處理掉那些書，這樣才有空間擺其他東西。然而想賣神學書給我們的人不是只有牧師遺孀；幾乎每天都會有人帶著厚重的維多利亞時期家用《聖經》來找我們，那些書通常裝訂精美，還附有金屬扣。這些書在全盛時期想必能賣到一便士。班揚（Bunyan）的作品也一樣。市面上有大量的《天路歷程》（*The Pilgrim's Progress*），不過大部分都毫無價值。現今那些書已經沒有市場了，而我也看不出復甦的跡象。非常早期的神學倒是很有價值，不過主要是因為年代久遠：《古騰堡聖經》（一四五五年）的其中一頁在二〇〇七年的一場拍賣會上以七萬四千元美金賣出。不過這是特例，而其價值在於那是史上第一本使用合金活字印刷的書。

說到顧客，經常有人想找神學，或是「宗教書籍」，或者更常聽到的是「基督教書籍」，不過顧客很少會買。如今我們更常聽到的是有人要找靈修和東方宗教的書。在想要找神學書籍的人當中，絕大多數都有北愛爾蘭口音，部分原因一定是我們在地理上鄰近北愛爾蘭的一省，在那裡大家都對跟神學有關的事感興趣，因為對許多人而言，他們的宗教、政治、身分認同全都嚴重地糾纏在一起。大多數時候，這些顧客是要找宗教改革後抨擊羅馬的作品。

除了神學藏書以外，另一個我們常收到的單一主題著作則是法律藏書。雖然這些年來我已經買過一些這類書籍，但我覺得自己應該不會再碰了，除非裡面有讓我非常感興趣的東西。一般來說，那些書都是《蘇格蘭法律時報》（*Scots Law Times*）的報告以及公法。那些書通常是小牛皮裝訂，如果我運氣好，就可以把書賣給想要收藏好看書籍的人，或是像有一次賣給一間拍電影的公司。這種書唯一的價值就只有裝訂而已。

六月一日，星期一

線上訂單：1
找到的書：1

有個顯然從未到過店裡的人今天上午寄來電子郵件：

親愛的「書店」：

首先，我想要說你的書店真是太精美了。我最愛「書店」著重於獨特、有質感的商品以及創新的設計——事實上，正是這些特質驅使我聯繫你們。

果不其然，他是一位自出版作家，想要說服我進他的小說，題材跟美人魚有關，或是仙子，又或是某種胡扯的東西。他可以去「聯繫」別人。

柯金納的牧師傑夫上午十一點來訪。天氣比較暖和的時候，他會騎電動自行車而不搭公車——公車是他冬天採用的運輸方式。他告訴我，他在星期日的講道主題是關於不忠的危險，靈感則來自跟一位教區居民有關的謠言。

跟皇家郵政服務臺講了一個小時電話，因為我一直無法成功設定用他們的DMO系統取代OBA那個緩慢的老古董。終於處理好一切並開始運作後，才發現大肆宣傳的DMO竟然還比OBA更爛。皇家郵政在公營時期留下來的傳統似乎是特別愛使用縮寫。我不知道那些縮寫的意思。這些系統毫無疑問是由從來不必使用它們的人所設計。

總收入330英鎊
29位顧客

六月二日，星期二

線上訂單：2
找到的書：2

兩筆訂單，一筆來自ABE，一筆來自亞馬遜。《愛丁堡市政建築》（*Municipal Buildings of Edinburgh*）是一本很漂亮的維多利亞時代建築書，精裝本，斜邊封面，燙金書名，有十三幅插圖，一八九五年出版，以六十英鎊賣出。亞馬遜的訂單則是一小本不起眼的平裝書，書名叫《安塔爾，英軍FV12000系列》（*Antar, the FV12000 Series British Army Service*）——這是一本關於軍用車輛的書，以五十八英鎊賣出。以前我們還能合理假設前者的價值大約五十英鎊，後者或許能賣到八英鎊，不過那些日子早已遠去。現在情況很容易就會相反過來，而且幾乎一切都得先上網查詢，否則你不太可能從書海之中挑選出有價值的現代平裝本。

一位年長的女人來櫃檯說：「你可以幫我嗎？我在找一本書，可是我不記得書名了。那叫《紅氣球》（*The Red Balloon*）。」接下來果然就是一段混亂的對話。

狄肯先生在打烊前進來，買了一本尼爾森（Nelson）的傳記。雖然他從來就不是個健談的人，可是他連招呼都沒打。

總收入322.97英鎊

23位顧客

六月三日，星期三

線上訂單：7
找到的書：6

今天上午有七筆訂單。在亞馬遜把季風資料庫的東西下架又重新上架後，一定湧進了很多人。

伊莎貝過來作帳。她在辦公室發現一隻黑貓，接著我們花了十分鐘在店裡追著那隻小混蛋到處跑。

兩個退休的美國人下午三點進來，身上穿著令人噁心的萊卡緊身自行車服。他們就跟其他自行車騎士一樣，直接去找英國地形測量局的地圖，看了一下規劃好路線，然後就空手離開。後來又有從美國來的自行車騎士，其中一個花了很多時間告訴我怎麼利用舊書製作有趣的手工藝品。要是妮奇在這裡，他們就會胡扯聊上四個小時。

再一次從「待讀」書堆中拿起我那本《新懺悔錄》，在下班之後讀了一些。通常我開始讀一本書就會直接讀完，不過這本我似乎就跟其他書混著讀。可能是我下意識想讀得久一點吧。這本書在某些方面跟《赤子之心》非常類似，不過敘事者約翰・詹姆斯・陶德（John James Todd）比羅根・蒙斯圖爾特（Logan Mountstuart）少了一些魅力。內容是在敘述一段完整又有趣的生活。現在他加入了軍隊，正在經歷第一次世界大戰的恐怖。我要把書放回「待讀」書堆，之後再繼續看。這本書的結構很奇特，適合用這種方式讀；這幾乎就像是好幾本書拼湊在一起。它的篇幅將近六百頁，等於幾本書的分量了。

總收入154英鎊
12位顧客

六月四日，星期四

線上訂單：4
找到的書：3

今天卡倫來替小屋施工。雖然快要完工了，可是我覺得來不及讓伊曼紐拉使用。

上午中段，有個澳洲人到櫃檯跟我說他在雪梨一間店撿到了便宜；史考特（Scott）的《威弗利》（*Waverley*）系列小說，一套五冊，書況很差，是一八四一年出版的。他問我如果是我會賣多少，於是我告訴他最多二十英鎊。他看起來很沮喪。他付了二十三英鎊，很肯定自己得到了值錢的東西。《威弗利》小說——不管多古老都一樣——除非裝訂很棒，否則幾乎沒什麼價值。那些書無處不在，而且再版了太多次（就像伯恩斯的作品），所以有價值的版本非常少。判斷伯恩斯作品價值的方法：如果是在他過世（一七九六年）之前出版，可能還會有些價值。在那之後價值就大幅下跌了。J．W．伊格爾（J. W. Egerer）是研究伯恩斯的主要目錄學家，而他在書中詳細列出了伯恩斯作品的版本，內容實在驚人。幾年前有位顧客帶了一套兩冊的伯恩斯作品過來，書況非常破舊，大約是一八二〇年出版的。他問我認為重新裝訂要花費多少，於是我告訴他直接把書丟掉再買一套同樣的版本代替可能還比較便宜。沒想到他的反應是大喊：「你竟然敢這麼說！這可是我曾祖父的書！」我不知道他怎麼認為我應該會知道這種事。

光纖工程師上午十點出現，安裝了超快寬頻的新線路。

卡蘿安大約下午兩點過來看店，讓我去參加她未婚夫克雷格（Craig）的單身派對。我們要搭船遊克萊德河（Clyde）。我先開車過去，跟朋友在艾爾附近過夜。明天一早我會到小艇船塢的船上跟他們碰面。

總收入229.54英鎊
21位顧客

六月五日，星期五

線上訂單：
找到的書：

上午八點抵達小船塢，發現每個人看起來都在宿醉。昨晚他們一直在船上喝。我們中午從拉格斯（Largs）啟航，前往科瓦爾（Cowal）半島上的塔伯特（Tarbert）。一陣舒服的順風帶著我們在下午五點左右抵達。船停好後去了一間酒吧，因為前一晚而精疲力盡的克雷格只喝了不到四分之一杯。

總收入230英鎊

17位顧客

六月六日，星期六

線上訂單：

找到的書：

上午十點卡蘿安打來，說店裡的市內電話掛了，刷卡機也沒有作用。這一定跟光纖技術人員過來亂弄東西有關，於是我叫她打給寬頻供應商跟電話公司解決。

今天風極大又潮濕，所以我們在塔伯特待到下午三點左右，然後啟航前往海灣對面的波達維地（Portavadie）。大家要升起主帆的時候竟然把它扯破了。我們費力地駛進波達維地，在新建而豪華的小艇船塢那裡吃了一餐也喝了幾杯。

總收入310.98英鎊

36位顧客

六月七日，星期日

線上訂單：
找到的書：

還算早起，乘船回到拉格斯。把船清理乾淨後就回威格頓了。下午六點到家。

六月八日，星期一

線上訂單：2
找到的書：2

今天是芙洛夏季到店裡工作的第一天。電話跟刷卡機到午餐時間還是故障，於是我檢查所有新的插口，發現有一條線沒插好，結果插上去以後一切就正常了。

我登入書店的亞馬遜賣家帳號查看訊息，發現由於有某種新的規定，我們現在必須給他們一個叫「獨特業務代碼」（Unique Business Code）的東西，還要掃描我的護照，另外針對收取他們每兩週支付那些微薄款項的銀行帳戶，我也得掃描對帳單。做不到這些，就會導致帳號被停用，也不能在網路上賣書，於是我寄電子郵局給稅務局要求一組UBC。我猜這麼做的目的是要加強管制亞馬遜的行為，不過最後一定會對做小生意的人不利，因為亞馬遜會把所有額外的成本丟到他們身上。

總收入265.50英鎊

24位顧客

六月九日，星期二

線上訂單：4

找到的書：2

今天芙洛在，天氣暖和晴朗：跟她的性格正好完全相反。一直到午餐時間，針對我的問題或要求，她半個字也沒回答，唯一的反應是一連串的聳肩跟發出哼聲。

卡倫來了。為了在伊曼紐拉過來之前改造好小屋，他把所有能用的時間都花在這裡了。

有個女人到店裡來，因為一本四英鎊的書大吵大鬧了一番。她在網路上找到了那本書，決定在投資這麼一大筆金額之前先來店裡看看。她把書拿到櫃檯，開始抱怨書衣破掉了，書裡還有前一位主人的簽名，於是我讓她看刊登的內容，裡面列出了她所抱怨的每一項缺陷。她最多就只肯付二英鎊，所以我把書重新刊登為八英鎊（網路上第二便宜的版本是十二英鎊）。

那本書叫《城堡中的公主》（*The Princess in the Castle*），在一八八五年由聖教書會（Religious Tract Society）出版。他們的書看起來都很有趣，而且乍看之下可能很有價值，不過只要看到出版社的名稱，你就會知道那些書沒什麼價值。聖教書會建立於一七九九年，目的是為了傳教，主要對象為女性、兒童及窮人。他們後來的出版物——大約從一八五〇年起——內容都充滿了甜言蜜語跟講道口吻。例如《城堡中的公主》裡面就有個故事叫「聽從母親的男孩」。我的架上大約有十幾本聖教書會的書，但我不記得曾經賣出過任何一本。

晚上都在讀《時間箭》。

總收入166.38英鎊
9位顧客

六月十日，星期三

線上訂單：5
找到的書：3

又是炎熱的一天，豔陽高照。芙洛準時出現。卡倫沒過多久也來了。

上午十一點，我拿著一杯茶下樓要給芙洛時，發現她目瞪口呆，震驚地盯著一個男人，對方戴了一頂特別的紅色貝雷帽。她通常只會批評我的穿著，所以看到她用尖刻的眼神注視別人，感覺還真不一樣。

卡倫跟我幾乎整天都在小屋工作。一位顧客在我們安裝石膏板的時候出現在門口——要到那裡還得先爬過一堆碎石跟建材。他問卡倫：「這是園藝室嗎？」卡倫回答不是，說他剛才已經直接穿過了園藝室。顧客回答：「噢，就是通過上面寫著『園藝室』的那扇門嗎？」

總收入223.99英鎊
17位顧客

六月十一日，星期四

線上訂單：2
找到的書：0

今天芙洛在，跟往常一樣脾氣很差又不愛說話。

總收入40.50英鎊

7位顧客

六月十二日，星期五

線上訂單：0

找到的書：0

炎熱晴朗的一天。妮奇在，不過幸好沒有請我吃美食星期五的東西。卡倫上午九點過後進來。他昨天去爬凱恩斯摩（Cairnsmore），那是附近一座兩千呎高的小山，有一條很漂亮的步道，四面八方都是絕美的景色。艾胥利（Ashley）跟喬治（George）十點半出現。艾胥利向我保證他們下星期二就會完工，最晚不超過下星期三。艾胥利和喬治是鍋爐裝配工，在艾胥利父親位於鄧弗里斯的Solarae公司工作。他們要在書店後方裝設一具生質鍋爐。

我今天大部分時間都在幫忙卡倫處理小屋。身為助手，我帶著電纜被趕到一處被當成閣樓的爬行空間。我倒著爬出來時，T恤被一根外露的釘子勾破了。那個地方又熱又醜，旁邊有玻璃纖維，而且到處都是灰塵。今天，在夏日烈陽的照射下，那裡既悶熱又死寂，簡直快讓人受不了。

沒有亞馬遜的訂單，我懷疑是因為帳號未遵守新規定而被停權了。稅務局的UBC寄來了，於是午餐過後我花了一個鐘頭在亞馬遜網站上填寫表單。快打烊時，帳號的狀態變成了「審核中」。

下班後我把車開到文森的車行保養，然後跟妮奇和卡倫去喝一杯。妮奇留下來過夜，但她拒絕我所提供的舒適床位，還是比較喜歡她在舊倉庫的流浪漢巢穴。

總收入176.48英鎊

16位顧客

六月十三日，星期六

線上訂單：4
找到的書：4

我九點下樓時，妮奇已經起來，正在整理音樂區的書。她已經自行決定好要用科幻區的空間來擺放滿到堆在地上的音樂書籍。科幻區跟其他大多數區域不同，似乎總是有很大的缺口。那裡也是最難維持整齊的地方。我不確定這是因為從櫃檯看不見那裡，人們覺得不會被盯著，還是因為科幻迷本來就很邋遢。

今天的訂單全部來自亞馬遜，所以「審核中」的狀態一定已經更新了。其中一筆訂單是一本關於漢默電影公司（Hammer studios）的書，那家公司的男主角克里斯多夫・李（Christopher Lee）前天過世了。

今天的郵件中有一封來自大英圖書館的信，通知他們收到了要求的《Tripe Advisor》。由於我們在去年製作這本書的時候申請了一組ＩＳＢＮ，所以必須（跟所有出版社一樣）提供一本免費的書給英國和愛爾蘭的寄存圖書館。總共有六間：

- 倫敦，大英圖書館（The British Library）
- 愛丁堡，蘇格蘭國家圖書館（National Library of Scotland）
- 牛津，博德利圖書館（Bodleian Library）
- 劍橋大學圖書館（Cambridge University Library）
- 都柏林，聖三一學院（Trinity College）
- 阿伯里斯特威斯（Aberystwyth），威爾斯國家圖書館（National Library of Wales）

午餐過後，我去文森那裡取車，結果發現車子還在頂車機上等著換新煞車，而零件預計星期一才會到。

總收入235.96英鎊
23位顧客

六月十五日，星期一

線上訂單：5

找到的書：3

芙洛在，跟往常一樣尖酸刻薄又充滿敵意。

卡倫正在繼續小屋工程，艾胥利跟喬治過來安裝新鍋爐，珍妮塔也一度在店裡打掃。這週一定會花很多錢。

我在Facebook上貼了一則請求，想找人為混凝土書螺旋提供一些書名，馬上就收到了五則回覆。利用這種方式替規劃申請籌措資金是安娜想出的辦法，結果證明非常成功。想要「買」書名的人支付二十英鎊後，就可以自己編出一個書名，或是提議使用真正的書名。接著雕刻師伊恩（Ian）會把書名刻在一片塑膠上，我再把塑膠黏到混凝土書上。

文森三點半把車子開過來——新的煞車換好了。

讀完了《時間箭》。我很喜歡這本書——內容陰鬱又引人入勝，而且用非常獨特的敘事手法描寫一段倒著活的人生。下次要讀讀看金斯利·艾米斯（Kingsley Amis）的作品。

總收入208.98英鎊
23位顧客

六月十六日，星期二

線上訂單：3
找到的書：2

上午九點，芙洛、卡倫、喬治和艾胥利全都同時出現。

我又跟卡倫一起工作了一天，主要是回到那個充當閣樓卻像地獄般的爬行空間，這次則帶了新鍋爐要用的供水管。我在上面那裡的灰塵和高溫中待了半個鐘頭，試著讓聚乙烯管穿過喬治弄出的一個小洞。我出來的時候跟之前一樣全身大汗、口乾舌燥，還因為灰塵到處發癢，於是我偷走卡倫那杯茶稍微報復一下。

下午稍早，我在幫卡倫把一些石膏板安裝到天花板時，芙洛進來小屋：

芙洛：有個人來找你。
我：是誰？
芙洛：不知道。
我：是什麼事？
芙洛：不知道。

於是我不情願地回到店裡，留下卡倫搖搖晃晃踩著凳子試圖把一些石膏板螺絲鑽進他頭頂上的石膏板，結果來找我的是個咧開嘴笑的老人，他帶著一個Farmfoods超市的袋子，裡面裝滿了《人民之友》（*People's Friends*）舊雜誌。

總收入124.49英鎊
12位顧客

六月十七日，星期三

線上訂單：5
找到的書：3

芙洛上午九點到，卡倫則是在我開店之前就先去小屋工作了。喬治和艾胥利大約十點半出現，但電工九點半就在等他們了。他一直坐在車上等他們來。不用說，這些閒置的時間我也必須付錢。

電工把電路燒壞了好幾次，讓整間店完全陷入黑暗。他也不小心打開了幫浦造成輕微淹水，而喬治跟艾胥利還沒接好的那些水管噴出黑水，害可憐的喬治浸得一身濕。

我跟卡倫在小屋工作時，有位顧客帶來一箱捆好的一九六〇年代《國家地理》（*National Geographic*）雜誌，於是我叫芙洛打電話告訴他說我們不收雜誌。我們試過賣雜誌，可是除了一九七〇年代的《花花公子》（*Playboy*）、《閣樓》（*Penthouse*）跟《Mayfair》，其他的在店裡完全賣不出去。舊一點的雜誌賣得還不錯，例如非常早期的《蘇格蘭人雜誌》（*Scots Magazine*，第一本在一七三九年發行）跟早期的《閒談者》（*Tatler*，最初於一七〇九年出版），甚至包括《國家地理》（一八八八年首度發行），不過除了七〇年代的軟色情（soft porn），二十世紀的雜誌都不太好賣。目前最有價值的《蘇格蘭人雜誌》是一七七六年八月號，我想那是全世界第一份完整刊登美國《獨立宣言》的出版物。

今天晚上家裡沒有熱水——想必是因為新鍋爐改變了配管所致。

下午我載安娜去洛克比搭火車前往愛丁堡，她受邀到那裡參加一項電影課程。道路在卡爾斯路斯（距離威格頓大約十五哩）封閉，因為有兩部卡車發生了碰撞事故。到處都是碎片，其他車輛則改道穿越那座小村莊，開上一條非常狹窄的路，一點也不適合貨運車流，不過我們還是勉強擠了過去，最後剛好趕上火車。我回家時那條路已經重新通行了。

總收入144英鎊
10位顧客

六月十八日，星期四

線上訂單：0
找到的書：0

我在下午五點進店讓芙洛下班回家，發現她一副目瞪口呆的樣子，這次是盯著一位身穿短褲、白襪拉高、腳著涼鞋的顧客。顯然她很高興能回家。她把那視為犯罪般的穿著，整個人看到入迷了。上星期那個戴紅色貝雷帽的人就已經快讓她受不了，沒想到今天的情況還能更糟。

她離開後，我開始替幾個月前就收進來的書標價，其中包括九冊《大街小巷》系列。這些是Macmillan在二十世紀早期出版的書，有獨特（且一致）的藍布裝訂，在封面和書脊上有燙金書名。這些書是由對各地區有詳盡知識的人所寫的地區指南，雖然內容充滿資訊，但針對各區的導覽寫作風格相當通俗，而且有許多插圖。這系列的成功讓其他出版社試圖仿效，最著名的有Hodder and Shoughton出版亞瑟．米（Arthur Mee）的《The King's England》系列以及Robert Hale出版的《The County Books》系列，不過對我而言，那些全都比不上《大街小巷》的美學、生產價值或內容。

以威格頓本地為主題的《加洛韋與卡里克的大街小巷》，作者是查爾斯・希爾・迪克（Charles Hill Dick）牧師大人，於一九一六年出版，並由當代著名的藝術家休・湯姆森（Hugh Thomson）繪製插圖。關於威格頓，迪克寫道：「讓人肅然起敬，不只是因為其重要地位，也因為烈士遺骸就長眠於此地的教堂墓地。」接著就開始檢視鎮上的歷史與建築重點。他也把加洛韋拿來跟羅科爾（蘇格蘭被遺忘的角落）相比——這種觀點呼應了我最近發現一份一九五〇年代的本地旅遊指南，內容是：「即使對蘇格蘭的遊客來說，以步行或搭車的方式進入加洛韋都像是一種冒險，因為蘇格蘭其他地方都不如此處人跡罕至，而且從地理上來說，那裡比較接近愛爾蘭，跟愛爾蘭的關係比蘇格蘭中部更為密切。」

不過，這些書跟大多數的二手書一樣，過去十五年間的價格都下跌了，如果有一本我覺得還不錯的書，在二〇〇一年大概可以賣到二十五至三十英鎊，而現在顧客只願意付十到十五英鎊。

總收入151.75英鎊

14位顧客

六月十九日，星期五

線上訂單：3
找到的書：2

妮奇在上午九點十二分開著她那輛藍蠅出現。

喬治跟艾胥利過來處理新的鍋爐。現在我只要在鍋爐外弄一層防水罩就行了。

我們差不多有二十箱很棒的新貨需要整理並上架。在另一個角落，我們有五箱預計要丟掉的書。妮奇直接走向那些我們要扔掉的書，然後開始翻找。對她來說這就是莫里森超市廢料桶的文學版。

下午五點打烊，跟卡倫和鮑伯去酒吧。我在酒吧認出經營開放書店的女人——是位美國人，她正在角落的桌子上寫筆記。我過去自我介紹，然後邀請她加入我們。她在美國有一家書店，而其他人離開之後，她跟我聊了聊在二十一世紀賣書的艱苦。

總收入260.99英鎊

22位顧客

六月二十日，星期六

線上訂單：2
找到的書：2

妮奇晚到了，還提著一個小塑膠袋，塞到我面前，用宣告的語氣說：「呃，看看吧。我今天早上從花園收集的。」我以為是某種水果，或者至少是花，結果靠近一看卻是一整袋黏滑的蝸牛，還聽見她說：「我要把牠們放進你的花園。」我們談判了一陣子後，她才同意把牠們拿到一處原野放生。

我到小屋的時候，卡倫已經在裡面工作了。他的進度有點陷入僵局，而他正在等今天應該出現的水管工丹尼。

下午兩點半，妮奇提醒我說有一團蓋爾語唱詩班跟我們預約好要到大房間排練，於是我匆忙過去替他們準備。他們三點抵達。

由於今天陽光普照，所以我決定在花園吃午餐，不過後來拖延了一下，因為我發現草坪中央有一隻死掉的烏鴉，於是挖了個小洞把牠好好埋葬起來。貓大概會挖出牠的屍體，然後拖進屋子裡。

總收入250.96英鎊
21位顧客

六月二十二日，星期一

線上訂單：5
找到的書：5

今天芙洛在，於是我上午十點離開去搭渡輪，要到貝爾法斯特去看一批書做遺產估價。我在下午三點左右抵達那戶人家（在植物園附近），見到了遺囑執行人，是亡者的弟弟，對方留著很特別的薑黃色八字鬍，比我預期中年輕許多。屋裡到處都有書，而且有很多蘇格蘭的古董。到了五點，我才看到大約四分之一的量，所以我跟他說我得留下來過夜，明天早上才能看完。他推薦附近的一間旅館，幸好那裡有空房。我打電話給芙洛，她答應明天去開店。

總收入120英鎊
12位顧客

六月二十三日，星期二

線上訂單：3
找到的書：0

芙洛開店，所以我繼續到貝爾法斯特那戶人家看完剩下的書。遺產估價的總數來到一萬英鎊，是我目前給過最高的遺產估價。其中包括兩本卡姆登（Camden）的《大不列顛志》（*Britannia*），以及一些價值好幾百英鎊的書。每次遺產估價時都是這樣：我認為那些書拿去拍賣的價格會比較高。亡者的弟弟跟我討論該怎麼處理那些書，我跟他說我沒辦法拿出那麼多錢，他們應該去找蘇格蘭的拍賣會。

搭三點半的渡輪，七點回到家。

到花園散步了一下（有避開之前那隻死烏鴉的位置），從塑料大棚那裡摘了一大碗草莓。

總收入247.25英鎊
20位顧客

六月二十四日，星期三

線上訂單：2
找到的書：0

今天又是芙洛在。我不知道我們為什麼找不太到訂單的書。我要再聯絡「季風」看看是什麼問題。

店裡已經亂七八糟好幾個星期，到處都堆了書——一個原因是園藝室（現在是小屋）後面的東西現在散落在各地，另一個原因是大家一直帶著成箱的書來賣。

上午十一點，蘇格蘭廣播電臺（Radio Scotland）有個女人打電話來，問我對亞馬遜最近引起爭議的政策有什麼看法：針對在Kindle上賣書的作者，只根據購買者所閱讀的頁數支付相應的版稅。我猜她是想要我說我認為這樣很好，這會促使人們回到書本上，但情況並不會這樣，而顧客也幾乎不會在意作者是否能收到版稅這種小事。我把消息貼到Facebook上，引起了以下討論：

約翰．法蘭西斯．沃德：嗯……那麼要是我點了一份餐，只吃了一部分，我可以只付那一部分的錢嗎？這等於讓我們回到維多利亞時期的連載形式——也許我可以開始以一次一頁的方式把書賣給亞馬遜？這加深了原本就有的不確定感：一本書在店裡沒有人買就永遠不算賣出——就算有人買，也可能會被退還。唯一的好處是這可能會讓更多作家考慮是否要跟亞馬遜合作。

Page & Blackmore Booksellers Ltd：我認為亞馬遜的想法是你要支付整份餐點的錢，但廚師的薪水是根據你吃的分量來決定。

卡倫過來繼續小屋的工程。泥水匠過來塗了大約三分之二的灰泥，然後說他下星期二會回來處理完畢。

一位穿卡駱馳鞋（Crocs）跟紅色短褲的顧客帶著一隻矮胖又有攻擊性的狗進來，花了一個鐘頭翻看地上的箱子，把書堆得隨地都是，同時那隻狗則一直對經過的人狂吠。他們什麼都沒買就離開了。

我正從大手提袋鏟沙時（那個袋子從我們大約一個月前開始施工以來就一直放在我跟費歐娜店門口的人行道上），費歐娜的丈夫羅比出現了，他跟我說他看到袋子要消失了覺得很失望，因為大家很喜歡它為大街增添景色。袋子已經在那裡放得太久，以至於雜草在裡面生長，現在還開始播種了。

關店前，我去了紐頓斯圖爾特的銀行，回車上的途中到麵包店買了一份香腸捲。櫃檯的女人告訴我：「我很喜歡你在店裡的那段音樂影片。」安娜、妮奇跟我去年錄了一段《饒舌樂翻天》（Rapper's Delight）的模仿影片，然後放到Facebook上。我忘記那是誰的主意了——不是妮奇就是安娜——但我記得有一天晚上在下班後走進廚房，發現她們兩個正興奮地構思舞蹈及歌詞。結果影片在中國非常受歡迎。

打烊之後，我開車到大約七哩外的里格灣去游泳。那裡空無一人，而且雖然海水還沒明顯變暖，卻仍然能在一天結束時讓幾乎挖了一下午沙子的我提振精神。我的朋友米歇爾（Michele）形容里格灣是「海灘中的凱特摩絲（Kate Moss）」，原因是你不可能在那裡拍出難看的照片。

總收入407.98英鎊
37位顧客

六月二十五日，星期四

線上訂單：7
找到的書：7

午餐時間，有輛卡車載來九十六袋新鍋爐用的木質顆粒燃料。地毯師傅也正好在同一時間出現，要安裝書店門口的新地墊。卡倫跟我費力地想拆掉前門，好讓師傅們可以工作，結果這時銷售代表也出現了，就站在外頭耐心等我們使勁搬門。在這擁擠舞臺上的最後演出者是一位顧客，對方一直說「不好意思」，最後我才不情願地放下門，客氣問她想幹嘛──「你們的WiFi密碼是什麼？」

下午三點來了一對情侶；從他們的外表或聲音很難判斷他們的性別分別是什麼。其中一個人問：「你們的手相術書籍放在哪裡？」

一切處理完畢，地毯師傅也在努力工作時，我向一個女人買了一箱書。其中包括一本初版的《世界大戰》（一八九八年，Heinemann出版）。

總收入165.98英鎊
16位顧客

六月二十六日，星期五

線上訂單：2
找到的書：2

妮奇在上午九點十五分抵達，跟往常一樣。她劫持了Facebook頁面，發表了評論：「今天第一件失望的事……兩個啤酒箱子跟八個紅酒箱子都裝滿了……沒錯，書。」

預約下午兩點跟紐頓斯圖爾特的物理治療師見面。她給了我兩頁運動內容，要我每天做三次。

下午五點打烊，跟卡倫去酒吧。七點回來，發現門階上有一小坨狗屎。我很清楚是誰的狗該負責。

總收入298.36英鎊
28位顧客

六月二十七日，星期六

線上訂單：2
找到的書：2

妮奇決定要在Facebook上更新我們改造小屋的進度：

昨天下午五點十分的園藝室小屋最新情況……

「那麼，我們今晚應該裝上門嗎？」

「嗯。」

「你可以開車去載，我們今晚就能裝起來。」
「嗯。」
「或是我們可以明天再弄。」
「對，不過我確實有車。」
「是啊，我們可以今晚就裝。」
「也許吧。」
「或是我們可以明天弄。」……

門沒裝上。

說得有點太誇張了，畢竟她都在「整理」英國地誌區的書，而那一區看起來就像剛被洗劫過的房子。

午餐過後，我開車到鄧弗里斯，然後搭火車去參加艾略特兒子的洗禮，委婉的說法是命名儀式。往那裡的途中，由於有車禍發生，所以道路又封閉了，而且又必須改道穿過卡爾斯路斯。田野中間有一輛Land Rover，但情況看起來不會很糟。一個鐘頭後，我在火車上收到安娜傳來一則訊息，說在我隔壁開店的費歐娜她丈夫羅比・墨菲（Robbie Murphie）騎摩托車發生車禍死了。羅比是個非常好的人，也是位很棒的全科醫師。認識他的人都打從心底尊敬他，而雖然英年早逝這句話聽起來很老套，但這裡的人都跟他很熟也很喜歡他，大家都會很想念他的。很少有人能像他這麼幽默、機智又親切。

總收入286.27英鎊
19位顧客

六月二十九日，星期一

線上訂單：4
找到的書：1

今天早上第一件事是查看Facebook，結果發現妮奇星期六就劫持了帳號：

哎呀！廣場上有傳統音樂家（還使用喇叭！——等於當著你的面播放英國廣播公司第三台），馬匹慢跑經過門外的時候除了有滿身大汗的味道，沒想到竟然還敢弓背跳起來讓群眾興奮，彷彿已經六十年沒舉辦過騎馬遊行了！嗥酒！還有比這更棒的嗎？有！尚恩在倫敦！

芙洛在。她跟往常一樣，只用最少的力氣去找今天訂單的書，部分原因是今天她過十八歲生日，對她而言就是不必在工作場所做任何有生產力的事。

花園的花全都開了，而且晚上的空氣中瀰漫著花香。我特別喜歡種在門口附近的一株灌木，叫布克莢蒾（Viburnum x Burkwoodii）。根據加洛韋莊園（加洛韋伯爵的別墅）的退休園丁所述，上一位住在那裡的伯爵堅持要在餐廳的落地窗旁種那些植物，這樣他用餐的時候才能享受香味。

晚上十點五十五分，外面還夠亮，於是我帶了啤酒坐在一張長椅上看書，附近則有蝙蝠輕快飛過。

總收入260.47英鎊

27位顧客

六月三十日，星期二

線上訂單：2

找到的書：2

芙洛在，她因為昨晚過十八歲生日而有點宿醉。

一位把鬍子綁成辮子的顧客問：「這本《一九三八年愛丁堡與利斯郵局名錄》（*Edinburgh and Leith Post Office Directory 1938*）多少錢？我很有興趣。」

我：這本是三十五英鎊。

顧客：什麼！太誇張了。誰會想要買？

呃，首先就是你。

我換上工作服時（刷油漆、做園藝的工作，不是替書標價那種工作），發現有幾隻蛾在臥室裡飛來飛去，於是我去檢查我的蘇格蘭裙跟粗花呢西裝。兩套都在跟蛾的戰鬥中損傷慘重，所以下次我外出幾天的時候會派出Doom牌殺蟲劑這個飛蛾殺手，還要煙燻整個房間。

必須來做我的背部運動了。內容看起來太無聊，所以我一直找藉口不做。

總收入193英鎊
13位顧客

七月

七月

我們二手書商不常去那種乾淨整潔的地方，在那裡拿到的書都包著紙書衣，就像在擁擠的火車月臺上穿著彩色雨衣的女人。賣新書的書商很可能會把一切都押注於豪華百貨，在那裡你什麼都買得到，從筆尖到相框都有。這是令人悲哀的衰落，也是時代的寫照。我很好奇會不會哪天二手書商還得開始賣起喉糖、阿斯匹靈跟泡菜？但願不會。我們可是有自尊的。龐弗斯頓先生從不使用「二手」這個詞；他說這會讓他想起舊衣店。他門上的字告訴大家他是一位古書商。不知道外頭廉價攤位裡那些破舊書籍往上瞄的時候會有什麼想法。也許它們會挺起破爛的胸膛，想著畢竟自己死時還有點尊嚴。

——奧古斯塔．繆爾，《書商約翰．巴斯特私想錄》

繆爾說得對，我們二手書商不會闖進「乾淨整潔的地方」，不過主因是我們大部分的生意都是自己經營，也請不起員工，所以多數時間都困在我們的小世界裡，被覆滿灰塵的書包圍。我真的想不到還有什麼比這更令人愉快的環境了，不過其中也是有缺點的，而我在旅行時只要有機會，就會去打探其他二手書店，看看他們在做什麼，以及有沒有我可以偷學或調整的做法。

至於賣新書的書商必須順應局勢並販售其他東西，這點他也說得對。這樣的觀察似乎很有先見之明，彷彿是幾年前才寫下，中肯描述了在亞馬遜冷酷箝制之下所造成的改變如何摧殘新書及二手書業，不過談亞馬遜的問題簡直是在浪費精力。然而，我衷心希望自己不會真的得賣起喉糖、阿斯匹靈跟泡菜，才能達到財務安全好讓我可以繼續賣書。

至於要叫古書商還是二手書商，這個詞的定義其實很模糊，因此我想龐弗斯頓稱呼自己為古書商並不為過，畢竟他是「把古舊或稀有書籍當成生意或興趣」。不過一般而言，古書商通常認為書的歷史一定要超過百年，也要有足夠的特點與品質，才能達到一定的價值。一本便宜並具有上百年歷史的教會讚美詩集嚴格來說或許算是古書，但很少書商會這麼認為。

七月一日，星期三

線上訂單：3
找到的書：1

芙洛在。卡倫過來幫忙水管工，對方一整天都在聊當地的八卦，然後裝了兩根水管，而卡倫向我保證這原本應該只要半小時就能完成。儘管如此，水管工程還是前進了一小步。

安．巴克萊（Anne Barclay）過來拿大帳篷（我幾年前誤以為自己要辦四十歲生日派對而買的），要用於「抗癌接力，為生命健走」（Relay for Life）活動。安負責管理威格頓圖書節，是個很可靠的人，一直努力不懈地處理各種大小事，包括為這個抗癌活動募款。

下午我開車載安娜一起去愛丁堡的荷里路德宮（Holyrood Palace）參加女王的花園宴會。宴會很擁擠，我們還遇到很多認識的人。安娜準備了一段話，萬一女王要找她說話時就可以派上用場，不過那裡還有另外八千個人在場，所以她沒被選為談話對象並不意外。安娜對現實的看法就像是個看了太多伊靈（Ealing）喜劇而又不切實際的美國人。我猜在她的想像中，女王經常找我們這種人參加茶會。

我們回家的途中到普雷斯威克（Prestwick）機場接了伊曼紐拉，就是自願在夏天到店裡工作的那位義大利女子。普雷斯威克並不是以魅力聞名的。即使是那裡的口號「棒死了」（Pure dead brilliant）也很難吸引高度發展的國際旅遊。我經常思考正式同意在機場品牌行銷中使用「死」這個字的人到底在想什麼。伊曼紐拉在入境大廳的常客之中顯得格外漂亮出眾，她的身材相當高又苗條，而且穿得很好看。回家的途中她一直在說話，可是我幾乎聽不懂半個字。她的英文寫作比口語好多了——也許說得很完美——但帶有一種強烈的口音，讓人幾乎無法理解。許多義大利人說英語時特有的「幽靈母音」（ghost vowel）當然也出現在伊曼紐拉身上，所以每個字的字首跟字尾都加了字母「a」。我們大約晚上七點到家，而安娜很明顯對家裡有另一個女人這件事感到不高興（不出所料，小屋還沒準備好）。跟伊曼紐拉不一樣的是，她從普雷斯威克回來的一整路上完全沒有說話，而她原本的開朗性格以及對一切樂觀的態度似乎蒙上了一層濃厚的陰霾。

總收入108.20英鎊

22位顧客

七月二日，星期四

線上訂單：2
找到的書：1

亞馬遜的FBA市集似乎有問題。我們已經好一段時間沒收過訂單了。芙洛寫電子郵件給他們，下班前就讓系統又正常運作了。

伊曼紐拉上午九點從客房出來，於是我帶她參觀店裡，然後安排她整理書架，也讓她熟悉一下格局。這就是約翰．卡特在我接管書店之前幾個星期裡給我的第一份工作，不可否認也是最實用的工作，因為熟悉每個區域和題材就能夠讓你回答顧客百分之八十的問題，而我不知道伊曼紐拉的口說英語能不能應付得來。每次我對她說話，她都會伸長脖子，就像個傻瓜透過她厚到不像話的眼鏡看著我，然後說：「什麼？」通常重複三到四次就會稍微理解了。她也堅持要把我的名字發音成「兇恩」，還說她講的是「中式英語」。這幾乎就像一場差勁的戲仿，由一九七〇年代某個政治不正確的喜劇演員模仿一位義大利人。

語言不是我的強項，所以我沒資格批評伊曼紐拉還不純熟的英語，不過這經常讓我覺得相當有趣。我在四歲第一次上威格頓小學，當時我在一座農場長大，父親是英國人，母親是愛爾蘭人，而雖然我有朋友（我母親就是為了這樣才為學齡前的孩子設立「威格頓遊戲班」），卻未完整接受到威格頓郡的方言。第一次上學時，大家似乎都彼此認識，但我卻幾乎聽不懂他們說的話。在威格頓小學期間，我經常覺得自己會說兩種語言。就算是「one」跟「two」這種在任何語言中都很基本的詞也不一樣：在威格頓郡的念法是「yin」和「twa」。小時候爸媽每次聽到我跟朋友說話都會覺得非常有趣。

泥水匠馬克（Mark）晚上七點出現，塗好了小屋的灰泥。等灰泥一乾，我就會盡快刷好油漆讓伊曼紐拉搬進去住，前提是水管工會出現並完成工作。我跟伊曼紐拉進廚房沒多久，廣播就出現了《阿徹一家》（*The Archers*）節目。她豎起耳朵聽得很著迷。片尾曲結束後，她問：「這什麼？喜劇嗎？」

總收入322.48英鎊

22位顧客

七月三日，星期五

線上訂單：1
找到的書：1

今天妮奇在。她找到唯一一筆訂單的書之後，就去找出芙洛這星期無法找到的三筆訂單。她帶伊曼紐拉參觀店裡，我猜其中包含了一些有用的祕訣，譬如「老闆喜歡妳把書堆得地上到處都是」以及「如果妳沒辦法把書放到正確的書架上，就在其他區域找個地方放吧」。然而她似乎不像平常那樣興高采烈。我不知道她是否覺得自己的工作受到了伊曼紐拉的威脅。

桑耶林（Samye Ling）的人（他們會將鄧弗里斯郡那個西藏靜修處淘汰的藏書送來）拿來了四箱書，其中一箱全都是關於亂倫——有倖存者的可怕故事，也有以性虐待為主題的心理書。我不確定這種書在店裡的市場有多大。

今天陽光普照，於是我替妮奇和伊曼紐拉弄了皮姆酒（Pimm's），大家在打烊前一起喝。伊曼紐拉幾大口就把她的喝完，說這是她第一次喝皮姆酒，覺得「啊非常啊棒啊」。

總收入131.99英鎊
11位顧客

七月四日，星期六

線上訂單：4
找到的書：3

天氣陰沉，天空灰濛濛的。

伊曼紐拉看起來適應得很好，工作也很認真，不過她處理書的時候堅持要戴著白手套。我不確定妮奇是否喜歡伊曼紐拉，但幸好她似乎沒意識到妮奇的咒罵。

下班後我替伊曼紐拉弄了晚餐，我還在吃的時候，苗條的她竟然三口就狼吞虎嚥解決了。在回房休息之前，她告訴我晚餐「啊非常啊棒啊」，就跟皮姆酒一樣。

總收入159.99英鎊
23位顧客

七月六日，星期一

線上訂單：10
找到的書：9

今天早上我下樓時，伊曼紐拉坐在廚房，頭上戴著一條東西像是巨大的纏頭巾。其實那只是一條毛巾。她解釋說她洗完頭髮後必須包住一個小時。

卡倫過來小屋工作。芙洛不在——她這週跟她母親去巴黎了。伊曼紐拉自願負責在前面看店。至少我想她是那麼說的。

通往小屋的電路沒有電。原來電工過來為新的木質顆粒鍋爐配線時就一直是這樣了，於是我打給隨傳隨到的電工羅尼（Ronnie），他沒多久就過來解決了問題。

下班後我跟老朋友安與大衛（David）去紐頓斯圖爾特的獨角獸（Unicorn）

中餐廳吃飯。安曾經是威格頓圖書節的主席，而我老早就跟她認識了。我們大約十一點回來，然後大衛跟我繼續聊釣魚跟板球聊到差不多一點。伊曼紐拉看起來很無聊，於是我提議向她說明板球的規則。她透過厚到不像話的眼鏡不以為然地看著我，用強調的語氣說：「啊不用啊，謝謝你。」

總收入333.81英鎊
24位顧客

七月七日，星期二

線上訂單：3
找到的書：3

今天其中一筆訂單的書叫《鄉村免費郵遞！美國鄉村的郵箱與郵局》（R. F. D Country! Mailboxes and Post Offices of Rural America）。封面內頁有一張作者的照片，大概是我這輩子見過最宅的兩個人吧。

清理書架時，我在企鵝書區發現一本金斯利．艾米斯的《幸運的吉姆》（*Lucky Jim*），於是拿到小房間打算之後讀。

午餐過後，我提心吊膽地讓伊曼紐拉看店，然後自己去河邊。這是我在加洛韋最喜歡的其中一個地方，而盧斯河蜿蜒的下游會慵懶流過峽谷柔和的景觀，接著再湧入大海。此處樹木林立，安詳寧靜，我幾乎打從出生就認識這裡了。父親第一次帶我來釣魚時我才兩歲，而且我還釣到了一條小鱒魚（在他的協助下）。結果，從那個時候開始，這就成了我唯一想做的事，甚至只要我一看到他把釣魚用具丟到車上，就會變得很激動，堅持要跟他一起去。今天我就是去當初釣到第一條鮭魚的水潭，而且抓到了一隻大約三磅重的海鱒魚。安娜（目前跟芬恩和艾拉一起住）過來，而我們在晚餐吃了那條魚。伊曼紐拉一看到死魚就一臉驚恐，指著魚頭說了好幾次「啊可憐啊的魚啊」，然後就狼吞虎嚥吃掉了大約一半的分量。

總收入325.53英鎊

35位顧客

七月八日，星期三

線上訂單：3
找到的書：3

芙洛在，她從巴黎回來了，於是今天上午我帶伊曼紐拉到郵局，讓她知道要把線上訂單的郵袋放在哪裡，同時也帶她認識在那裡工作的好人威爾瑪。回來的路上伊曼紐拉表示了意見：「哇，很神奇。那不只是一間郵啊局。那裡什麼啊都賣。」我們經過藥局時，外頭有個男人正在跟他的貴賓狗說不行，因為裡面禁帶寵物，所以牠不能進去。不過牠看起來還是非常乖。伊曼紐拉一邊說著義大利語一邊撫摸那隻貴賓狗。

下午稍晚有位顧客帶來十一箱完全沒賣相的書。《錢伯斯百科全書》（*Chambers encyclopaedia*）的書脊黏了透明膠帶，破爛的狄克．法蘭西斯（Dick Francis）和傑佛瑞．亞契（Jeffrey Archer）平裝本、《漢斯沃自我教育者》（*Harmsworth Self-Educator*）、書友俱樂部出版的約翰．高爾斯華綏（John Galsworthy）等等。在十一個箱子裡，我設法挑出了二十本或許勉強有機會能在店裡賣的書。

下午四點左右，我到河邊待了一個鐘頭，可是什麼也沒釣到。下班後，安娜跟我到里格灣，想找一根漂流木回來改造成小屋的樓梯端柱，後來發現了一根被常春藤環繞的上好梣木。

我在七點左右回到家時，伊曼紐拉又包起她那條引人注目的頭巾了。我問她什麼時候想吃東西，她回答：「啊半小時。我要上樓先洗啊腳。」我想最好還是別再問下去了。

總收入233.47英鎊

20位顧客

七月九日，星期四

線上訂單：2

找到的書：2

檢查訂單時，我在其中一本書的封面內頁發現一封信，收信人的名字不太好聽，叫亨利．H．克雷波（Henry H. Crapo）。

下班後，伊曼紐拉去了合作社，大約一個鐘頭後回來，顯得心不在焉的樣子。我問她去了哪裡，她告訴我：「合作社。我好愛合作社。人好友善，而且什麼都有。從現在起我每天要在那裡待一個小時。」

總收入196.80英鎊
20位顧客

七月十日，星期五

線上訂單：2
找到的書：2

妮奇在。她在耶和華見證人團體中喜歡的人這週末會過來，要在斯特蘭拉爾的王國聚會所發表一場演說。

妮奇：我得在兩天內減重兩英石。
我：妳要怎麼做到？
妮奇：這個嘛，我已經刮了腿毛。這就讓我輕了四磅。
我：妳要穿什麼去見他？
妮奇：我要打扮成一九七二年波蘭共產主義者的樣子。

我們覺得妮奇如果要在兩天減重兩英石，最好的辦法就是切掉某個部位。大家一致認為應該切掉她的頭，因為這樣也能同時解決她的髮型問題。

下午我跟安娜和卡倫去參加了羅比·墨菲的葬禮。人很多。他女兒克莉絲蒂（Kristy）的致詞非常感人。

總收入270.58英鎊
31位顧客

七月十一日，星期六

線上訂單：1

找到的書：1

陽光明媚，而非洲鼓團整個上午都在公園，替鎮上帶來了異國情調。他們總部在郡的西部，成員大部分是女人，不過刺青異教徒桑迪曾經在裡面待了一陣子。他跟我說他被開除的時候覺得很「鼓舞」。他們通常會在圖書節期間過來威格頓，其他時間如果想要的話也會在春天跟夏天過來。

妮奇準時抵達。

有個穿著褪色短褲的白髮男人進來，對伊曼紐拉講了半個小時的話——「在希臘有一棵會長錢的大樹，人們想要錢的時候就直接去摘……SNP（蘇格蘭民族黨）也是同樣的問題，這是種凶殘的文化，我來說個有趣的故事，在諾曼第登陸的時候……」——這當中不時穿插著一些臀推的動作、穿著襪子搭涼鞋跳起舞來，還對著她猛力咆哮。可憐的女孩根本不知道他在說什麼。或許那值得慶幸吧。

妮奇把一份地圖以一八〇英鎊賣給一個男人，而她認為對方是個重生的基督徒（理由只有她自己最清楚）：「他們這種人，腦袋不正常。」她跟伊曼紐拉的相處似乎改善了一點。伊曼紐拉的英語雖然比我會的幾個義大利單字好上無數倍，但在跟顧客溝通時還是會造成一些問題，而她的白手套也不像第一天那樣乾淨了。

下班後我到花園拍了一小段影片，示範如何把Kindle升級成Kindle Fire。材料需要半加侖的汽油跟一盒火柴。

總收入546.46英鎊
30位顧客

七月十三日，星期一

線上訂單：7
找到的書：6

今天芙洛跟伊曼紐拉都在店裡。我交代她們整理店裡，也要把所有新進的書登錄到季風資料庫，然後在上午九點出發前往耶索姆（Yetholm，位於邊區，大約三個小時車程），要到那裡看一批軍事史書籍，接著再去梅爾羅斯（Melrose）看一批私人藏書。耶索姆那批書是由我朋友斯圖爾特・凱利牽線的，主人是在中東工作的一個男人，想要處理掉亡父的藏書。我給他三五〇英鎊買下書。我打開廂型車尾門要搬書上去時，之前買來要用在小屋廚房的一罐乳膠漆掉在車道上爆開了，噴濺得到處都是。幸好他非常體諒我。

梅爾羅斯那戶人家是一棟很大的透天別墅；賣書的人要搬到比較小的房子住，沒有空間可以容納藏書。他曾經參與辦理梅爾羅斯圖書節。書都堆在一張全尺寸的撞球桌上，我還得穿越好幾個房間，再經過一座室內游泳池才能看到書。我只想要其中大約三分之一的書，不過由於他們要搬家，所以問我能不能全部帶走。幸好那裡有三個搬家工人正在打包屋裡的東西，他們好心幫忙我把箱子拖到車上。我付了六百英鎊買下我想要的書，當中包括幾本有趣的古書。

過了精疲力盡的一天後，我還到皮布爾斯（Peebles）附近跟朋友過夜，因為隔天早上我要到附近一戶人家看另一批書。

總收入253.50英鎊
48位顧客

七月十四日，星期二

線上訂單：3
找到的書：3

上午八點半，原本要跟我見面的人打電話來，說他突然被叫走，問我可不可以延後，所以我只能開車回家，剛好及時趕上午餐，結果卻發現芙洛和伊曼紐拉讓書跟箱子散落得到處都是，要是妮奇看到一定會自嘆不如。

下班後我跟伊曼紐拉去散步，稍微帶她參觀一下。我們經過一群牛的時候，她突然停下來，緊抓住我的手臂。我問她怎麼了，結果她指著附近（在乾石堤另一側上）一隻牛說：「那隻牛啊牠在看我。看，看牠的眼睛！牠討厭我！」我試著向她解釋牛並不會恨她，但她堅信不只是牛，而是所有動物都討厭她。

總收入259.49英鎊
29位顧客

七月十五日，星期三

線上訂單：1
找到的書：1

今天芙洛在。她打包了隨機閱讀俱樂部的書，大概有一百五十本。她一邊包裝書，一邊告訴我說她「夢到你在電腦後面放了一部隱藏攝影機，趁我去巴黎期間把我在工作時睡覺的影片上傳到網路」。啊，今年夏天的員工水準真高。

由於店裡空間不足，所以我得把大部分從梅爾羅斯帶回來的書放在芬恩那裡。我告訴他如果他想要的話，可以把大部分的書當成開放書店的庫存。

晚上我煮了一大鍋防風草蘋果湯當晚餐（也要在這週剩下的幾天裡當成午餐）。伊曼紐拉大約八點出現在廚房，問那是什麼，我告訴她之後，她回答：「什麼是發瘋草蘋果湯？」我告訴她可以隨意取用，然後就到花園採草莓。我二十分鐘後回來，發現她坐在一張椅子上笑得很開心。那鍋湯完全空了。

《幸運的吉姆》這本讀到了威爾契在家裡舉辦宴會，而迪克森留下來過夜。我已經很久沒因為書中的文字大笑了，尤其是自負的威爾契（Welch）教授請迪克森（Dixon）喝酒時：「他馬上從擺了半張架子滿的雪利酒、啤酒、蘋果酒當中拿出一瓶波特酒。前一天晚上，威爾契就是拿著這個瓶子替迪克森倒酒，而他從來沒倒過這麼小一杯酒。」

總收入172.49英鎊
20位顧客

七月十六日，星期四

線上訂單：5
找到的書：5

通常，我開店的時候不會看到伊曼紐拉。她在半個鐘頭後出現，顯得有點慌張，道歉說她遲到是因為「我得盥洗啊臉才行啊」。

諾曼家具（Norman Furnishings）的人上午十一點抵達，到小屋鋪好了地毯。

午餐過後，我讓芙洛跟伊曼紐拉看店，然後到巴倫尼（The Barony）看一批書。巴倫尼是一所農學院，距離鄧弗里斯大爾六哩，每當那邊要清理書籍，圖書館員凱倫（Karen）就會打電話給我。雖然大部分的書都待過圖書館，也沒什麼好貨，不過偶爾還是會遇到值得跑一趟的東西。前往那裡的途中，在格蘭基恩（Glenkiln）附近等號誌證時，芙洛打電話來。通常只有緊急情況才會發生這種事，於是我接了。有位鋼琴演奏家到店裡賣她的音樂CD，就我所知音樂還伴隨了兒童說故事。我不喜歡這種東西，所以叫芙洛跟她說我們不賣CD。鋼琴演奏家顯然不滿意這樣的回答，要求跟我說話，而我叫芙洛告訴她沒辦法，因為我在開車。我聽見背景裡那位鋼琴演奏家說：「叫他停到路邊好讓我跟他說話。」於是我直接掛斷。

總收入157英鎊

16位顧客

七月十七日，星期五

線上訂單：5
找到的書：5

今天妮奇在，她帶了某種恐怖的羊乳酪配菠菜料理，是昨天晚上在王國聚會所結束聚會後到莫里森超市廢料桶搜刮的。

這星期稍早跟人在電話上約好，所以我開車（六十五哩遠）到特倫（Troon）去看一批海洋史的書。我覺得有點懷疑，因為我看到一隻狂吠的㹴犬，還有一個留蓬鬆小鬍子的男人，他穿著剛熨好的尼龍褲在屋外洗車。那隻㹴犬跟那輛車（可能也包含了那撮小鬍子）很明顯受到了過度的照顧與溺愛。有個六十幾歲的女人，穿著一件聚酯纖維材質的裙子（每當她從沙發站起來所產生的靜電大概就足以供應半個特倫使用了），她說書原本屬於她死去的哥哥。我看完後開價用二百英鎊買下大約一半的書。她丈夫原本在撫摸那輛嘔吐黃Mondeo，後來休息時進屋看看情況如何。聽完我說明後，他叫我把想要跟不要的書分開——通常我一開始就會這樣，可是她要求我別這麼做。幾分鐘後，我整理到差不多四分之一的時候，他突然打斷我，說：「二百英鎊跟我們要的差太多了。」賣家想要的金額比我願意付的更高，這種事偶爾會發生，不過很少見。更少見的是賣家不懂得客氣表達意見，也不留下任何討論的空間，但這次的情況就是如此，而我樂得兩手空空離開，也留下了二百英鎊。

新鍋爐開始發出刺耳的噪音，一定是哪裡出了差錯。

總收入202.96英鎊
25位顧客

七月十八日，星期六

線上訂單：1
找到的書：1

妮奇開店。她製作出某種混合了巧克力軟糖蛋糕、櫻桃派、草莓和優格的東西。因為有水果跟優格，所以那很「健康」。她好心請我試吃一點，而我客氣地婉拒了。

快到午餐時間，有位顧客大步走到櫃檯問：「這裡有沒有製作書架的人？」

我：我們會自己製作，不過大部分的木工應該都會幫你做吧。

顧客：但我是要找專門製作書架的人，而且很習慣製作書架。

聽到我說這裡沒有人「很習慣製作書架」後，他想要離開書店，卻花了整整十秒一直推只能拉開的門。

總收入310.47英鎊

33位顧客

七月二十日，星期一

線上訂單：3

找到的書：3

芙洛大部分時間都在替隨機閱讀俱樂部的包裹貼標籤。我們找不到皇家郵政的四十八小時到貨印章——我們三個人（我、芙洛、伊曼紐拉）找了差不多兩個鐘頭（通常是跟其他郵務用品一起放在櫃檯底下的一個塑膠盒裡）——於是我把那幾箱包裹帶到郵局讓威爾瑪處理。包裹總共大約有一百五十個。如果使用我們跟皇家郵政簽約的線上郵件系統，ＲＢＣ郵寄通常每本書是收一點八英鎊左右。透過郵局寄送的話平均就要二點二英鎊。芙洛今天的白痴語錄：「蘇格蘭群島算是國外嗎？」

芙洛和伊曼紐拉繼續整理從梅爾羅斯帶回來的那幾箱書。她們很興奮地發現一套《黑娃娃》（*Golliwog*），在網路上一本大約可以賣到四十英鎊。

珍妮塔下午三點過來做週一的例行打掃，才到五分鐘左右就找到了不見的皇家郵政四十八小時印章。

今天跟安娜和伊曼紐拉一起吃晚餐時，伊曼紐拉開始抱怨起她的各種病痛。我說很少見到才二十五歲的人出這麼多問題（膝蓋不好、背不好、視力很差），而她回答：「對，可是我體內已經八十五歲了，就像個老阿嬤。」她的綽號就在那一刻誕生了：「阿嬤」。

總收入699.29英鎊

53位顧客

七月二十一日，星期二

線上訂單：2
找到的書：2

我讓芙洛跟阿嬤（伊曼紐拉）看店，然後到邊區找另一位從小認識的朋友特里斯，他好心花了一天時間教我一種抛投方式，適合用在大河，或是岸邊有樹的地方。那種技術叫Spey cast。我們在特威德河（River Tweed）碰面（車程大約三個小時）。釣了幾個鐘頭後，我跟他和他太太迪莉亞（Delia）一起喝茶，她是我青少年時期認識的好友，而我以前在農場長大時，她也是附近的鄰居。她在邊區的利利斯利夫（Lilliesleaf）經營一間咖啡廳／畫廊。我們比較了生意的淡旺季、令人頭痛的人事費用，以及其他只有在蘇格蘭鄉下開小公司才會真正發現的事。晚上九點回到家，發現芙洛用很誇張的方式展示了《黑娃娃》那些書。我立刻把書都收下來。那些書都太政治不正確了。事實上，我每次買書遇到這種東西時心裡都會很衝突。這種書在財務上和歷史上都很有價值，可是誰知道會落入什麼人的手裡：對方可能想了解歷史上人們對於膚色的態度，或者想將其置入當代的背景中，目的是要對此揶揄一番，不然就是要引起種族偏見的議題——對方也有可能是種族主義者。當然，我不希望店裡的客人一進來就看到那些大肆展示的書。

總收入299.67英鎊
30位顧客

七月二十二日，星期三

線上訂單：1
找到的書：1

今天只有一筆訂單。芙洛一整天都在把書刊登到FBA。雖然她昨天刊登了一百二十本，可是我認為其中有一些在亞馬遜頂多只能賣個一便士，但季風資料庫則會把價格抬高到五或六英鎊，例如愛維娜・嘉莉（Edwina Currie）的自傳。我可能得找芙洛坐下來解釋一下：妮奇大概是因為在店裡工作太久，所以本來就知道了，但要是季風顯示P・G・伍德豪斯的作品在亞馬遜售價是一便士，芙洛一定會很樂意把他的書丟進垃圾筒，儘管他每一本書在店裡都很熱銷，可以賣到二至三英鎊，即使是破舊的平裝本也一樣。

伊莎貝過來作帳。

下午我教芙洛怎麼處理FBA的寄送，並且安排UPS過來收她登錄好的十一箱書，那些書會放到亞馬遜在鄧弗姆林的倉庫，希望可以從那裡開始賣。

阿嬤開始喜歡做一種黑手黨的動作，就是在不認同我做的事情時，先指著自己的眼睛，再指著我的眼睛，然後比出割喉的手勢。幸好，她那雙靴子的鞋跟又大又硬，在店裡喀噠地走來走去就像行軍踏步，因此我可以提前清楚聽到她靠近，立即迴避。我把這件事告訴她，她的回答是：「噢對，我簡直是大象啊。」

總收入254.48英鎊

27位顧客

七月二十三日，星期四

線上訂單：2
找到的書：1

又是芙洛在。她得意地宣布自己精通了一種新的臉部表情，顯然昨天晚上還花了不少時間在鏡子前練習。那種表情混合了皺眉跟噘嘴。我們試著想出名稱。目前是叫「皺眉嘴」或「噘眉嘴」。我問她是為了誰練習這麼迷人的新表情，而她坦白承認自己有一位「祕密」男友。

儘管今天暖和晴朗，阿嬤還是一直抱怨溫度。她認為她的視力越來越差了，還摘下眼睛想證明：「一切啊都是顏色，沒有形狀。」

UPS駕駛中午過來載那十一箱要送去亞馬遜倉庫的書。

鄰居威爾（Will）過來抱怨鍋爐的噪音害他晚上睡不著，於是我寄電子郵件給Solarae問艾胥利能不能過來看一下。

這週末在鄧德倫南（Dundrennan）附近（大約四十哩遠）要舉辦柳條人（Wickerman）音樂節。才華洋溢的本地創作歌手柔伊·貝斯泰（Zoe Bestel）會演出。音樂節已經舉行了大約十五年，現在已經能找來一些非常有名的人物。柔伊的父親彼得（Peter）週末想向我借車，在打烊前過來開走了。芙洛明天要去那裡度過週末。

總收入275.80英鎊

39位顧客

七月二十四日，星期五

線上訂單：0

找到的書：0

阿嬤在替書標價時發現一本《天主之母：聖母瑪利亞的歷史》（*Mother of God: A History of the Virgin Mary*）。書名頁上有人用鉛筆寫了潦草幾個字，跟妮奇的字跡非常像：「是耶穌之母，不是天主」。

阿嬤跟我討論了二手書的書況。就我以身為商人的角度來看，我喜歡二手書的書況越新越好，可是阿嬤的看法不一樣，也更有趣多了。她告訴我：「我喜歡讀啊有很多很多人讀過的書。我很愛啊有摺角的書，因為我會好奇這時候是什麼讓那個人啊停下來閱讀的？發生啊什麼事？是要餵啊貓嗎？是警察啊敲門啊說妳丈夫被殺了嗎？或者你只是啊想去尿尿而已？這些事啊都會讓你去想啊讀過這本書的人是什麼樣子。」

總收入254.99英鎊
26位顧客

七月二十五日，星期六

線上訂單：2
找到的書：2

妮奇今天第一句話是「噢，我從莫里森的廢料桶為你找到一份很棒的酥餅喔。這有比利時巧克力跟焦糖海鹽。」

我：妳在路上就吃了，對不對。

妮奇：是啊。

上午中段，戴維．布朗打電話來，提醒我之前答應過星期一早上要借車給他。我完全忘了這件事。彼得．貝斯泰把車開去柳條人音樂節了。希望車子星期一早上會回來。

天氣非常好，所以午餐過後我把妮奇跟阿嬤留在店裡，然後騎自行車到新盧斯（New Luce），來回總共五十五哩。

幸好，彼得．貝斯泰下午五點過來還了車。

總收入174英鎊

22位顧客

七月二十七日，星期一

線上訂單：5

找到的書：5

安娜去一趟小旅行，要到阿姆斯特丹找一些朋友。她載阿嬤到洛克比（Lockerbie），讓她前往愛丁堡「觀光」幾天。

本週第一組顧客是一家五口，他們逛了一個鐘頭，最後兩手空空離開，還抱怨說「太多選擇了」。

芙洛打電話來請病假。原來她在柳條人音樂節狂喝龍舌蘭之後覺得不舒服，於是我打給妮奇，她答應過來。以前女孩（學生）們再怎麼宿醉或喝醉都還是會出現。我不太記得在她之前的員工薩拉．皮爾絲（Sara Pearce）有哪天曾經因為喝醉酒而不能來上班。我從來沒想過自己會這麼想念她。有一次我在午餐過後下樓，發現她替自己拍了張照片，加上相框，在上面寫了「本月最佳員工」。照片就明顯地擺在櫃檯上。

老朋友克里斯．布朗（Chris Brown）跟他家人來書店。他們住在中國，於是我們在書店外錄了一小段影片，由他女兒說中文向在中國喜愛《讀者樂翻天》影片的人問候。我朋友柯琳（Colin）的女兒蘿拉（Lara）跟他們一起過來，但沒跟他們一起離開：她要在這裡體驗工作一個星期。

總收入527.45英鎊
45位顧客

七月二十八日，星期二

線上訂單：2
找到的書：2

一整夜到白天都在下大雨。芙洛上午九點剛過就無精打采地進門，看起來氣色很差，於是我直接去河邊，留下她指點蘿拉。

我下午三點回來，發現愛爾蘭人帶了七箱關於火車與巴士的書在等我，而我給了他一四〇英鎊買下。

羅伯特（水管工）和卡倫今天都在，繼續處理小屋工程。

總收入414.99英鎊
41位顧客

七月二十九日，星期三

線上訂單：7
找到的書：4

陽光燦爛的一天。又是芙洛來上班，她終於回到平常那副臭臉樣了。卡倫過來小屋工作。水管工羅伯特上午九點抵達。

芙洛跟我整理了從巴倫尼帶回來的書，然後我們把四十七箱要回收跟報廢的書搬上車，我再載去格拉斯哥的回收廠。把書丟在斯墨菲卡帕回收廠後，我就直接回家了。回來時書店剛打烊。

Solarae來電，說他得換掉吵得威爾整夜無法入睡的鍋爐風扇。他拆掉風扇後，發現有一隻斷了頭的烏鶇卡在扇葉之間。牠一定是掉進了煙道。

總收入197英鎊
32位顧客

七月三十日，星期四

線上訂單：3
找到的書：2

水管工羅伯特在小屋處理熱水箱。我的全新木質顆粒鍋爐有一個全新的缺陷；緩衝槽的水壓下降了。羅伯特勉強坦承這可能是因為他的水管工程沒做好。

總收入467英鎊
35位顧客

七月三十一日，星期五

線上訂單：0
找到的書：0

今天上午妮奇在。

我發現芙洛整個星期都沒查看亞馬遜賣家中心的訊息，而我們收到了很多投訴，於是我教她如何查看並一一處理。大部分賣家一直活在害怕被亞馬遜停權的恐懼中，而他們不需要太多條件就能踢掉你——看起來是隨意為之。

阿嬤讓我看她的手指，指尖部分（在指甲附近）都發炎紅腫了。她覺得是因為摸了都是灰塵的書。她那份無所不包的病痛清單上又要新增一項小毛病了。

總收入212.69英鎊
23位顧客

八月

八月

我說這些老傢伙就是書業的支柱。他們一個接一個倒下，如落葉般凋零，現代那些莽撞年輕的銷售員根本無法填補空缺，而他們留下的回憶也比那些自作聰明之人的臭髮油味更芳香許多，那種人來找我要工作，語氣卻充滿自信，一副準備好要教我怎麼做生意的樣子。我向離開我們的老麥凱羅及其同行致敬。

——奧古斯塔．繆爾，《書商約翰．巴斯特私想錄》

老麥凱羅跟他的同行大部分都離開我們了，不過有少數幾位依然健在。然而取代他們的，並非自以為是、油腔滑調、頭抹臭髮油的傢伙，而是一隻沒有面貌的巨獸，吸食掉二手書（和新書）業界中的人性。繆爾所謂書業的支柱幾乎都消失了，整個業界也快要變得軟弱無力。在我寫下這些話的幾個鐘頭前，有位老朋友帶著她年邁的父親來打招呼。他在店裡閒逛，露出懷舊的表情，偶爾會觸碰一本書，以嚮往的眼神張望四周，那種驚奇的樣子就像個孩子第一次進入書店。他們就要跟一些我也認識的朋友去吃午餐時，他來到櫃檯，說：「你知道嗎，愛丁堡以前到處都有像這裡的地方。我一輩子都在逛那種地方，一點一滴累積我的藏書。一九四〇年代，我在利斯一家書店買到一本十六世紀霍林希德（Holinshed）的《編年史》（*Chronicle*）——我看見了你這裡有比較後期的版本。我記得很清楚。那些書店現在都不見了，只剩下少數幾間而已。」

收藏書籍對他來說顯然是件大事，少了書店的話這種追求就得不到什麼樂趣。發現你根本不知道存在的東西這種機緣，或是請書商推薦某個特定的主題，在網路上不太可能做到這樣，但我猜遲早會的。幾年前我就曾向納皮爾大學提出那樣的構想；建立書店的3D模型，由線上顧客控制虛擬人物在店裡瀏覽，可以查看架上現有的庫存，甚至還能彼此互動。他們告訴我這種技術還沒開發出來。從某方面而言，我很高興這種技術還沒出現，但我懷疑很快就會有了。話說回來，還是只有實體書店才能保留那樣的氣味、氛圍以及人際互動。或許這就像黑膠唱片和相機底片，可能又會稍微重新流行起來，足以讓我們之中的少數再苟延殘喘一陣子。

八月一日，星期六

線上訂單：2
找到的書：2

妮奇在。她做的第一件事是把穿著涼鞋的腳抬到櫃檯上，讓我看她被一大塊木材砸到的腳趾。她的小趾變得又黑又藍。沒多久，她就在書店的Facebook上更新了這件事：

妮奇來囉！
今天上午發生的事……「妳為什麼要把那一大箱地圖標好價格，而且又整齊地擺到架上？還有為什麼你一直推銷『肚片』跟『芝麻菜』，顧客已經買了一大堆，誰會在乎妳是不是弄斷了腳趾，給我快點工作。」

上午十點Solarae來電。老闆羅伯（Rob）告訴我怎麼重新啟動鍋爐。結果它馬上過熱，又關掉了。

下午我到郵局拿一份《衛報》，從那裡的女孩之間聽到一個謠言，說附近的布萊德納克釀酒廠（Bladnoch Distillery）被一位澳洲的百萬富翁買下了（那是蘇格蘭最南邊的釀酒廠，因此也是全世界最南邊的蘇格蘭威士忌釀酒廠）。

阿嬤出現時戴著一雙新的白色棉質手套，認為這樣可以保護她腫脹的手指在處理書籍時不受到傷害。我跟她說她看起來像麥可・傑可森（Michael Jackson），結果她罵我「王八蛋」。

總收入187.93英鎊
38位顧客

八月二日，星期一

線上訂單：4
找到的書：2

芙洛在，一副半睡半醒的樣子，而且脾氣比平常更差。

午餐過後開車到蓋特豪斯（二十哩遠），途中讓阿嬤在紐頓斯圖爾特下車。她想要去散步。我繼續前往卡利宮（Cally Palace）飯店範圍內的一棟房子看一批書——有位老太太要搬到照顧住宅。我經常以這種方式取得書，而且這也總會提醒我生命是有限的。一位老者在人生的終章走到那一步，會讓我有種沮喪無奈的感覺，不過這個女人看起來倒是很期待。我帶走三箱各種題材的書，給了她一百英鎊。

船長有個勁敵，會從貓門偷跑進來吃掉牠的午餐。今天阿嬤聽見牠們在樓下打架。我可能還是別告訴安娜比較好，這只會讓她已經無所不包的精神官能症變本加厲。

阿嬤下午六點回到家。

總收入199.78英鎊
21位顧客

八月三日，星期二

線上訂單：1

找到的書：0

今天芙洛在。她昨天工作很認真，於是我覺得在一天的開始應該說點鼓舞的話：「謝了，芙洛——你整理了很多書。做得好。」芙洛震驚地沉默了一會，然後回答：「我可以把你說的錄下來嗎？」

沒過多久，一位推著嬰兒車的年輕女子說：「我在找關於掛毯的書，但不是現代那種很花俏的。是漂亮、傳統的掛毯。」

芙洛跟我在整理新進的書時，我發現一本叫《名人遺言》（*Famous Last Words*）的書。目前我最喜歡H．G．威爾斯（H. G. Wells）對護士說的話：「走開：我沒事。」

下班後我再跟阿嬤去散步，又一次從那群牛旁邊經過（加洛韋牛，大部分是小母牛），其中一隻的頭越過石堤，正在咀嚼邊緣的一些草，於是我走過去，開始搔牠的頭。阿嬤看起來很驚恐，開始大喊：「你幹嘛！小心點，啊尚恩！」我向她保證加洛韋的生物性情都很溫和，她可以過來看，而她猶豫地靠近後，很快就搔起了牠的頭，還對牠說義大利語。後來我問她是不是還認為牛討厭她。她回答：「噢對，除了這一隻全部都是。牠們看著我的時候，會用生氣的眼神說：『滾開，這是我的地盤。』」

我們回家後，她就上樓洗腳跟頭髮，我則是替她跟蘿拉煮晚餐，而她下來時（跟平常一樣）還纏著頭巾。

總收入390.89英鎊
36位顧客

八月五日，星期三

線上訂單：1
找到的書：0

今天是威格頓展覽會。豪雨下了一整天。阿嬤和蘿拉拍攝了牛；我拍攝了羊，後來在下午三點離開，開車到萊爾格（六小時車程）跟一些朋友釣魚。我帶了《新懺悔錄》一起去。

總收入528.22英鎊

52位顧客

八月六日，星期四

線上訂單：2
找到的書：1

釣魚。芙洛跟阿嬤負責看店。

總收入480英鎊
36位顧客

八月七日，星期五

線上訂單：3

找到的書：3

釣魚。晚餐大喝一頓之後，我坐在火堆旁讀了一下書。陶德現在是戰俘，而有位德國守衛（卡爾－海因茨）以祕密的親吻為條件暗中拿盧梭（Rousseau）的《懺悔錄》（*Confessions*）書頁給他看。波伊這段文字完美描寫了貪婪讀者的熱情：

> 卡爾－海因茨在接下來七個星期「餵」了我整本書。這個比喻一點也沒錯。那一疊疊細薄的書頁就像少量而必要的養分。我狼吞虎嚥地吸收。我咀嚼、吞下、消化那本書。我折斷它的骨頭並吸食其骨髓；所有肉的纖維，所有軟骨的組織，我都帶著對美食的熱情享用。

後來我們才知道他用紅十字會的包裹向卡爾－海因茨交換書的後半部，還說：「我放棄了食物去換書。」我在店裡一面牆上引用了伊拉斯莫斯的話，內容是「只要有錢我就買書。剩下的我才會花在食物與衣服上。」

總收入114.94英鎊

10位顧客

八月八日，星期六

線上訂單：1
找到的書：1

釣魚。

總收入349.89英鎊
34位顧客

八月十日，星期一

線上訂單：1

找到的書：0

今天上午芙洛跟阿嬤將隨機閱讀俱樂部下一批要寄出的書打包。阿嬤說「把書啊包裝成糖果」是她最愛的工作。

昨天我在強勁的大雨中從萊爾格開車回來。今天早上查看我不在時堆積的郵件，發現某人寄給我一個包裹，裡面有一本漂亮的書。整本書都是中文，只有書衣上的標題是英文。書名叫《書城旅人》（*Wanderlust for Books*），裡面有幾張我這間書店的照片。包裹附了一張明信片，寫著：

親愛的白塞爾先生：

我是蕾貝卡．李（我的中文名字叫李亞臻）。我是臺灣人，去年夏天造訪了威格頓和你那間漂亮的書店。你的書店跟隨機閱讀俱樂部大大鼓舞了我。我回到臺灣後，為了推廣書鎮的概念並記住我那段書鎮文化之旅，我寫下自己的旅行見聞，後來也出版了。我寄了一本書送你，雖然你可能不懂中文，不過裡面有一些你那間店的照片，希望你會喜歡。蕾貝卡 上2015-7-30

我們的惡名在東方越來越響亮了。

芙洛和阿嬤包裝好隨機閱讀俱樂部的書後，就把巴倫尼那批剩下的書處理完，後來我們又收到了桑耶林寄來的另一批書，而我會寄給他們一張三十英鎊的支票。

阿嬤在櫃檯工作時，有位顧客過去對她說「制服」。就這樣。她當然一臉困惑，立刻脫口而出回答了好幾次「不好意思？」後來她才稍微弄清楚狀況。

芙洛離開之前，告訴我：「你到高地閒晃的時候，有個滑稽的小人來店裡。我以前看過他，可是他從沒說過話，就連過來結帳時我找他聊也一樣。我給自己的任務就是跟他交談一次。」接下來幾乎不必再問什麼，我們就推敲出神祕人物的身分是鼴鼠人。

總收入454.51英鎊
36位顧客

八月十一日，星期二

線上訂單：1

找到的書：0

芙洛上午九點過後不久出現。

吃完午餐，我開車到威廉港（Port William）看一批私人藏書。一位非常有魅力的北愛爾蘭女人跟她丈夫和她弟帶我參觀。房子原本屬於他們的父母，裡面雜亂不堪，包括數千本書，題材幾乎都是基督教神學。我選了幾箱有價值的書，給他們二五〇英鎊。雖然他們很願意接受，但也看得出很失望。深入聊過後，我才知道原來十五年前那批書的估價是一千二百英鎊。我解釋說網際網路已經把書價壓低到讓人幾乎無法維生的地步，他們便表示同情與理解。她弟甚至還幫我把箱子搬到車上，這種情況意外地少見。原來他們的父母是傳教士，曾經旅行到世界各地。

五點收到艾略特的電子郵件，他問明天能不能來過夜。每個房間都有人住，所以這裡客滿了，包括卡崔歐娜、艾德華（圖書節公司的理事，他們過來開會，需要床位），另外還有阿嬤，於是我在小房間替他準備了沙發床。

上個星期我們有兩筆亞馬遜的訂單找不到書。我寫電子郵件低聲下氣地向兩位顧客道歉並退款。以下是顧客的意見：

顧客一，四顆星：「由於無法提供物品而收到退款。跟賣家友好地解決了問題。」

顧客二，一顆星：「結果書沒辦法出售，所以訂單被供應商取消，很不高興。」

打烊後到里格灣的海水裡泡了一下。現在水溫夠暖，可以待個半小時左右，而要是你動作別太大，還可以看到你周圍進食的鯔魚在水面形成的同心圓。

在我還很年輕，夏天也很常有人到海灘烤肉的時候，有一次我們一群人決定到那裡過夜，而在半夜游泳時，大家很開心地發現身邊擾動的水面閃爍著磷光。

總收入360.81英鎊

39位顧客

八月十二日，星期三

線上訂單：3
找到的書：3

芙洛和阿嬤開店。阿嬤想要徹底整理店內每一項物品，現在進度已經到了莎士比亞區，而她決定把那裡再細分為傳記、評論、作品集和戲劇。新進員工幾乎總會執著於過度分類這檔事。芙洛剛開始工作時，就決定把大約有兩座書架分量的心理學書籍加以細分。從「女性主義」到「佛洛伊德」到「教育心理學」，每個地方都有標籤，感覺她好像要把架上每一本書都分成一個類別。我說顧客夠聰明，可以在兩三百本書中找到自己想要的東西，不必弄一大堆亂七八糟的標籤困擾他們，結果她看起來有點受傷，所以我就再也不提了。

柯金納的牧師傑夫下午兩點出現，當時安娜跟我正在比較天主教和猶太教對於罪行的看法。傑夫一直不知道安娜是猶太人，等她告訴他之後，他說：「噢！你們其中一個人是我的老闆呢！」

艾略特四點抵達。他、卡崔歐娜和艾德華要住在這裡。安娜在午夜載我們到托爾豪斯（Torhouse）的石圈，我們就在萬里無雲的天空下欣賞英仙座流星雨。托爾豪斯是青銅時代留下的花崗岩巨石陣，在威格頓西方大約四哩處。那個地方很漂亮，可以俯瞰下方的布萊德納克河谷，周圍還有鼓丘與矮林環繞。

總收入241.50英鎊
25位顧客

八月十三日，星期四

線上訂單：2
找到的書：2

看完《幸運的吉姆》了。

總收入320.37英鎊
26位顧客

八月十四日，星期五

線上訂單：2
找到的書：1

妮奇上午九點到，她一發現我剪了頭髮，就開始克制不住大笑，還告訴我：「你看起來就像一隻大貴賓狗！」她擦完眼淚後，就講起自己的事，說重生的基督徒在耶和華見證人聚會時示威抗議。我問她為什麼，她回答：「他們沒別的事好做。」

卡倫整天都在小屋工作。

我帶阿嬤到蒸汽班輪吃午餐。她從頭到尾都在講艾略特的事。「為什麼他到哪裡啊都要跺腳？為什麼他啊要甩門？為什麼他整個早上都在浴室裡？」

今天上午的兩筆訂單：一筆四英鎊，另一筆九十四英鎊。跟平常一樣，我們找不到九十四英鎊那筆訂單的書。

阿嬤跟我吃完午餐回來時，芙洛給我一張紙要我回電給道格拉斯堡某個叫珍（Jane）的人，可是我看不懂她寫的最後一個數字是4或9，所以兩個號碼都撥了。兩個號碼都不對。這是她第四次記下留言並寫錯號碼了。我只希望不是什麼重要的事。

妮奇延後二十分鐘打烊，原因是有個人還在逛。他帶著一堆書到櫃檯，總價是四十七英鎊，而他要求算四十英鎊。妮奇決定四十二英鎊是她所能接受的最低價格，結果他就空手離開了。他走之後門輕砰一聲關上，阿嬤就說：「我們需要搶。」她重複了好幾次，我們也抓著頭想理解，最後才知道她是說「我們需要槍」——大概是要用來對付這種顧客吧。

總收入292.99英鎊
39位顧客

八月十五日，星期六

線上訂單：0
找到的書：0

艾略特又在上午八點半到九點這段時間占據浴室了。

今天妮奇在，天氣也很好，所以我又到惠特霍恩島吃午餐，這次則是跟安娜去。她在回程路上很難過地告訴我，月底她就要搬回美國了。在我們的關係真正結束後，儘管我們還有非常深厚的友誼，但我懷疑這可能不足以讓她想要留在威格頓。

另一位圖書節公司的理事克里斯汀拿來一些他替我修復好的書，包括從桑耶林那裡拿到的初版《彼得潘》。他在格拉斯哥的市民劇院（Citizens Theatre）退休後，就決定讓自己忙於裝訂工作。他的技術非常好，收費也很合理，這表示我在買書時，可以買下狀況不好但有價值的書，即使納入修復的費用也還能有點利潤。

妮奇更新了書店的Facebook：

妮奇來囉！噢沒錯，回來真好！

目前今日最佳顧客的人選仍然平手。

1——「總共二點五英鎊」……「我可以付美金嗎？」

2——「可以把那藏在櫃檯後面嗎？（這經常在顧客想要買書當成驚喜的時候發生）……我兒子想要，可是我不想買給他。」

大家決定吧！提醒一下還剩四個小時……

卡倫和西格麗德（Sigrid）過來吃晚餐。西格麗德是卡倫的新女友（他跟佩特拉分手了），她是荷蘭人，跟他是在聖地亞哥德孔波斯特拉的朝聖之路上認識。

總收入197英鎊
15位顧客

八月十七日，星期一

線上訂單：1
找到的書：1

我從地下室找出黑板，叫芙洛在上面寫點有趣機智的東西，然後擺到書店前的人行道上。她今天寫的是：

問與答

1「我可以替那部Kindle照相嗎？」

當然。

2「你們的書都有編入目錄嗎？」

沒有，我們太懶了。

3「我們可以帶狗進去嗎？」

可以，前提是我們可以摸。

4「那是什麼味道？」

……

5「你們有童書嗎？」

有，就在寫著「童書」的標示旁邊。

6「尚恩在嗎？」

當然不在／大概不在／他躲起來了。

總收入195.45英鎊

15位顧客

八月十八日，星期二

線上訂單：0
找到的書：0

美好晴朗的一天。安娜跟兩個朋友去爬梅里克（Merrick），那是西南方最高的山（八四三公尺）。安娜對加洛韋的熱愛很有感染力，而她住在這裡那些年，僅靠自己一個人吸引來的遊客大概就比VisitScotland還多。光是她那本書就明顯增加了店裡的客流量。

芙洛在，而我得到蓋爾斯頓（Gelston）的一戶人家看書（大約在威格頓東方四十哩）。我帶了阿嬤一起去，讓她見識一下買書的生意。又是一間小平房：這次是一對老夫妻要搬到某個更小的地方，地點在鄧弗里斯附近，這樣他們年紀更大以後要到當地的大醫院比較快。我們帶了五箱很普通的書，付給他們一三〇英鎊。阿嬤心裡的年齡跟他們相仿，相處起來如魚得水，而她從頭到尾都一直在跟他們討論身體的病痛與脆弱。聊完以後，他們一定覺得跟她比起來自己還算健壯。

我請阿嬤在今天的黑板上留言，結果她寫了這段古怪的訊息：

拜託，不要吃書。

（我們很喜歡封面）

下午一點，有顆大石頭從煙囪掉到我跟鄰居共用的山牆上，砸穿了他們的屋頂，於是我打電話給強尼·約翰斯通（建築商），留了一則訊息。幸好沒人被砸死或是受傷。那一定有四分之一噸重。

肯·巴洛（Ken Barlow）是偶爾上門的顧客，也是位還算成功的自傳作家，他帶來了兩箱釣魚書跟一份清單。我告訴他這個星期會再聯絡他。

總收入369.49英鎊
35位顧客

八月十九日，星期三

線上訂單：1
找到的書：1

阿嬤在早餐時間出現，要找OK繃貼臉上的一道割傷。安娜過來拿一下她的郵件，阿嬤出現時她正好也在廚房。她找到一片OK繃給她，以為她是擠粉刺之類弄傷了。她告訴安娜是在刮臉毛時割到的。安娜一定露出了驚恐的表情，因為後來她告訴安娜在義大利女人刮臉毛是很常見的。上帝保佑那些符合國家刻板印象的人。她告訴安娜她是在「整理面容」時割傷的。

跟卡蘿安和安娜到開放書店吃午餐並大喝一頓。她們在中午決定開一瓶Cava氣泡酒，也從合作社買些點心回來。

強尼・約翰斯通沒回覆關於煙囪的事，於是我打給彼得・史金（另一位建築商），在他的語音信箱留言。我很想趕快找人來看，免得更多灰泥脫落造成更嚴重的傷害，甚至有可能致命。

總收入529.52英鎊

45位顧客

八月二十日，星期四

線上訂單：1
找到的書：1

芙洛和阿嬤在店裡，阿嬤下巴還有很顯眼的OK繃。

芙洛今天在黑板上用粉筆畫了素描，那是個穿短褲的邋遢男人（顯然是我），旁邊有個對話泡泡：「寫點Facebook會喜歡的東西吧。」

一位老太太帶來五箱科幻類的平裝書。我看她不像科幻讀者，所以問她那些是誰的書。結果我馬上就後悔了，因為她告訴我是她兒子的書，他十年前自殺了。一直到現在她才覺得自己終於能夠接受放棄那些書。我向她道歉問了這件事，然後給她一百英鎊買下。

艾胥利上午十一點抵達，設法讓鍋爐又運作了。

下午我開車（大約四十哩遠）到卡倫布里奇（Carronbridge）一戶人家買書。兩位說話極為得體的女人（「我們可是上過英國貴族年鑑呢」）要清理過世父母的房子，那是一棟維多利亞時期的大別墅。非常棒的狩獵和釣魚書，包括一些BB的作品（一向很好賣），一些索伯恩（Thorburn）的插畫書，以及一本馬洛赫（Malloch）的書，他是二十世紀早期釣鮭魚的大師，另外還有一些有趣的維多利亞時期作品。她們似乎很滿意我出價七五〇英鎊買下五箱書。

關於從煙囪掉下來那一大塊花崗石的事，強尼．約翰斯通或彼得．史金都沒回覆。

總收入325.95英鎊

31位顧客

八月二十一日，星期五

線上訂單：1

找到的書：1

妮奇帶來了美食星期五要請我吃的東西。這次是兩份巧克力閃電泡芙，但巧克力要不是融化，要不就是她過來的途中舔掉了。總之，我才不會冒這個險。

今天上午我（很震驚地）發現，有位顧客把肯・巴洛那幾箱釣魚書移動到要登錄在FBA的書堆中，結果芙洛沒注意，就把書登錄並寄去了鄧弗姆林，而我根本還沒找他討論價格。這絕對不是好事。如果他想拿回那些書，要向亞馬遜取回幾乎是不可能的。

已經連續三天都只有一筆訂單了。一定是亞馬遜、ABE或季風資料庫出了問題。

妮奇在製作一套禮服，明晚要穿去參加蕾貝卡・普倫科特（Rebecca Plunkett）的婚宴。瑪麗和威爾森是我朋友，住在紐頓斯圖爾特附近，而蕾貝卡是他們的大女兒。他們的二女兒夏洛特（Charlotte）有一年夏天曾經來店裡工作。妮奇在蕾貝卡結婚的農場那裡有間小屋，而妮奇很好心地邀請我、安娜、卡倫和西格麗德去過夜。她把兩塊窗簾縫起來當成婚禮穿的服裝——「我得用凸窗那裡的。其他地方的太小了。」

在前往郵局的途中，我遇到了史都華・麥克連（Stuart McLean），他提醒我還沒交東西給「黑暗外界」（The Dark Outside）。我是少數每年都會製作出東西的人。「黑暗外界」是史都華的心血結晶。幾年前他有個念頭，想要在可以無限複製、分享、發行的數位音樂世界中製作出完全相反的東西，於是邀請音樂界人士錄下全新的音樂（或是任何類型的聲音）寄給他，然後毀掉原本的音訊檔。唯一擁有這些錄音的史都華，到加洛韋丘陵設置了一座ＦＭ發射器，在半徑四哩的發射器範圍內，向有ＦＭ收音機又願意收聽的人廣播這些從沒人聽過的東西，播放十二個鐘頭後，他就會摧毀掉檔案。這句話引用自他的網站：「《黑暗外界ＦＭ》電臺廣播只能到現場以收音機收聽，沒有串流或錄音，而所有檔案在播放之後就會刪除。」

廣播的場所在一座山上，那裡有座紀念亞歷山大・默瑞（Alexander Murray）的紀念碑，他是牧羊人之子，從小自學，於一八一一年成為愛丁堡大學東方語文學系的教授。默瑞紀念碑的景色很棒，雖然跟馬查爾斯半島青綠肥沃的起伏景觀只相距幾哩，但差異非常大。那裡周圍都是原始而荒無人煙的丘陵，未經開墾，只有野生山羊居住。瀑布和轟隆的溪流切割過花崗岩荒野。景觀太特別了，感覺就像另一個國家。那裡有高地區的壯觀，卻不會有大批遊客。在數百平方哩內幾乎無人居住，而紀念碑所在那座小山下方的「女王之路」（Queen's Way）名稱由來，是因為維多利亞女王曾經說過那裡是蘇格蘭最美的路線。

凱文（向我租後花園那間屋子的房客）想要借梯子。我在電話上告訴他煙囪的事，結果他給我一位建築商朋友的電話，我打了過去；對方立刻回應，星期一就會到這裡查看清況。

肯・巴洛過來討論他那些釣魚書的價格。我跟他說我不想要太多，但很樂意出四十英鎊買下我想要的。他想要看我對哪些書感興趣，好把其他的帶回家。我跟他說我找不到書，他很不高興，告訴我下個星期會再過來。我打算賭他會收錢並願意留下其他的書，結果失敗了。

總收入270.96英鎊
30位顧客

八月二十二日，星期六

線上訂單：0
找到的書：0

今天沒有訂單。查看了季風資料庫，結果好像沒問題。

肯・巴洛打電話來。阿嬤接了電話，留下這段訊息：「肯・巴洛打來。他氣炸了!!」

妮奇今天休假，要繼續處理她晚上婚宴穿的禮服，於是阿嬤跟我輪流看店。

晚上我開車去參加蕾貝卡的婚宴。大家都喝了很多酒，也跳了很多舞。星期日，我們在妮奇那間簡陋的小屋醒來，陽光灑進室內，而外頭盧斯灣的景色美不勝收。我們坐在小屋前吃早餐，喝著茶與咖啡。我會一直記得那種恬靜的感覺。

總收入214.68英鎊
22位顧客

八月二十四日，星期一

線上訂單：3
找到的書：3

芙洛在。今天她用粉筆在黑板素描畫了一顆低電量警告的電池，上方寫著

「好書不死」。

卡倫和崔西上午十一點過來喝茶。

阿嬤搬書時弄傷了膝蓋。她抱怨說膝蓋腫了，不過我看起來很正常。她問我藥局有沒有賣泥膜，於是我告訴她如果想要，我可以到河口幫她弄點泥巴回來。她看起來很高興，還說希望這不會對我造成太大的「困惱」。

我上星期聯絡的建築商來電說他會在下午三點左右到，結果還真的三點出現，讓我很訝異。

芙洛把一本書放到架上時，有位顧客在她前面放屁。他看著她道歉，然後猛力放出第二個屁，又繼續去逛了。

安娜邀請了幾個朋友過來吃晚餐和看電影，於是我設置好投影機，跟大家一起看了《霹靂高手》（*Oh Brother, Where Art Thou?*）。崔西留下來過夜。

總收入300.47英鎊

24位顧客

八月二十五日，星期二

線上訂單：1
找到的書：1

芙洛上午九點到。

建築商下午一點又來了一次，說他跟他的業務夥伴西恩（Sean）明天上午會過來，確認煙囪是否安全。

阿嬤一直都在「整理」精裝書，要吃午餐時才停下來，結果她把茶灑到了她的筆電，現在掛掉了。

打烊時，我打電話給肯·巴洛，跟他說那些書不小心寄去了FBA的事。我提議歸還他清單上的每一本書，或者給他一五〇英鎊，而非之前提出的四十英鎊。談了一陣子後，我們說好採用第二個解決辦法。

阿嬤為了答謝我主動說要到港灣替她挖些泥巴，於是從肉鋪買了東西要請我吃。她說他們花了好一段時間才弄清楚她想買什麼，最後是所有員工（史蒂芬、傑克、南茜）一起討論，認為「想嘗捲」其實是「香腸捲」。

總收入276.48英鎊
19位顧客

八月二十六日，星期三

線上訂單：1
找到的書：1

芙洛在。今天黑板上引用了《皆大歡喜》（*As You Like It*）的一句話，還附上一幅相當厲害的粉筆素描，由莎士比亞說：「我喜歡這個地方，很樂意將時間揮霍於此。」

建築商約翰與西恩上午九點十分出現，還有一位鷹架搭建工一起查看煙囪。西恩從我的臥室窗戶外攀爬上屋頂，確認沒有其他東西會再掉下來。幸好真的沒有。他們離開後，一位梳著好看油頭的年輕人帶了三本伊恩·佛萊明（Ian Fleming）的初版作品過來，包括一本沒有書衣的《第七號情報員》（*Dr No*）。給了他一五〇英鎊。

今天下午我開車到紐頓斯圖爾特找配鏡師，結果對方說我預約的是明天。這就是我需要新眼鏡的鐵證。我帶了阿嬤一起去——因為我還沒時間到河口挖泥土，所以她要先找膏藥貼在膝蓋上緩解腫脹。她去了兩家藥局和其他幾個不太可能有的地方，結果不出所料都找不到。原來「這在義大利很常見」。

我載她回書店後，就到河邊釣到了一條六磅重的鮭魚，而我把牠放回去了。（這已經變成常態了——我年輕時，我們幾乎釣到什麼都會留下來，除了季末的魚以外，因為那時魚況已經變差了。）在一年當中這種暖和的日子裡，河邊是最能令人放鬆的地方，只聽得見微風吹過樹葉、河水輕輕拍打以及動聽的鳥鳴聲。在這裡一切都能解決。雖然秋天的色彩還有很久才會到來，不過已經開始出現一些跡象了。

阿嬤替安娜和我煮晚餐。她對飲食有種古怪的挑剔，從她準備的東西就能明顯看得出來：披薩以某種吃起來像硬紙板的全天然食物為基底，而且沒加乳酪；生櫛瓜；一碗奇怪的東西，裡面是烤南瓜搭配柳橙切片跟一些肉桂棒。全都不是我喜歡吃的。其實，她幾乎就像是蒙著眼睛在準備的，只是從冰箱跟櫥櫃隨手抓些食材而已。有人替阿嬤煮飯時，她的食慾都很旺盛，而且完全分不出味道好壞，可是她煮給自己吃的時候，就會過度講究使用沒有油脂、油或奶油的食材。

總收入612.89英鎊
45位顧客

八月二十七日，星期四

線上訂單：2
找到的書：2

芙洛今天在黑板寫的內容：

金錢不能買到快樂，但可以買書（基本上是一樣的）。

已經將近一個月沒有ABE的訂單了，於是我寫電子郵件給季風，想確認我們的資料庫還是在正常上傳。

阿嬤的筆電仍然打不開，所以她開始使用店裡的電腦，而現在每當我登入Facebook，看到的都是義大利文版。

上午都在花園挖一條要給小屋裝設污水管的溝渠，外頭下著狂風暴雨。我必須在圖書節開始至少前兩週把事情做好，也得把花園復原，而現在距離圖書節只剩不到一個月了。此外，由於我們把小屋裡大部分的書都丟在鐵道室的地上，所以店裡一直都亂糟糟的。我們也必須在圖書節之前整理好那些地方，於是阿嬤把所有的書都搬到客廳，由芙洛負責查看，把有用的書登錄到FBA並裝箱寄走。其他的我們就裝箱準備送到格拉斯哥的回收廠。值得稱讚的是芙洛在過去幾個星期已經登錄了好幾百本書。雖然我很討厭這麼做，但這確實解決了存放空間的問題，而那些不再煩擾我們的書，似乎比我們刊登到亞馬遜而留在店裡的書賣得更快。

我們一直還沒開始整理我以七五〇英鎊向卡倫布里奇那戶人家買回來的書。妮奇明天上午可以開始刊登出售。

總收入525.89英鎊

42位顧客

八月二十八日，星期五

線上訂單：2
找到的書：1

妮奇、卡倫、羅伯特今天全都在。

妮奇一到就驕傲地把一小包焦糖消化餅塞到我面前。「你看我在莫里森超市廢料桶找到什麼——對，融在一起了，不過還是很好吃的。」

阿嬷一直抱怨她的膝蓋，於是我拿了水桶和鏟子帶她到港灣，讓她可以挖起足夠的泥巴來治療。

我正在花園挖洞要插進一根柱子，想延伸柴房的空間擺放新鍋爐用的一袋袋木質顆粒，這時艾咪帶著她的寶寶出現，問能不能在拉肯克夫特（Lochancroft）樓下經營一間酒吧（那個地方以前是我們的倉庫，現在如果妮奇決定留下來過夜就會去睡那裡）。艾咪很年輕，嫁給一位比我小幾歲的朋友。她來自南方，不過在加洛韋似乎非常適應。我們過去查看環境，討論了很多做法，包括出入口。如果我們決定把出入口弄在花園，那麼我在圖書節開始前就會有超多要整理的東西。艾略特也問我們能不能在圖書節期間到花園擺個大帳篷弄一間快閃餐廳（位置就在前往酒吧的途中）。我得查一下日期看看圖書節什麼時候開始，不過一定是在九月底某個時間，所以我最好加緊腳步，尤其是芙洛的工作下個星期結束後就告一段落，阿嬤也要去經營開放書店，所以大部分的時間我都要自己看店。

下午三點，ＵＰＳ快遞員過來收走十四箱書（芙洛已經登錄到ＦＢＡ了），要送去亞馬遜位於鄧弗姆林的倉庫。

阿嬤告訴我，在她眾多的毛病當中，下背痛讓她很困擾，我跟她說我也是，而且物理治療師還給了我運動清單。我一直很懶得做，說實話我根本沒做過。她告訴我從星期一開始我們要一起做那些運動。她又學黑手黨指著我比出割喉手勢，原來這意思是我沒有選擇的餘地。我叫她「墨索里尼」。她叫我「混帳王八蛋」。

寫了一份清單列出在圖書節之前要做的事：

清理園藝室跟鐵道室地板上的書，登錄到ＦＢＡ，把書裝箱寄出去不再擋路
清理花園的磚塊跟小屋的所有垃圾
完成小屋工程（油漆和清理大概要一個星期）
將前幾次買回來的新庫存定價並上架

整理大房間當成「作家休息室」
為了拉肯克夫特／圖書節咖啡廳把艾蜜莉的東西搬走，好讓艾咪經營酒吧
替艾咪的酒吧掛上招牌
把花園小徑移到小屋前，並在草地播種
修好鐵道室跟蘇格蘭室的喇叭
準備好斯圖爾特・凱利跟羅伯特・特維格的房間，他們在圖書節期間要住
換掉拉肯克夫特巷（Lochancroft Lane）那間公寓的陽臺門
將花園最高的地方推平，才能搭起快閃餐廳的大帳篷
替小屋搬出來的書籍主題製作新的書架標籤
編輯威格頓展覽會的影片
為茱莉亞・繆爾・瓦特（Julia Muir Watt）編輯惠特霍恩的影片
整理隨機閱讀俱樂部下一批要寄出的書
針對煙囪造成的損害申請保險理賠
修理煙囪
製作保護新鍋爐的外罩
製作書店前門的臺階
替花園的長椅塗上保護層

在花園搭好快閃餐廳的大帳篷
把多餘的隔熱材料拿去卡倫家
粉刷書店的地板
粉刷房子的側門
替花園裡所有的燈換電池

卡蘿安留下來過夜。我們一起煮晚餐：妮奇負責蔬菜，安娜製作布朗尼（雖然她的烹飪糟得要命，不過她的糕點非常美味），我則是製作約克夏香腸布丁。

幸好阿嬤沒有任何貢獻。我們熬夜到很晚，也喝太多了。大家一吃完東西，阿嬤就像隻飢餓的食人魚開始猛攻剩菜，沒多久就全部解決了——分量就跟我們剛吃掉的差不多。

總收入236.79英鎊
23位顧客

八月二十九日，星期六

線上訂單：2
找到的書：2

我一醒來就聽到格格的笑聲，也聞到廚房傳來吐司烤焦的味道，下樓就看見卡蘿安正拿著一塊焦黑的吐司塗奶油，妮可吃著剩下的布朗尼，阿嬤則是在製作某種可怕的東西，混合了豆漿、小麥胚芽粉和一根香蕉。這時安娜正在吃一塊融化的焦糖消化餅，是妮奇昨天為了美食星期五帶來的。巧克力已經變得有點蒼白，那種顏色通常會讓我聯想到毒菇。

卡倫在。羅伯特在。羅伯特上午十一點接到一通緊急電話就離開了，不過下午兩點有回來，然後四點又走了。

威格頓在夏季期間的週六市集偶爾會請風笛手來演奏一個小時，今天就是這樣。我在打包要去愛丁堡的行李時想起安娜，她要離開這個地方以及喜愛的人，不知有多麼痛苦。下午三點，風笛手演奏〈你不再回來了嗎〉（Will ye no come back again）。隨著她要離開的焦慮越來越深，我開始懷疑這麼做到底對不對。我四十四歲了，很想要有個家庭。她三十二歲，儘管跟我差異很大，但將我們緊密連結的地方比分化我們的地方更多上許多。

一年一年過去，我看著朋友們把我從小看到大的孩子送去上大學，或是去過自己的人生，漸漸地我感覺到自己越來越難有組織家庭的機會了。對孩子的想像隨著時間越來越模糊。現在我盼望的孩子已經幾乎不見蹤影了：不只是幽靈，而是幽靈的影子。

安娜跟我下午一點半左右從威格頓出發前往愛丁堡。我們中途暫停讓她向我父母道別，後來在五點半左右抵達露露家。露露邀請了我另一位妹妹維琪和她丈夫艾利克斯來吃晚餐，他們也帶了兩個孩子蘿西（Rosie）跟莉莉（Lily）一起。露露在學校認識的朋友米琪（Meach）和她未婚夫班（Ben）也來了。我們一開始還算正經，後來就開始盡情喝酒、跳舞、唱歌到清晨五點半。

總收入436.14英鎊

45位顧客

八月三十日，星期日

線上訂單：

找到的書：

下午兩點左右醒來，感覺比我預期的好。安娜跟我在愛丁堡閒逛，看了幾場街頭演出，後來很晚才在格瑞斯市場（Grassmarket）吃午餐。我們大約七點回到露露家。

八月三十一日，星期一

線上訂單：1

找到的書：1

芙洛開店，我則載安娜從愛丁堡去格拉斯哥機場搭飛往都柏林的班機，接著她會到波士頓，大概再也不會以我另一半的身分回來蘇格蘭了吧。我們上午八點四十五分在機場一起吃早餐，但我一看到隔壁桌的男人，食慾就少了一大半——對方又矮又肥，非得把穿著緊身尼龍褲的雙腿大開對著我，而且在把全套蘇格蘭早餐舀進海象般鬍鬚底下的大嘴時，我還不得不看見他的大肚子／生殖器期待地晃動著。

我們兩人淚流滿面道別。在她通過沒完沒了的安檢迷宮之前，我給了她一封信，是我在星期五寫的，信中（我希望能）勉強表達我很抱歉無法對關係做出承諾，以及我很感激有幸遇見了最無私、最體貼、最美好的她。

回程我開的是Nick of the Balloch路——一條二十哩長的單線山路——結果到了楚爾峽谷才發現道路因為要重鋪路面而封閉，我還得掉頭一路開回梅博爾再走另一條路回來。

總收入156英鎊
12位顧客

九月

九月

有些顧客很愛說話；有些不苟言笑並且沉默寡言。我很提防健談的人。他們會用閃爍的眼神卡住你半個小時，有時候更久，而且絲毫不在乎還有另外三個人排隊等著。只要稍微練習一下，就能夠輕易認出這些喋喋不休的傢伙。他們進來時會滿臉期望露出假笑，十分友好，一副垂涎三尺的樣子。遇到這種人我總會專心做自己的事。只要一有反應，例如竊笑或甚至點頭，對方就會緊緊巴住我不放。這些健談的人都很友好。過去書店還是愛書人常去的地方時，經常就會聚集這種人。

——奧古斯塔．繆爾，《書商約翰．巴斯特私想錄》

巴斯特對顧客行為的描述實在太精確了。他在這裡所提到那種多話的人現今還是很常出沒於書店，而我不太相信其他行業能從這種囉嗦的智慧中得到什麼好處。在書店工作的我們為什麼會受到這些人困擾，原因其實很難說。在某些情況下，花四十五分鐘聽人談論核反應爐是滿有趣的，但那些情況不包括你在工作的時候：你看著身邊一箱箱要拿出來整理、標價並上架的書，或是看著一堆堆必須上網登錄的書，要不就是旁邊還有其他需要幫忙的顧客。我們有一些這種顧客，雖然不會太多，但有一個人只要出現在店裡就會讓我心情變得沉重。由於他就住在本地，為了避免傷和氣，我不應該洩露太多關於他身分的資訊，不過我有很多次被困在櫃檯後方許久的經驗，只能聽著他談論蘇格蘭獨立（反對）、同性婚姻（反對）、移民（反對）、大型跨國公司（非常支持），以及一大堆其他的議題。有一次他買了一本二點五英鎊的書。我想以後要針對我在工作日被他浪費掉的時間收錢。

巴斯特對這種人保持絕對冷淡的策略偶爾才會有效，大部分都行不通。絕大多數時候，他們並不是想要討論或爭辯，從頭到尾就只是在獨白，之所以需要你的注意力，就只是不想讓倒楣的旁觀者認為他們沉浸在自我的世界中。他們很難阻止，不過最近我會暗中用手機撥打店裡的電話，接起來後假裝要處理顧客退貨或類似的事，藉此擺脫枯燥的局面。我掛掉自己的電話後，對方幾乎都會繼續說下去。

刺青異教徒桑迪是個聊天高手。他一向很有趣，散發著魅力與機智。我經常發現他在店裡跟完全不認識的人聊得很起勁。不過，他最厲害的是能夠掌握時機。他非常清楚要聊多久才不會讓人困擾，正因如此，我每次見到他都覺得很愉快。

九月一日，星期二

線上訂單：1
找到的書：1

今天芙洛在。她早上在黑板寫的內容：

特別優惠——你給我們錢，我們就給你書！

我跟芙洛談好，等她結束工作（星期四），只要她的黑板內容在Facebook上獲得超過二十次分享，每一則我都會給她五英鎊，但她不能找朋友分享。今天的內容在貼到Facebook之後頭一個小時就被分享了四十九次。昨天的被分享了六十五次。

阿嬤提醒我說我們講好要一起做物理治療師給我的運動內容。我們都覺得來杯琴通寧可以提升運動的體驗，於是替我們各準備了一杯很烈的。阿嬤喝完後沒多久就問我：「裡面有加琴酒嗎？這喝起來就像水。」後來她就上樓去洗腳了。

下班後我替通往花園的側門刷了油漆。我寄了訊息給威利・萊特（Willie Wright），他是本地人，偶爾會幫我做些零工，而這次我是想問他明天上午能不能過來幫我搬剩下的碎石。威利在威格頓一帶很出名。他會花很多時間在街上走來走去，看起來好像要處理什麼非常重要的事，也有非常明確的目標，但通常他就只是在合作社跟他家之間徘徊而已。

總收入239.22英鎊
23位顧客

九月二日，星期三

線上訂單：1
找到的書：1

芙洛在。我要她把科幻類的書登錄到FBA。

阿嬤九點十五分下來，又像黑手黨那樣指著我，說：「啊尚恩，昨天我凌晨三點去尿尿，聽到一種奇怪的聲音啊。我想啊『那是什麼？動物嗎？』後來我才知道是你在打呼。非常大聲啊。」

父親上午十一點過來討論釣魚的事，以及明年他會不會到盧斯河釣魚。如果他放棄盧斯河，這會讓人很難過。他在那條河釣魚釣了超過四十年。

我跟阿嬤一起做背部運動，這現在已經變成常態了。今天晚上她七秒鐘內就灌完了自己那杯琴通寧。她的速度越來越快了。

打烊後把通往花園的側門油漆好了。

總收入145.49英鎊
10位顧客

九月三日，星期四

線上訂單：1
找到的書：0

卡倫和羅伯特上午九點抵達，芙洛晚了一些，不過今天是她最後一天上班，提這件事似乎沒什麼必要。雖然我以前提過也完全沒什麼差別。

今天上午我開車到紐頓斯圖爾特去拿兩副新配的眼鏡。其中一副有點新潮，另一副就跟我過去二十年戴的非常像。我戴給阿嬤看，她說新潮那一副讓我看起來像個趕時髦的人。那副眼鏡再也無法重見天日了。在紐頓斯圖爾特時，我也去買了小屋房門要用的油漆以及側門的鎖。Home Hardware的克萊兒（Claire）跟我說她女兒逼她看我們的饒舌影片《讀者樂翻天》。她一點都不覺得有趣。

回家途中我去爸媽那裡拿了筆電。筆電是我兩年前買給他們的，不過他們有了iPad就從來沒再用過，所以我打算送給阿嬤，因為她那臺灑到茶以後就故障了。戴了一下午新眼鏡，結果頭痛得要命，感覺就像嗑了一堆迷幻藥。

芙洛下班要離開時，我想要擁抱她並感謝她（相對來說）認真工作，可是她把我推開了。

我們跟平常一樣，在下午六點做了背部運動。我從地上把自己挖起來，骨頭跟嘴裡都發出呻吟，然後抱怨四十幾歲的年紀真是讓人沮喪。她回答：「不，尚恩，四十歲是新的十三歲。」我猜今晚的琴通寧效果維持了兩秒。她彷彿像是為了參加某種比賽而訓練自己。

晚上都在小屋裡刷油漆。九點完成。

總收入125.50英鎊

8位顧客

九月四日，星期五

線上訂單：1

找到的書：0

妮奇帶了燕麥餅、乳酪、醃菜，全都是從莫里森超市廢料桶掠奪來的。阿嬤在午餐時間之前就全吃光了。

丹尼斯（Dennis）曾經是書店的員工（在我接管之前），也是位漁夫，只要有零工都很樂意接，今天他上午十點到，跟我一起把小屋施工後的碎石裝上拖車，然後倒在鮑伯那裡。我們本來要載去垃圾場，可是妮奇開始在裡頭翻找，還問能不能把木材的邊角料都給她，所以我們改開到奧亨馬爾格

（Auchenmalg），把東西倒在她那棟簡陋的小屋外。

回去的途中我們將拖車開回卡倫家。花園開始看起來有點樣子，到圖書節的時候也許還勉強能見人吧。在開車到妮奇家的路上，丹尼斯講了些荒誕不經的故事給我聽。威格頓的人都知道他很會說這種東西，故事到最後一定是他遭遇到局勢非常不利的戰鬥，而他會運用計謀與蠻力獲勝。今天我聽到的是他有位朋友從一百七十呎高的地方摔下來，背脊都斷了，但還是站了起來，拍掉身上的灰塵就繼續工作，還有某一年他打了許多架而失去二十七顆牙齒，他在被逮捕以後如何從一輛警用廂型車逃脫，以及他用什麼方式痛扁他的國小校長。在他失去牙齒之前，他說話本來就沒人聽得懂，不過他把最後幾顆也弄掉以後，說話聽起來大概就像史瓦希利語（Swahili）吧。

阿嬤到外面來，說：「抱歉打擾你了，不過啊我可以啊整理鐵道室嗎？」那裡已經亂得不像話，於是我很高興地答應了。下午三點鐘，她打掃好了所有書架也重新整理過，整個空間看起來一塵不染。她在下午四點對我說，我買了兩副新眼鏡，結果卻還是戴回了舊的那一副。我還真不知道怎麼會這樣。一定是我上床睡覺時拿錯了。

總收入357.29英鎊

線上訂單：1
找到的書：1

九月五日，星期六

20位顧客

妮奇在。現在風又開始從西方吹來，天氣晴朗而溫暖。

線上銷售的量似乎從一條小河縮減成了涓涓細流。

丹尼斯又來了，於是我讓他去挖小屋外的草皮，準備鋪上新的小徑。花園終於又看起來有點樣子了。上午十一點，我開車到潘基林鋸木廠（Penkiln Sawmill）載一些材料，也訂了一些木材和砂礫，要在圖書節之前鋪好小徑。另外，從我們開始小屋工程以來一直擺在書店外面的那袋沙也終於快用光了。每當我看到那袋沙，就會想起羅比・墨菲說過它已經成為街上的擺設了。

阿嬤寫了今天黑板招牌的內容。我發現她已經在這裡待了兩個月，卻還沒去看過什麼地方，於是下午我就載她到聖梅丹（St Medan's），那是一座古老的教堂與墓園（她對墓園很著迷），也去了一處很漂亮的沙灘。「這漂亮，水啊，漂亮，不像義大利的水啊。」

晚上七點回來，跟阿嬤一起做了背部運動（琴通寧的效力持續了將近一分鐘後她才動起來），接著煮晚餐，然後再到小屋刷油漆。十點二十分完工。

總收入249.45英鎊
12位顧客

九月七日，星期一

線上訂單：2
找到的書：2

阿嬤開店。爸媽十一點過來喝咖啡，一起討論他們是否要在鎮上買棟房子，當成作家工作坊（Writers' Workshop）的宿舍。這當然也是安娜的構想。

我開玩笑地跟阿嬤說她不能有午休時間。她罵我「卑鄙的混帳王八蛋」，然後說我昨天晚上又打呼了。我們認為好像應該在圖書節之前整理店內的科幻小說區，於是開始著手。我從不覺得自己是這個文類的書迷，不過在整理時我很訝異自己讀過了很多：道格拉斯・亞當斯（Douglas Adams）的所有作品、哈利・哈里森（Harry Harrison）不鏽鋼鼠（Stainless Steel Rat）系列的絕大部分、一些以撒・艾西莫夫（Isaac Asimov）、泰瑞・普萊契（Terry Pratchett）、約翰・溫德姆（John Wyndham），大多數都是青少年時期讀的。

水管工丹尼斯和羅伯特今天在。他們兩個都有能力連續講好幾個小時的話，所以都沒做到什麼事。

從銀行拿了一六〇英鎊的硬幣和五十便士，準備在圖書節期間使用。你可不想在一年之中最忙碌的一週用光零錢。

今天早上的郵件除了帳單，還有一封很漂亮的信，是安娜寄來的。

總收入326.40英鎊
17位顧客

九月八日，星期二

線上訂單：4
找到的書：4

阿嬤今天開始在開放書店工作，表示這是我幾個月來第一次自己看店，所以只好由我來寫每日黑板的內容：

你剛經過了一家書店。
你是有什麼問題嗎？

上午十一點把內容張貼到Facebook。我很訝異，因為這在幾分鐘內就被分享了二十次。到了打烊時間，這則內容已經被分享了超過一千四百次，比書店Facebook頁面有過的任何貼文都還要多。

羅伯特過來問我能不能替小屋廁所的暖氣加個底座。

圖書節的經理安・巴克萊十一點五十分出現，還帶了今年參與圖書節的實習生貝絲（Beth）與琳西（Lindsey）。她問我能不能替他們找些書，星期四要拿著拍照用。

午餐時間斯圖爾特．凱利打電話來確認圖書節期間要待在這裡，另外問了第二個週末有沒有多一間空房讓他朋友住。

上個星期進了幾箱科幻作品，而史都華．麥克連過來翻找剩下的書。

潘基林鋸木廠的卡車下午兩點抵達，載來了放置木質顆粒的新木棚材料，以及鋪設花園小徑的砂礫。這些全都得在圖書節之前完成，現在只剩兩個多禮拜了。

總收入256.95英鎊

14位顧客

九月九日，星期三

線上訂單：3

找到的書：3

上午九點我下樓開店時，聽見了阿嬤那雙靴子的硬鞋跟發出招牌的「喀噠喀噠喀噠」聲。她很早就開店了，於是我接手，讓她過去開放書店。

史都華．麥克連回來繼續翻找剩下的科幻書。他聯絡朋友告訴他們這裡有什麼書，多虧了他，我在打烊前已經收到三個人的電子郵件，賣出了總共七十英鎊的書。

今天的郵件中有一封信來自菲利浦斯太太（每次她打電話來一開頭就會說「我已經九十二歲，眼睛也看不見啦」，不過現在她一定有九十四歲，眼睛也看不見了），收件人就簡單寫了「威格頓，書店，尚恩」。菲利浦斯太太真是棒極了。她經常向我訂購她覺得曾孫和曾孫女應該要讀的書。特別令人喜歡的是她在信件結尾只會簡單寫下「菲利浦斯」。

下午五點十分（我們五點打烊）有顧客進來問阿嬤：「你們什麼時候打烊？」

伊曼紐拉：我們打烊了。我們五點關門。

顧客：噢。

十分鐘後我發現他還在，於是跟他說我們打烊了。再過十分鐘，他才終於離開，而且什麼也沒買。

由於天氣越來越冷，我決定做一道砂鍋菜明天吃。我跟阿嬤說明天我大部分時間都不在，她會一個人看店。（開放書店那裡有位志工幫忙。）她罵我「該死的爛人」。她似乎已經克服了剛來這裡前幾個星期時的膽怯。

總收入203.48英鎊
21位顧客

九月十日，星期四

線上訂單：1
找到的書：1

美好晴朗的一天。阿嬤在。訂單只有一筆，所以ABE顯然還不讓我們上傳資料庫。今天第一個小時我先教阿嬤怎麼把書登錄到FBA，然後讓她接手芙洛之前處理的那一大堆科幻書。我在說明步驟時，她幾次提到芙洛都是叫她

「那個芙洛」。

今天的郵件中有一封建築商寄來的信；修理煙囪的估價是七千五百英鎊。我得盡快以電子郵件把估價寄給保險公司。現在我不太可能趕在圖書節前把煙囪修好了，就算保險公司決定幫忙也一樣，而且上次通過電話之後，感覺他們好像也不太可能會幫忙。

十一點半離開書店，開車到克萊德班克（Clydebank）去看一批藏書。書的主人去年過世了。他的遺孀要賣掉他以美國內戰為主題的藏書。我稍微遲到了一下，而那位寡婦、她女兒以及她孫子全都坐在擺放藏書的小房間裡。我先自我介紹，然後就開始查看，把書堆到地上；他們從頭到尾一直沉默地坐在旁邊盯著我。這種狀況很少發生，一般人通常都是讓你自己翻看，不會注意你，而他們則去做自己平常要做的事。知道有六隻眼睛正在監視著自己的一舉一動，讓人覺得非常不安。我堆了大約四十本書後，那家的女兒就問我對那些不要的書大概會出價多少，於是我告訴他們平裝本（書況全都很新）差不多是一本一英鎊——有些比較高，有些比較低，但平均起來是這樣——精裝本則是一本二英鎊到二十英鎊不等，取決於稀有程度、書況、主題和市場需求。他們似乎鬆了口氣，接著寡婦告訴我，之前有另一位書商已經看過書，開出一本五十便士的價格想買下全部。我不想跟不在場也不知其名的書商樹敵，所以解釋說二手書業很混亂，我們各自都有不同的定價策略和買入價格。寡婦回答說她一聽到出價就「叫他出去」了。這批藏書的品質相當不錯，幾乎每本書的書況都接近良好，最後我挑了七箱的量，向他們開價三六五英鎊。他們馬上就接受了，於是我把書裝箱，寫了張支票給她，然後離開。美國內戰的書在店裡賣得非常好，而且我每次從明確知道自己要收藏什麼的人那裡得到書都覺得很滿意。

下午五點半回到家，接著我拿出昨晚煮的砂鍋菜加熱，當成今天的晚餐。晚上八點阿嬤跟我一起吃。到了八點半左右，我就出去繼續處理小屋的工作。我在十點回來，發現阿嬤又一次把整鍋菜都嗑完了。我本來預計這鍋菜可以讓我撐到星期日，不過基於先前的經驗，我應該要猜到她會狼吞虎嚥吃光才對。我向她提這件事，她回答：「滾開，混帳王八蛋。」她的英語咒罵詞彙比剛到這裡時增加了許多。

四點半上床睡覺，因為我跟安娜用Skype聊到很晚，雖然她很明顯覺得蘇格蘭是她精神上的家園，但她似乎已經對待在美國的事認命了。

總收入257.88英鎊
26位顧客

九月十一日，星期五

線上訂單：1
找到的書：1

妮奇正好在上午九點過後拖著腳步進來。她一開口就用威嚇的語氣談論進化這件事，還說這種觀念有多麼荒謬。只睡了三個小時的我沒什麼心情聽。

今天風很大，但是陽光普照。十一點半，來自蘇格蘭國家劇院（National Theatre of Scotland）的三個人抵達書店，要為了圖書節前的宣傳拍攝照片。

阿嬤在開放書店，而她才剛離開不久，安娜就從美國寄來電子郵件，說她接受了紐西蘭廣播電臺（Radio New Zealand）的訪問，正好就是討論開放書店，於是我上網聽了訪談。她的表現太棒了，只是她把《明水之環》（*Ring of Bright Water*）說成是約翰・布肯（John Buchan）而非蓋文・麥斯威爾（Gavin Maxwell）的作品。

等妮奇罵完進化論平靜下來之後，我就開車把小屋的一些廢料載到惠特霍恩（十二哩遠）的垃圾場。

腰包戴夫在下午中段出現，大概又像平常那樣坐公車到處繞吧。現在他有了可以盡情利用的公車套票，感覺就像是從一間公立圖書館前往下一個地方使用免費的大眾運輸。他在店裡待了大約十分鐘，這段期間各種手錶、手機和其他東西三不五時會發出嗶聲，就跟平常一樣。他離開時跟我說要去看看是誰在經營開放書店，於是我立刻打給阿嬤警告她。她關店後在四點半回來，然後就問我：「這個身上一堆包包的人是誰？他是流浪漢嗎？」我讓她相信他不是遊民之後，就說我們可以叫他腰包戴夫，結果她回答：「他的名字是腰包大夫？」

總收入212.40英鎊
17位顧客

九月十二日，星期六

線上訂單：2
找到的書：1

醒來就聞到烤東西的味道，下樓發現阿嬤在烤鬆餅搭配啤酒與培根。她嚴格命令我一定要吃完。雖然食材聽起來很棒，但吃起來令人作嘔。

妮奇上午九點十分到。我覺得不舒服，所以她來了一兩個小時後我就去睡回籠覺，但在這之前我先要她把從卡倫布里奇帶回的釣魚書標價，不過她覺得她的時間更應該用來檢查已經在架上也已經登錄過的書。

午餐過後，跟我一樣也在賣書的伊恩從赫爾（Hull）打電話來，問我是否曾經因為賣「禁書」而被舉報到亞馬遜。原來他們聯絡他是要譴責他賣了一本封面有納粹黨徽的二戰歷史書（幾乎所有關於第二次世界大戰的書封面上都會有納粹黨徽）。他請他們給他一份禁書清單，他們卻告訴他沒有這種清單，而他們是因為有位顧客提出申訴才採取行動的。伊恩相當直接地問他們，書商要怎麼知道什麼東西會對誰造成冒犯，結果他們回答不出來。

伊恩是書商，已經做了大約三十年。他本來在赫爾經營一家很成功的書店，直到幾年前樂施會在他隔壁開了一間店。他好不容易才讓對方的管理階層承諾不會讓那裡變成慈善書店，但他們還是這麼做了，而面對志工、免費捐贈書籍、利率與租金優惠、不必繳稅等條件，可能的結果只會有一個。伊恩要付錢給員工、付錢買書、繳稅、支付利息和完整的租金，根本不可能跟他們競爭，只得結束營業。

六點鐘要去洗澡前，我先問了阿嬤要不要用浴室。她回答說她喜歡在一大早的時候洗澡，因為這樣她就可以泡很久，也能讓自己在面對全世界之前先弄得漂漂亮亮的——「我一進浴室啊就不想動了。」

我：妳知道還有誰一進浴室也不想動嗎？艾略特。

阿嬤：對，不過艾略特看起來啊像個女人。

總收入296.49英鎊
18位顧客

九月十四日，星期一

線上訂單：3
找到的書：3

今天阿嬤在店裡。換她寫黑板了：

猜猜看！

我們在這間書店賣的是：

——文字

——紙張

——夢想

——幻想

——葡萄柚

——聿……什麼？

我不懂她的意思。

上午十一點，有位顧客進來時帶著一隻關在籠子裡的鸚鵡（名叫雅各），她把籠子留在櫃檯自己去逛。我想要賣她一本《我知道籠中鳥為何歌唱》（*I Know Why the Caged Bird Sings*），但她很聰明不理會我。阿嬤對那隻鸚鵡很著迷，用義大利語對牠說了差不多十分鐘的話，好像關在小籠子裡對那隻可憐生物還不夠慘似的。

拜爾書店（Byre Books）的蘿拉（Laura）寄來電子郵件，提醒我下週三下午五點半在貝爾提書店有威格頓書商協會（AWB）的會議。費歐娜（在我隔壁經營蛙盒書店）在丈夫羅比過世之後，就辭掉了祕書的職位。我自願接替她，於是寫了會議的議程，再以電子郵件寄給其他所有成員。

總收入170.46英鎊
18位顧客

九月十五日，星期二

線上訂單：3
找到的書：3

今天阿嬤在開放書店，所以我一個人困在店裡。

我在開店時，聽見頭頂傳來明顯的鵝叫聲，抬起頭就看起一群大約有五十隻從上方低空飛過。如果你從未見過一群低飛的鵝，我猜想那幅景象可能會令你吃驚。有一次黃昏時，我在威格頓走路去朋友的家，看見了一群好幾百隻鳥——甚至可能有上千隻——牠們以近乎完美的V字形飛翔，一邊鳴叫一邊飛往鹽澤過夜。我生長的農場上有一片很寬闊的鹽澤，所以小時候每年冬天見到牠們都不覺得稀奇，不過從布里斯托住了五年之後搬回這裡，我就會欣賞牠們在秋天飛回來時的景象，覺得那實在太令人驚奇了。

今天郵件中有稅務局寄來的一封信，內容是關於新的勞工退休金制度自動加入（automatic enrolment）機制。我寄電子郵件問他們，因為我只有兼職員工，所以我是否屬於豁免的類別，結果收到的回覆讓我比之前更困惑了：

> 自動加入法規將影響僱用至少一名員工之雇主。若受僱人符合以下類別，則需設立退休金制度。若已針對符合標準之人士設立退休金制度（即存託式退休金制度），且為合格之制度，則可保留該退休金制度，無須自動加入。
>
> ·22歲—SPA
>
> ·每月所得八三三英鎊或每週所得一九二英鎊以上
>
> 若無人符合上列類別，則仍應針對員工收取自動加入之稅金。您必須以書面向員工詳細說明其自動加入之權利，並應設立退休金制度（若員工要求）。

我用電子郵件回覆，要求他們解釋SPA這個縮寫的意思。原來是指國家退休金年齡（State Pension Age）。

漁人威利（Wiley）上午十點出現，我向他買了些煙燻黑線鱈，因為我答應過阿嬤晚上要替她煮鮮魚濃湯。威利通常會在某個星期五出現。他有一輛白色的小廂型車，會開著不同的路線到處跑（在一週內每天的路線都不一樣），販售後車廂裡的新鮮魚貨。他的魚比超級市場買的品質好太多了，種類也極為廣泛，而且他會親自送到你的家門。幫我把書店跟家裡打掃得乾乾淨淨的珍妮塔，跟我聊到她童年時期在一座農場度過，到距離最近的店要好幾哩遠。那個時候農場僱用的人比現在多上許多，而且有車的人很少。許多農場都離公車路線很遠，而珍妮塔記得肉販的廂型車每個星期都會到農場一次，食品雜貨商跟麵包師傅的車則是一週來兩次。很多人大半輩子都不需要離開自己的農場。就連他們的衣物也是由到各農場兜售的小販提供。

下午四點，一位顧客問：「你們有沒有附圖片的書？」對方沒再提供任何細節。

晚餐煮了鮮魚濃湯，後來在小屋工作到十點。可惜完工後已經來不及讓阿嬤住了，不過在圖書節期間或許可以當成空房派上用場。

總收入110英鎊

7位顧客

九月十六日，星期三

線上訂單：3
找到的書：3

阿嬤今天在店裡，因為有一位志工可以到開放書店代班。圖書節期間即將在花園末端我們那棟倉庫經營快閃酒吧的艾咪，帶著她的公公羅賓（Robin）一起來查看場地。我從小就認識羅賓了，而他跟我最愛用粗魯無禮的方式對待彼此。我想艾咪可能會有點不安。

三位在店裡閒晃的顧客（兩個老女人和一個老男人）告訴我他們想要賣成套的莎士比亞跟威弗利小說，這時老男人則說他們會來這裡是因為他讀了安娜描寫在威格頓生活的書《你需要知道的火箭三件事》。原來他讀了尼爾·阿姆斯壯（Neil Armstrong）的自傳後，想再多了解一點關於火箭的事，於是在莫克姆（Morecambe）當地的圖書館借了這本書，結果發現內容跟火箭幾乎沒有什麼關係。他不在意，還是讀了書，也很喜歡，還在他妻子生日時送了一本當禮物，後來更決定到威格頓朝聖一番。

一如往常，下午六點跟阿嬤做了背部運動。不久後，我在弄碎肉配馬鈴薯泥時（讓她認識蘇格蘭料理），一片洋蔥皮掉到了地上。我們彎腰去撿，結果背部都發出喀噠聲還抽筋，兩個人都痛得叫了出來。

到了八點半我才想起五點半在貝爾提書店有AWB的會議，而且是我第一次以祕書身分參與。太晚了。會議一定七點就結束了。

睡前洗了碗盤，發現阿嬤把剩下的碎肉配馬鈴薯泥全嗑光了。

總收入338.81英鎊
30位顧客

九月十七日，星期四

線上訂單：0
找到的書：0

上午八點十五分下樓吃早餐，發現阿嬤已經在廚房，她傻笑著說艾略特從八點就一直待在浴室裡，而收音機正在旁邊大聲播放。他還沒把廚房的收音機

（平常都固定在廣播第四臺）重調到第五直播臺（Radio 5 Live），通常他到這裡一個小時左右就會轉臺去聽足球比賽了。

瑪麗亞上午十一點過來討論圖書節的飲食安排。這幾年圖書節期間作家休息室的飲食都是由她張羅。週末的時候特別忙碌，而她通常會找兩個女孩來幫忙，主要的工作是當服務生和清理現場。那裡偶爾會聚滿了作家與來訪的講者，所以我們全都得下場幫忙才忙得過來。平靜的時候，女孩們則會安靜地坐在廚房看手機上Facebook。

伊曼紐拉向我解釋了她不尋常的飲食習慣。原來幾年前她曾經節食過，體重減輕很多。她的方法就是整個星期只吃蛋白質，除了有一天可以狂吃碳水化合物。這種方式產生的問題是，儘管她已經不再節食，但只要碰上含有碳水化合物的食物，她就會出於本能想要大吃特吃。

午餐過後我開車把小屋施工後的垃圾載到垃圾場丟。圖書節下個星期五就要開始了，可是水管工的工作還沒完成。我打電話給他，他向我保證說星期一就會過來。向紐頓斯圖爾特的肉販肯尼（Kenny）買了一份肉餡羊肚。

阿嬤一整天都在把科幻類的書登錄到ＦＢＡ。

艾略特七點半出現，當時我正在小屋工作。阿嬤跟我說他漫步走進廚房，打開冰箱看了一眼，露出一副非常失望的表情，拿出一瓶葡萄酒替自己倒了一杯，然後坐下來喝。之前她在早上終於能進浴室「整理面容」，要洗頭時卻發現他把她的洗髮精全用光了。她本來認為他那些滑稽的行為很有趣，現在則是覺得很討厭。幸好他並不知情。阿嬤來小屋幫我塗油漆，大概是想讓自己平靜一點吧。

總收入122.30英鎊
9位顧客

九月十八日，星期五

線上訂單：3
找到的書：3

上午七點半左右被甩門跟很大的說話聲吵醒。起來後發現艾略特一邊跺著腳到處走一邊跟他老婆講電話。阿嬤在廚房安靜地喝咖啡，試著讀書。我放上水壺時，艾略特大步走進來坐下，繼續講著電話，同時迅速翻了翻桌上的文件，其中包括我的保險單、安娜寄的一封信以及一些過期帳單。我注意到阿嬤的眼神。她看起來很憤怒。我拿著一杯茶要回去繼續睡，結果被艾略特踢脫留在門口的鞋子絆到。勉強救了大概三分之一杯的茶；其他的都灑在地毯上了。回籠覺睡到八點半。起來後發現浴室鎖著，艾略特就在裡面聽收音機。他在九點十五分左右出現。

我開始覺得阿嬤在圖書節結束後離開時，我一定會很想念她，不只是因為她做的事，而是因為我越來越喜歡她，儘管我完全聽不懂她說的話。她非常有趣。昨天晚上我們在小屋外面刷油漆時，聊到了死亡。她告訴我：「我想我啊會在三十歲死掉。」

總收入375英鎊

21位顧客

九月十九日，星期六

線上訂單：3

找到的書：3

今天又是妮奇在。她在圖書節的最後準備階段表現得非常熱心助人，而且也能冷靜處理不斷增加的壓力。她今天在Facebook的更新：

本日最佳顧客的最終候選名單：

1．帶了兩本近全新的書到櫃檯，「正好是我要找的」，接著跟我講了十分鐘自己家族跟那些書的關係，結帳時聽到要四英鎊後就把書留在櫃檯，因為「原本的價格是二點五英鎊」。

2．「我可以付錢撒尿嗎，姑娘？？」「哎呀，我可以去後面嗎？」……他回來時「那裡的管道還真漂亮呢。」

3．有位顧客拿著錢在櫃檯上敲啊敲的，一邊看著我從非常高、非常不穩的梯子爬下來。「我可以在哪裡買到彩券——還有要是妳贏了好幾百萬會買什麼？用來搭配妳那件灰色縮口運動褲的新白襪嗎？」

整天都在小屋刷油漆跟整理。晚餐結束後去拉肯克夫特（舊倉庫）替混凝土地板刷油漆——艾咪要在那裡開她的快閃酒吧。艾蜜莉（租用那裡當成工作室的一位年輕藝術家）要在圖書節期間讓出場地，已經把她所有東西都搬走了，而艾咪星期一就會過來開始布置。

總收入661.90英鎊
35位顧客

九月二十日，星期日

線上訂單：
找到的書：

被廚房的一陣叫喊聲吵醒。下樓後發現艾略特把廚房裡所有鍋碗瓢盆都拿來裝食物了。他跟我說他決定要邀請一些朋友來吃午餐。午餐從一點吃到了六點，實習生來了，還有芬恩和艾拉。艾略特從頭到尾都一直在看他的手機，不是傳訊息就是寫電子郵件。他在圖書節前承受了很多壓力，而且要在十天內塞進超過兩百場活動，免不了一天到晚都要處理訊息和電子郵件。

九月二十一日，星期一

線上訂單：7
找到的書：6

睡得非常少，五點就醒來了。喝了杯茶之後回到床上，可是睡不著。我起床時，阿嬤正在廚房看書。我問她為什麼這麼早起，她回答說她一直都是五點鐘起來。

我在九點十五分進廁所，發現馬桶座壞掉脫落了。我得在圖書節之前修好才行。那是作家休息室要用的廁所。而且那裡沖水的時候會發出一陣很吵的吱嘎聲，聲音還會讓屋裡每一根水管都跟著顫動。

晚上八點跟書店樂團的班與貝絲在犁人喝一杯，然後到艾咪的快閃酒吧，在黑夜中替窗框上油漆。我不太確定那在白天的冷光下看起來如何。

總收入311.99英鎊
17位顧客

九月二十二日，星期二

線上訂單：5
找到的書：3

又是五點醒來，下樓發現阿嬤在喝茶。泡了杯茶，跟她聊了十分鐘，然後回到床上。阿嬤喜歡聊的話題通常都是生命中較為陰暗的一面；今天早上是死亡。

今天都在替木窗上油漆，昨晚我想在黑暗中完成這項工作真是個錯誤。後來，我在小屋掛上畫、修理好作家休息室的馬桶座、修剪了草坪，還嘗試提高阿嬤登錄到FBA那十六箱科幻書的價格。這段期間阿嬤則是照看店裡，穿著她的硬鞋跟靴子到處喀噠喀噠地走來走去。

下午四點半，我在花園費力地想搭起圖書節第一個週末經營快閃餐廳要用的大帳篷，這時班和貝絲出現了。我正在跟支架奮戰，想弄清楚怎麼搭起來，結果他們就晃了進來。班立刻說要幫忙，不過我婉拒了，反倒抓住這個機會休息，提議泡茶給他們喝。我們在廚房聊天時，艾略特過來給自己泡了杯茶，於是我建議大家一起去看快閃餐廳要使用的場地和帳篷。一到那裡，他就因為我還沒架好帳篷而露出失望的表情，還抱怨空間太小了。不會的。一定可以。書店打烊後，我一個人努力想要架起帳篷，結果阿嬤出現了，還說要幫忙。我們大約花了十五分鐘完成。

六點十五分，我躺在地上做背部運動的時候，艾略特踩著重重的腳步進入廚房，直接從我身上跨過去，給自己倒了一大杯琴通寧。

做完背部運動後，我到外面繼續整理花園，不過大約到了八點天色就已經暗到無法工作，於是我回來開始煮飯。八點十五分左右，阿嬤出現了，她問：「在吃飯之前我有時間洗腳嗎？」

總收入428.49英鎊

18位顧客

九月二十三日，星期三

線上訂單：5
找到的書：3

阿嬤整天都在店裡。

水管工九點十五分到，然後跟我說我需要一位電工替熱水箱安裝電線，於是我打給羅尼。

阿嬤處理了隨機閱讀俱樂部的郵資，這是我很討厭的工作。她離開之後我就得回到櫃檯被綁著，到時候一定會很不習慣。

總收入452.36英鎊
32位顧客

九月二十四日，星期四

線上訂單：3
找到的書：2

今天妮奇來上班，天氣很好很晴朗。

威格頓圖書節明天開始舉行，而下個星期我就要四十五歲了。雖然秋天通常是最令我沮喪的季節，不過鎮上和店裡在圖書節前一天的興奮氣氛很有感染力，而且整個地方充滿了某種能量。圖書節的最後一天則恰好相反；每個人都筋疲力盡，還要面對清理工作，接下來更是寒冷、安靜、昏暗的冬日。

吃完午餐，我又開車到紐頓斯圖爾特的垃圾場，丟了一整車的書和紙箱。現在圖書節就要開始，可惜我沒時間把東西載到格拉斯哥回收。這不會是我最後一次去垃圾場——普通輪式垃圾桶根本無法容納作家休息室製造的垃圾量，所以圖書節期間我不得不定期開車載著裝滿紙盤、廚餘和龍蝦殼的垃圾袋過去。空瓶會裝進箱子，只要能回收的我都會盡量做。

今天早上阿嬤果然又在黑板寫了令人摸不著頭緒的內容：

少了書，你看起來非常困惑。我顛倒了嗎？

水管工羅伯特中午到，電工羅尼下午兩點過來替熱水箱接線。圖書節期間負責飲食的瑪麗亞四點出現，把作家休息室需要的飲料都帶來了，因此廚房現在擺滿了食物，另外還有大約二十箱的酒跟準備食物要用的器材。在圖書節期間，我的客廳要當成作家休息室，僅供來訪演講的作家使用。我們請瑪麗亞過來張羅飲食，讓作家造訪威格頓的時候可以酒足飯飽。前員工洛莉（Laurie）的任務是確保一切工作順利進行，但工作從來就沒順利過（這完全不是她的錯）。有一年某位房客在圖書節的第一天早上去洗澡，而他一拔掉塞子，浴室就開始漏水。一道強烈的水流衝出浴室，浸濕電爐，砰的一聲就炸壞了。我還得打電話請一位朋友從鄧弗里斯帶一臺新的過來。電爐爆炸時的突波弄壞了無線路由器，所以我們沒有網路可用，而且那天後來洗衣機也故障了。

卡蘿安打電話問她能不能在圖書節期間使用小屋，我答應了。晚上我到那裡做收尾的工作：掛上窗簾，以及替櫥櫃裝上把手。

安娜回到了威格頓。她會跟芬恩和艾拉住（這兩位朋友在大約八哩外的地方擁有一座農場）。這是她一年當中最重要的社交時刻，而且她的貢獻非常大，除了提出各種想法，也隨時隨地願意幫忙。

總收入568.48英鎊
20位顧客

九月二十五日，星期五

線上訂單：2
找到的書：2

妮奇上午很早就來了。今天是圖書節的第一天，第一位蒞臨作家休息室的客人是梅麗．赫德維克（Mairi Hedderwick）。梅麗創作了凱蒂．莫拉格（Katie Morag）系列並親自繪製插圖，孩子們都非常喜愛，她也寫了很多其他的書，大部分都跟蘇格蘭群島有關。我第一次認識她是在大約十年前的圖書節。從那時起她就回來過好幾次，而且她也是我爸表親藝術家法蘭西絲．沃克（Frances Walker）的朋友。

上午十點到休息室補滿籃子的木柴並生了火。補充木柴是圖書節期間讓我忙碌的眾多瑣碎工作之一，不過羅伯特・特維格（作家兼圖書節的熟客）經常搶先我一步——早上我下樓時，很常發現他已經先起床並補充好木柴了。

今天特維格在小房間弄了個攝影工作室（那裡通常是我在圖書節期間唯一的個人休息空間）。這是今年圖書節活動的一部分，他會讓作家在黑板寫下給這世界的建議，然後請他們拿著拍照。

洛莉九點到，瑪麗亞和舒娜（瑪麗亞的一位助手）大約十點到。作家休息室中午開張。客廳變成這樣的場地，廚房被髒盤子淹沒，洗碗機和水槽塞滿東西，其他地方則擺著裝柳橙汁的箱子、瓶裝水、紙盤、煮水壺之類的東西，接下來十天都會是這樣。雖然一開始步調很慢，不過今天到最後就很忙了，可以想見明天會是什麼情況。

我到花園剪掉了一些枝葉，清空通往艾咪酒吧的通道，然後擺了些椅子過去給她，也製作了幾道指引方向的標示。把小巷那個裝沙的袋子（現在空了）移走，在休息區前面清出了一些空間。艾咪的快閃酒吧下午一點開始營業。

又載了一車垃圾到紐頓斯圖爾特的垃圾場。經營那裡的女人（我父親稱之為匈奴王阿提拉）在我時常造訪之後就變得相當友善。

兩小桶啤酒在上午十一點送來。妮奇認為圖書節還需要更多酒，所以就拿我的信用卡訂了。

普魯（艾略特的太太）五點半到，不久之後艾略特就來小房間向我要iPhone充電器，因為他的弄丟了。「我保證我不會偷走。」平均來說，他每次在圖書節期間都會弄丟三顆手機充電器。

沒過多久，卡崔歐娜（圖書節理事）出現了，她漫步走進廚房，當著所有人的面大聲問：「你為什麼跟安娜分手？」

總收入326.98英鎊

32位顧客

九月二十六日，星期六

線上訂單：0

找到的書：0

菲爾．朱比特（Phill Jupitus）中午過來吃午餐。上午大部分時間我都在花園布置賽門．洛（Simon Wroe）的快閃餐廳、整理延長線、搬瓦斯桶、找刀子等等，好讓他跟勞拉．米契森（Laura Mitchison）在中午、兩點半和下午五點替客人準備餐點，而這些時段來的人很多，情況看起來也很順利，不過艾略特很在意帳篷的大小。

安娜是促成「威格頓達人秀」（Wigtown's Got Talent）的大功臣。她第一次來這裡參加圖書節時，我們十幾個人下班後在作家休息室聊天，而馬丁（我以前的室友）聲稱他可以用鼻子敲進一根四吋長的釘子。安娜馬上抓住這個機會，問其他人有沒有什麼特別的技能。在我意識到之前，她就安排了一場娛樂之夜，由我、我妹露露和特維格擔任評審。艾略特非常喜歡，還把這安排到隔年的圖書節裡，而現在這個活動有本地人也有來訪的作家參與，大家就在晚上表演。

我在廚房搬動一些椅子時，芬恩跟一位穿著格紋襯衫的大塊頭挪威人一起進來。芬恩介紹說他叫拉斯．米廷（Lars Mytting），寫了一本意外受歡迎的書，內容是關於木頭的砍伐與燃燒，叫《挪威的木材》（*Norwegian Wood*）。他實在太有魅力了。

晚上八點打烊。一點鐘就寢。

總收入829.98英鎊
84位顧客

九月二十七日，星期日

線上訂單：1
找到的書：1

很早起床並補滿了籃子的木柴。上午九點開店，洛莉也剛好進來。阿嬤在我開店後不久過來接手，於是我上樓去，十點鐘到作家休息室生火。

今天的圖書節活動上午十點開始，是阿拉斯泰爾．里德馬拉松，藉此紀念去年過世的阿拉斯泰爾．里德，他是本地人，有很大的文學成就，儘管他的名氣相對起來沒那麼大。有些人的天才在活著時受到認同，不過死後卻在文學的世界中成為不朽，而他就是個完美的例子。

阿拉斯泰爾的活動結束後，緊接著就是名稱取得很矛盾的圖書節樂跑（Festival Fun Run），上午十點十五分開始，而我認識的人都沒參加。

我跟往常一樣，整天都在到處救火，以及清理作家休息室的垃圾。菲爾・朱比特和夏洛特・希金斯（Charlotte Higgins）今天都在，兩位本日都還有另一場活動，薇兒・麥克德米（Val McDermid）也是。作家休息室今天比昨天清靜許多，不過這種情況在圖書節期間的星期日很正常。

我讓阿嬤在十二點半午休，而她上樓到作家休息室。瑪麗亞弄了布朗尼，那就像阿嬤的毒品。阿嬤一看見布朗尼就流出口水，只要她在，其他人根本連味道都聞不到，更別提要吃到了。

賽門和勞拉結束第二攤快閃餐之後（差不多下午三點半），我就拆了大帳篷收回棚子，然後去艾咪的酒吧，訝異地發現那裡擠滿了人。看來在活動之間（尤其前後都是大活動），人們都會聚集到那裡吃吃喝喝。薇兒・麥克德米的活動差不多在下午兩點半結束，所以我想大部分與會者在她的活動後都過去了。

七點半打烊，好讓阿嬤去鎮公所的影廳看《激流四勇士》（*Deliverance*）。

總收入842.43英鎊

92位顧客

九月二十八日，星期一

線上訂單：1
找到的書：1

上午九點開店，母親十點半過來——電工羅尼也在同一時間出現。要是有人能夠跟我媽比賽聊天，那一定非羅尼莫屬。他們兩人直接移師到廚房，舒娜、凱蒂、洛莉正在那邊整理東西，結果他們直接一屁股坐到椅子上，聊了一個小時關於羅尼騎車環遊世界的事。

中午我開車去惠特霍恩的垃圾場（或者根據官方的路標是叫「公民便利設施中心」），載了十二袋裝滿紙盤和腐爛食物的垃圾（作家休息室在週末製造的量），另外還有兩個塑膠材質的龍蝦保冷箱，但惡臭的龍蝦汁液漏了出來，浸得整部車後半部到處都是。這種味道通常會在圖書節結束後的一個月裡持續不散。

特維格參與討論了哈波・李（Harper Lee）的《守望者》（*Go Set a Watchman*）。根據他對活動的描述，很明顯他根本沒讀過那本書。

到作家休息室吃午餐的客人中，包括了出身於斯特蘭拉爾附近（二十哩外）的BBC記者艾倫・里托（Allan Little），以及文斯・凱布爾（Vince Cable）。見到了文斯的妻子，她謙稱自己是「文斯太太」。

總收入60.399英鎊
38位顧客

九月二十九日，星期二

線上訂單：2
找到的書：1

珍妮塔早上七點過來打掃作家休息室。

伊莎貝下午一點過來作帳，書店則由阿嬤看管。今天上午有位顧客在找零時（收二十英鎊找十七點五英鎊）堅持要拿英國貨幣。當時我正在廚房跟斯圖爾特聊天，阿嬤不明白顧客的意思，於是進來找我，說：「抱歉打擾你們了，店裡有個非常沒禮貌的人。」我跟她一起下樓，翻出一張五英鎊跟十英鎊的英國紙幣找了錢。從我買下書店十四年以來，我收過曼島紙幣、北愛爾蘭紙幣、歐元、英國紙幣，而我存錢的那間銀行從未拒收過任何一種錢幣，不過基於某種理由，在英國買賣時大家都不喜歡蘇格蘭的錢幣——越往南部情況越嚴重。有一次我剛放學，在倫敦要搭公車去一個地方（我忘記是哪裡了）。車資是四十五便士，結果我拿給公車駕駛一張一塊錢蘇格蘭紙幣，他卻拒收。最後我寫了一張支付車資的支票給他。

作家休息室今天相當安靜，但我還是補滿木柴也生了火。

我翻了一下今天圖書節活動的節目單，發現第一個項目是參訪克里頓附近的一座茶園，距離這裡大約十哩，位置在威格頓灣的另一邊。

我有一位常客是留著黑色長捲髮的年輕人。雖然他之前一直都有點像雌雄同體，不過他很明顯是個男人。今天他從頭到尾穿著女裝，還戴了一對滿好看的胸部。

七點半打烊，到犁人參加斯圖爾特·凱利的文學酒吧問答競賽（Literary Pub Quiz），我跟李·藍道爾（Lee Randall）、特維格和安娜一組。我沒幫上忙，所以我們這隊才能得到第二名。

總收入425.47英鎊

42位顧客

九月三十日，星期三

線上訂單：2
找到的書：2

今天妮奇在。冬天一定快到了，因為她穿了件厚外套，還戴了一頂帽子，有點像是毛氈材質。我最喜歡她的這套冬裝——每次我都會說她只需要再加一件皮短褲，就可以當提洛爾的約德爾調歌手了。她很喜歡在圖書節期間來上班，而且一定會跟其中一兩位作家來一場怪異的對話，最後可能還讓對方在離開威格頓時受到極大的驚嚇。船長跟妮奇同時出現。牠非常討厭圖書節，因為家具重新擺放會混淆牠的導航系統，而且每次都會有很多噪音，也有人到處走動。通常牠幾乎都躲在我的臥室，安娜則會把牠的食物移到那裡去。

我十一點才想到要生火，幸虧維特格已經弄好了。

大衛除了替BBC蘇格蘭工作，也跟安．布朗（Anne Brown）一起經營威格頓廣播（Radio Wigtown），而他問我能不能跟他和約翰．希格斯（John Higgs）一起在烈士囚房錄一段訪談。我們錄了差不多二十五分鐘。後來我到作家休息室找點東西吃，結果發現莉茲．洛克海德（Liz Lochhead）坐在火堆旁的一張扶手椅睡覺，大腿上放著一份攤開的報紙。看來她讀著讀著就睡了。我邊吃午餐邊跟歷史學家麥克斯．亞瑟（Max Arthur）聊到在戰爭中使用無人機的倫理準則時，提起了我有一架空拍機。他突然很感興趣，說想要看看，於是我們開車到鹽澤，我就在那裡飛了一會兒。他看起來開心極了。

下午三點，安娜跟我去參加約翰．希格斯的活動，主題是帶大家了解二十世紀，度過了很有趣的一個鐘頭。有人把一本書留在作家休息室了，如果圖書節結束時書還在，我就會拿來讀，不過我猜對許多人來說，參加圖書節的活動就可以取代讀書，而不是當成輔助。

在一年當中最忙碌的時刻，規劃部偏偏決定要派人過來檢查混凝土書螺旋。不過，他們感到非常抱歉，而且看起來對書螺旋很感興趣。

斯圖爾特、特維格、安娜和我在廚房跟賽門．洛與勞拉一起吃晚餐。結束後，大家就開始輪流吟誦自己最喜歡的詩。到了就寢時間，每個人都醉了，周圍出現一種自負的氛圍，這在廚房裡不曾發生，或許在整個鎮上都前所未有。

到了十一點左右，有個年輕嬌小的德國女人出現，問能不能在這裡過夜，而我不知道她來自哪裡或怎麼進來的——一直到現在都是。沒人知道她是誰，不過我還是帶她到店裡的床位，告訴她歡迎她在這裡過夜。

總收入489.83英鎊
37位顧客

十月

十月

> 也是有想要保持機密的顧客。他會躡手躡腳走進來，對你輕聲細語。他會臉紅，四處張望，好像犯了什麼罪似的。或許他只是想買休姆．布朗（Hume Brown）的《蘇格蘭歷史》（*History of Scotland*），但你會以為他是走進警察局自首。你完全拿他沒辦法：你無法讓他輕鬆下來。他會從你手中接過包裹，然後像個帶著歉意的小偷離開。他跟虛張聲勢、直言不諱又大聲說話的人相反。這種人不會聽你說什麼，只會像敲釘子一樣用力把錢拍在櫃檯上。雖然他認為自己很清楚要的是什麼，但他通常並不清楚。不過這沒什麼好擔心的。只要他買了書就是買了，他絕對不會再回來承認自己的錯。
>
> ——奧古斯塔．繆爾，《書商約翰．巴斯特私想錄》

我不想花太多時間用刻板印象分類顧客，所以我要直接這麼做。很遺憾，巴斯特描述的這一類人太常見了。大多數時候，他們會先問你一個問題，然後安靜一段時間等你，可是當你一開口要回答，他們就會開始告訴你為什麼要問那個問題，或者他們會重複問題，不然就是換個方式再問一遍。不管是什麼，可以確定的是只要你一開口就會發生這種情況，而且持續好幾分鐘。有一次一位澳洲女人問我園藝的書在哪裡。我嘗試回答了有十次吧，每一次都被搶話，最後我坐下來開始把書登錄到電腦上，她才終於閉嘴。

正如巴斯特所指出的，這一類人能夠輕易無視自己話中的所有矛盾之處，就算你解釋寫《羅馬帝國衰亡史》（*The Decline and Fall of the Roman Empire*）的是艾德華・吉朋（Edward Gibbon）而非伊夫林・沃（Evelyn Waugh），寫《霍恩布洛爾》（*Hornblower*）系列小說的是C・S・福里斯特（C. S. Forester）而非E・M・佛斯特（E. M. Forster），對方也會大聲說話蓋過你。

付款的行為也各有不同。有些顧客就像巴斯特描述的，會用力把錢放到櫃檯上，像是在展現權力（在我的經驗中只有男人會這麼做），其他顧客則是動作緩慢謹慎到讓人受不了，他們會從皮夾或皮包拿出硬幣，堆在櫃檯上。堆好之後，他們通常會有氣無力地把錢推向你。最後還有一些好像比較不怕肢體接觸的人，他們會把錢塞到你的手心。來自曼徹斯特南邊的顧客通常在找零時會要求拿英國的貨幣。卡倫有一次告訴我，他在英國一間加油站用二十元蘇格蘭紙鈔買香菸，結果櫃檯人員故意把鈔票拿到燈光下檢查浮水印，還不停發出嘖嘖聲。在卡倫收到的零錢之中有一張十元英國紙鈔，於是他也學對方那麼做。

十月一日，星期四

線上訂單：2
找到的書：2

今天是我的四十五歲生日。妮奇在，所以我上樓確保一切順利，到作家休息室生火，然後回床上再睡一個小時當成生日禮物。

每一年我的生日都會遇到圖書節，跟我小時候一樣，每次都是在回到寄宿學校不久後過生日。也許因為如此，所以這一天對我沒什麼重要的。我滿八歲時，已經在寄宿學校住了一個月。只要是小學生過生日，學校都會給一個蛋糕。那種糕點有夠噁心，以現在的標準來看可能還違反了環境衛生法規，不過跟斯威格（Swiggs）先生給我們吃的其他食物比起來（他曾經是監獄的廚師，會在煮稀粥時不停抽菸），那簡直就是神仙美食，大家都會像禿鷹一樣撲上去。

上午十一點，我載著作家休息室的垃圾到紐頓斯圖爾特垃圾場。我在那裡遇到了休．曼恩（Hugh Mann），他是位退休的古董商，跟我認識了好幾年。我們以前常在鄧弗里斯的拍賣會見面。我們莫名其妙聊到了「頹廢藝術家」

（納粹黨的說法）——休認為他發現了一批很重要的畫，不過他很常這樣認為。從垃圾場回來的路上，我到盧斯河跟海裡游泳，藉此紀念又過了一年。通常我會跟安娜和一些朋友這麼做，但出於某種理由（大概是因為我再也不能說自己是四十出頭了），今年我覺得特別悶，所以決定自己去。

兩點鐘的時候，我爸媽帶來一個蛋糕（檸檬蛋白派），附了一根會小聲演奏「生日快樂」旋律的蠟燭，可是音樂一直播個不停，就算我揚言要用鐵鎚砸碎，我媽把它收進袋子裡也一樣。作家兼醫師蓋文．法蘭西斯（會在圖書節演說）親眼目睹了我媽唱「生日快樂」，看著她拿出我的出生名牌、嬰兒鞋和其他一堆令人尷尬的東西。不知為何，我媽對最可怕的劣質品一直很著迷：點燃時會播放「生日快樂」的蠟燭、裝有動作感測器並在你經過時開始唱起「聖誕鈴聲」的聖誕裝飾；只要是會讓我妹跟我感到不安的東西，她似乎都非常喜歡。幾年前的聖誕節，她在她家廁所放了個假的聖誕布丁，只要你準備坐上馬桶，就會突然大聲播放歌曲。想知道圖書節期間被嚇到的訪客人數，只要聽廁所傳來幾次「天哪」的喊叫聲就行了。

過去幾年每當我在生日見到父親，就會想到他在跟我同年紀時達到了什麼成就，而我會這樣的理由大概很明顯吧。他滿四十五歲時，我十六歲，妹妹則是十四歲跟十歲。他結了婚，跟我母親從薩默塞特（Somerset）搬到加洛韋，買了一座農場，後來賺夠了錢讓維琪跟我去寄宿學校。我根本無法拿自己的成就跟他相比。

佩姬、柯琳和斯圖爾特送了我一瓶泰斯卡（Talisker）威士忌，特維格則是送我一瓶日本清酒。卡蘿安和洛莉各為我做了一個生日蛋糕。

七點半打烊。

斯圖爾特的朋友蕾貝卡（Rebecca）和奧莉薇亞（Olivia）八點出現，而斯圖爾特跟洛莉弄了大約十人份的晚餐。兩隻雞和一些蔬菜。差不多有三十個人過來。檸檬蛋白派是要做成布丁，而大家對它的味道意見分歧（吃起來很噁心，不過他們很客氣）。艾略特自己弄了一大塊，然後抱怨了很久，但同時又一直大口大口地吃。

今晚在艾咪的酒吧有一場活動：非正式的說故事之夜「蠓」（The Midge），這是威格頓仿效紐約的活動「飛蛾」（The Moth）。大約三年前，我把我們的倉庫改裝成可以在圖書節使用的客廳／俱樂部。所有東西（家具、圖畫等等）我都是在拍賣會上買的——包括一張愛德華時代的大照片，照片加了鍍金相框，裡面是三個男孩的肖像。「蠓」活動又叫「失物招領」，是讓人講述他們失去東西又找回來的故事。有位女人一直聽到最後，接著舉手發言。她指著那幅愛德華時代的肖像照片說：「我是從柴郡（Cheshire）過來參加圖書節的。那張照片中間的男孩是我叔叔法蘭克。我們大約十年前不小心把那張照片拿去拍賣，後來我就一直在找。」

兩點半就寢，在這之前先讀了二十分鐘的《新懺悔錄》。陶德現在撐過了戰爭，正在柏林拍片。被厄運纏身的他，所拍出的傑作（改編自盧梭的《懺悔錄》）最後成了一部默片，當時的電影正好加入了聲音，而他的作品不出所料失敗了。

總收入308.16英鎊
29位顧客

十月二日，星期五

線上訂單：3
找到的書：3

妮奇以一副令人意外的時髦打扮出現，好像還稍微化了點妝，這表示她在節目單中看到了想要參加的活動，不然就是她想在作家休息室吃午餐時跟某個人交談。我查看了節目單，但想不出會是誰。我認得的只有亞尼斯・帕里奧洛格斯（Yannis Palaiologos）、唐・派特森（Don Paterson）和柯絲蒂・羅根（Kirsty Logan），但我確定都不是。

洛莉和女孩們布置了作家休息室，而今天是自從星期一開張以來較為忙碌的一天。艾略特想要在第二個星期五安排更多活動，因為人們很可能會提早來這裡過週末，那個時候的觀眾人數也通常比較多。

班和貝絲堅持要去游泳，於是我們下午到里格灣跳進了海中。

四點鐘，有位要跟蘇格蘭國家劇院一起參與今晚一場音樂活動的女人問我們有沒有地方可以讓她暖身，於是我帶她去小房間。後來整個下午那裡一直傳出美妙的小提琴旋律。

在作家休息室無意中聽到一對夫婦談話：

她：這酒我們想喝多少都行嗎？

他：對，我們盡量喝吧。

特維格認為這就是大部分作家對免費物品的態度，尤其是食物和酒。

斯圖爾特跟艾略特大約七點離開去參加一場活動，兩個人都是專家小組的成員。他們要討論曼布克獎（Man Booker Prize）的決選名單，十月十三日就要發表了。斯圖爾特幾年前擔任過評審，想必已經讀過決選名單的每一本書，說不定甚至連初選名單的書都讀完了。我從來沒見過讀書像斯圖爾特那麼快的人：他有超強的記憶力，可以在幾個小時裡翻完一本六百頁的書，除了能真的「讀」，還可以完全準確記起書中的任何細節。

下午六點，加洛韋燻製房（Galloway Smokehouse）的人把兩個裝滿龍蝦的大型塑膠保冷箱送到作家休息室。

晚上八點關店。

那位嬌小的德國女人又留下來過夜了。她很友善也很健談，不過到目前為止我們還是完全不知道她為什麼會來這裡。

總收入419.83英鎊

39位顧客

十月三日，星期六

線上訂單：2
找到的書：2

今天是圖書節的倒數第二天，我因為熬夜太多天而感到筋疲力盡。我上午九點開店，不久後妮奇就漫步進來，顯得氣色很好。

由於天氣很好，所以阿嬤想借腳踏車去探索一番。她十點出發，跟我說下午會很晚回來。五分鐘後她又出現：鏈條脫落了。「噢抱歉，我弄壞了腳踏車。」我修好以後，她再次出發。

芬恩的弟弟羅伯（Rob）和他太太莎莉（Sally）今天上午跟本地人羅伊・華特（Roy Walter）有一場活動，要談的是鄉村行動主義。他們三個都曾發起運動，成功對抗想強迫將他們土地改造成其他用途的大型組織：羅伯和莎莉在澳洲的農場差一點成為露天煤礦，羅伊則是阻止了打算在威格頓灣開設的離岸風電場。他們後來都到作家休息室吃龍蝦和沙拉。

艾利克斯・薩蒙德（Alex Salmond）今天在圖書節演講。我在作家休息室看見他，可是沒機會打招呼。他從書店走向大帳篷要去演說時，後方聚集了一大群人。妮奇看著窗外，發表她的意見：「呃，看起來你會以為是Jay Z來了，而不是那個小個子笨蛋。」

今晚有一年一度的圖書節凱利舞會。我穿上我的蘇格蘭裙，不過因為我這三個月來體重減輕很多，所以它一直掉下來，讓主辦WTF（圖書節期間針對年輕人舉辦的威格頓節慶）的希芳（Siobhan）覺得很有趣。只要一有機會，她就會抓住裙子用盡力氣往下扯。活動的重點變成我要盡量跟她保持距離越遠越好。跟阿嬤和洛莉一起跳舞，也（很勉強）跟希芳跳了。

後來，所有的人（包括希芳和她父母）都回到作家休息室，繼續待到深夜。

三點就寢。

總收入519.50英鎊

49位顧客

十月四日，星期日

線上訂單：2
找到的書：2

上午九點開店，發現季風資料庫掛了。

科斯蒂・沃克（Kirsty Wark）和她的作品發行人麗莎（Lisa）午餐時間到作家休息室。她們要去杜恩湖（Loch Doon），那是科斯蒂新書的主題。杜恩湖是位於艾爾郡的一座水庫，在中央曾有一座充滿傳奇與歷史的城堡。在將水引入之前，水力發電技術人員被迫一磚一瓦把城堡移到產生湖岸之後的新地點，而且要重新建造得跟先前一模一樣。

在艾咪酒吧那場活動從肖像中認出叔叔的費歐娜（Fiona）下午兩點出現，想要向我買下那幅照片。我記得當初付的錢很少，再說她比我更應該擁有它，所以我告訴她可以免費帶走。我把照片交給她時，她的眼眶含著淚水。

今天作家休息室的訪客包括了珍妮絲・加洛韋（Janice Galloway）和麥特・海格（Matt Haig）。麥克斯・亞瑟下午四點過來道別，然後就要回倫敦去了。

我把作家休息室的垃圾袋拿下樓要去丟垃圾桶時從一位顧客旁邊經過，對方是位年輕女子，原本在瀏覽手工藝區的書，後來一直盯著最上面的樓梯平臺看。她攔住我，問那裡有沒有人。我很肯定地告訴她那裡沒有人。我剛在那裡待了五分鐘，沒人上去過。她很確定看見了一個穿著黑色衣褲的人影無聲地從平臺一端走到另一端。

下午六點打烊。圖書節結束了。

洛莉跟我把所有家具擺進大房間，艾略特卻若無其事地一邊看著一邊喝白酒。後來我們看了一部伍迪．艾倫（Woody Allen）的電影。大約過了十分鐘後，我注意到幾乎所有人都睡著了，再過十分鐘，我也睡著了。

總收入457.78英鎊
40位顧客

十月五日，星期一

線上訂單：0

找到的書：0

阿嬤開店，所以我一直睡到十點半，然後起床跟斯圖爾特道別，他十一點離開，接著是特維格在中午離開，而我在書店外跟他道別時，注意到我的沙發放在人行道上：艾略特之前說要在圖書節期間借用，擺在一個叫「客廳」（The Living Room）的會場。一定是拆除大帳篷的人把它丟在那裡。特維格幫我一起把沙發搬上樓。

他走了以後，我載著作家休息室在週末累積的十八袋垃圾去垃圾場，而車上跟平常一樣，瀰漫著龍蝦殼的臭氣，噁心的汁液也滴得到處都是。

廣場的大帳篷在下午兩點拆除，在原本的位置留下一片發黃的草地。今天剩下的時間我幾乎都在把圖書節期間暫放於小房間的東西搬回大房間，例如電視、腳凳等。

打烊之後，阿嬤自製了披薩要給實習生吃，接著我們開始整理房子，算是恢復了原狀。艾略特和伊芳（Yvonne）也過來吃披薩，晚餐過後，他們在廚房大吵了起來，於是實習生、阿嬤和我留下他們，帶著一瓶酒躲進小房間。

兩點上床睡覺。

總收入76.30英鎊
5位顧客

十月六日，星期二

線上訂單：3
找到的書：2

卡倫已經完成小屋的工程，所以他今天過來要在冬天之前替新鍋爐打造一片屋頂。卡蘿安似乎相當喜歡小屋，還問能不能在那裡待久一點。

午餐過後，有對年輕男女帶來一箱書，主要是淘氣威廉（Just William）、詹寧斯（Jennings）和伊妮德·布萊頓（Enid Blyton）系列的平裝書——全部都很好賣——我總共給了他們二十英鎊。

有位義大利顧客在夏天來過這裡，還發現一套三本裝的《格拉斯哥地理》（*Glasgow Geography*），而他今天打電話來訂。幸好阿嬤接了電話，讓他可以用義大利語訂書。

吃晚餐時，阿嬤跟我討論夏天工作結束後回義大利的事。她不想回去。

總收入106.98英鎊
5位顧客

十月七日，星期三

線上訂單：1
找到的書：1

我晚了十分鐘開店，結果發現鼴鼠人從前門的玻璃窗望進來，還用一隻手替眼睛遮住光線想看清楚裡面。顯然他並沒有看到我接近，所以我開門時他突然失去支撐，差點就一頭摔在地上。他迅速經過我身邊，進入店裡洞穴般的深處。

阿嬤十點出現，然後我就上樓繼續圖書節的後續清理工作。從圖書節結束到目前為止，我已經在屋裡不同地方找到了九條電腦和手機用的電源線，這可以彌補（一部分）艾略特一整年來不小心弄丟的數量。

我下樓讓阿嬤去午休時，鼴鼠人正抱著一堆書小跑步從前門離開。阿嬤問我：「這個人為什麼從來不說話啊？」

總收入171.48英鎊
7位顧客

十月八日，星期四

線上訂單：3
找到的書：3

上午九點開店。

卡倫十一點過來。幾乎一整天，店裡都充斥著鑽孔、敲打、碰撞的回音。

我讓阿嬤看店，自己到蒸汽班輪吃午餐，然後去克拉格頓（Cruggleton）和里格灣散步。

總收入180英鎊
10位顧客

十月九日，星期五

線上訂單：2
找到的書：0

今天妮奇在。早上我打開書店前門時，她正站在門口刷牙。原來她在車上就開始刷牙，以為來得及到浴室弄好，結果發現我把鑰匙留在室內，所以她進不來。在我出現之前，她已經在那裡待了好一陣子。

班和貝絲十一點過來道別。圖書節過後，他們就到斯特蘭拉爾附近的阿德威爾（Ardwell）一間度假小屋休息，看起來過得很開心。我們在廚房喝茶聊天時，圖書節辦公室的伊芳進來問我租用小屋的事。班和貝絲離開後，她花了半個鐘頭談她的工作，但老實說我不知道她想表達什麼。她一直重複，也會說這種話：「我想說的是，我猜，呃，你也知道的，我不太確定。」她在威格頓似乎不太開心。

總收入330.60英鎊
17位顧客

十月十日，星期六

線上訂單：2
找到的書：2

今天妮奇開店。現在大家都走了，圖書節也已經結束，鎮上好像又變得一片死寂。這並不是我一年之中最喜歡的時刻。

在我把擱板桌搬回地下室時，妮奇提醒了我某年我從eBay上買了一張很大的榆木桌。幾年前，我覺得作家休息室的塑膠擱板桌太俗氣，所以找了一張愛德華時代的桌子，有十呎長，價格一百英鎊，感覺好像很划算。圖書節剛開始時，我在作家休息室向一位來訪的講者菲利浦·阿德（Philip Ardagh）提起這件事，還得意地誇耀說我只花了一百英鎊。不幸的是他在圖書節晚宴（Festival Dinner）擔任客座講者，而大家用餐到一半時，桌子就垮了。洛莉到快閃酒吧叫我過去修理，而在我用螺絲固定桌子時，菲利浦·阿德坐到沙發上，雙手抱在胸前，用得意的語氣引用我們之前的對話：「在eBay上花了一百英鎊。划算啊。」

總收入239.80英鎊
20位顧客

十月十二日，星期一

線上訂單：3
找到的書：3

燕子開始遷徙到非洲過冬。

吃晚餐時，阿嬤跟我聊起了她的生活。她告訴我她很討厭在熱那亞

（Genoa）的學校，因為戴著厚眼鏡頭腦又好的她相當內向，朋友也不多，所以受到很嚴重的霸凌，於是就讓自己躲進書本的世界中。她到杜林（Turin）念大學時，本來也以為情況差不多，卻驚訝地發現她非但沒因為自己的不同遭到迫害，反而很受歡迎，有了一大群忠實的朋友。我們說好她下個星期回義大利。看得出她對這件事很煩惱，不過她沒辦法一直留在這裡，我也沒辦法付她薪水。她在威格頓適應得很好，大概是因為這裡跟當初在學校被欺負的她一樣古怪。從肉販到在慈善商店工作的退休婦女，所有的人都認識她，而她對鎮上的感覺是「每一個人都超好」。

總收入170.45英鎊
16位顧客

十月十三日，星期二

線上訂單：1
找到的書：1

阿嬤開店；我一直睡到十點。我在圖書節結束後需要的恢復時間一年比一年更長了。我下樓時，阿嬤說我：「打呼非常啊大聲。我聽過最大聲的，就像隻肥豬。」

陽光普照的一天。這裡已經快一個月沒下過半滴雨了。

我下樓後在店門口看見阿嬤。她連續抽了三根菸——「噢，一次抽少於三根菸就沒有意義了」。

晚上跟阿嬤一起做背部運動，也跟往常一樣喝了琴通寧。由於她一直抱怨，所以我必須調得越來越濃。現在的比例已經是50:50了。

今天有項新聞是水石書店宣布他們店裡再也不賣亞馬遜的Kindle了。「恩德斯公司（Enders）分析師道格拉斯・麥卡比（Douglas McCabe）表示水石書店不在店內販售Kindle裝置一事『並不意外』。他認為『電子書閱讀器也許會成為其中一個短命的消費電子類別』。」我希望他是對的。

總收入172.94英鎊

13位顧客

十月十四日，星期三

線上訂單：1
找到的書：1

兩位顧客帶書過來，一位上午一位下午，他們的書就放在後車廂沒裝起來，全都是垃圾。

下午兩點一位顧客進來，問我們店裡怎麼不像以前提供免費咖啡了。我六年前就處理掉那臺咖啡機了。我買下書店那時候，前任老闆約翰留下一臺附有加熱板的滴漏式咖啡機，讓顧客可以自己倒免費咖啡。我繼續用了幾年，但後來已經不想再每天清理機器，研磨咖啡的花費也很可觀，而且希爾林（Shearings）旅行團的遊客會很貪心地喝光，還會抱怨我們用完牛奶，所以最後我就把機器處理掉了。這件事沒什麼人注意到，而且提供免費咖啡讓我有種罪惡感，畢竟鎮上還有其他人是靠賣茶和咖啡為生的。

總收入223.50英鎊
24位顧客

十月十五日，星期四

線上訂單：1
找到的書：0

又是阿嬤開店。

在圖書節辦公室工作的珍（Jane）帶來兩本佳士得（Christie's）的目錄，內容是在鄧弗里斯拍賣會上拍賣的物品。我向她出價七十五英鎊。她告訴我目錄是她母親的，而她得先跟她確認。

店裡好像比往年的這個時候更忙，不過部分原因可能是蘇格蘭的學校放了兩個星期的假。這段長假（比英國學校放得更久）在我小時候又叫「馬鈴薯假日」（Tatty holiday），起初根本就不是假日，而是傳統上採收馬鈴薯的時刻；機械化之前，馬鈴薯是人工採收的，而每一個人都要到田裡工作，包括孩童。後來官方取的無聊名稱獲得了勝利，所以現在它又稱為「十月假期」（October holiday）。

總收入281.99英鎊

22位顧客

十月十六日，星期五

線上訂單：1
找到的書：1

妮奇的美食星期五饗宴混合了各種壓扁的印度食物。她在覓食的時候似乎特別喜歡找這些。這次的東西跟往常一樣毫無吸引人之處，除了她在過來的路上沒有邊舔邊吃這件事以外。

下午我開車跟阿嬤到鄧弗里斯某個住宅區的一間平房看書。阿嬤一直在抱怨她想多參與買書的行程，也想要一起來，所以午餐過後我就把店裡交給妮奇，跟阿嬤一起上路。

我以前到這戶人家買過書，而賣書的人非常友善：他好心地給我們一人一杯茶，還拿來一盤餅乾。書的題材主要跟高爾夫有關，其實都很普通，不過我還是用五十英鎊向他買了兩箱的量。我載阿嬤到車站，讓她搭公車回威格頓，而我則繼續開往愛丁堡，因為我明天得參加一場婚禮，所以要去住我妹露露家。

總收入131英鎊
11位顧客

十月十七日，星期六

線上訂單：1
找到的書：1

在愛丁堡過了一天。

總收入160.49英鎊
19位顧客

十月十九日，星期一

線上訂單：1
找到的書：1

昨晚六點從愛丁堡回到家，發現昨天阿嬤整理了書店前面的部分。那裡已經好幾年沒這麼整齊了——事實上，大概從妮奇開始在店裡工作以來就沒有。說不定我找到了一種平衡的方式：妮奇弄亂這個地方，阿嬤會跟在她後面整理好。

今天的訂單是鄧弗里斯拍賣會的佳士得目錄，原來妮奇不知道我還在等珍的母親接受出價，星期六就以四十五英鎊的價格把目錄放到網路上賣了。我寫電子郵件向購買者說明情況，對方非常體諒。

總收入136.48英鎊
12位顧客

十月十九日，星期二

線上訂單：0
找到的書：0

下午兩點，唐娜（Donna）突然進來店裡說我之前安排好一點半要到她家看她丈夫的書；她丈夫是那位過世的全科醫師，也當過我們的家庭醫師好幾年。我完全忘了這件事，於是向她道歉，然後跳上車開過去。藏書主要都是鐵道書籍，這種主題在店裡一向賣得很好，所以我給了她一五〇英鎊買下。

阿嬤整天都在包裝隨機閱讀俱樂部這個月要寄出的書。

總收入84.48英鎊
9位顧客

十月二十日，星期三

線上訂單：1
找到的書：0

阿嬤下樓要開店時發現考古學區有一隻蝙蝠。牠倒掛在一本書下方，名稱叫《挖掘歷史》（*Digging for History*）。我在臉書上張貼了一張牠的照片，結果住在本地的一位朋友席娜（Sheena）傳訊息給我，叫我把牠放進鞋盒，之後她會過來拿。我照著做，可是沒注意到盒子有個小洞，而蝙蝠就從那裡逃了出去，飛到客廳的線腳上。在席娜過來之前，我想最好還是讓牠留在那裡。

來自柯金納的牧師傑夫十點出現，看起來有點疲憊。他的腳踏車停在書店外。他問阿嬤店裡有沒有新的神學書。她一臉茫然看著他，而在接下來的對話中，兩個人很明顯都完全聽不懂彼此在說什麼。這讓我想起了阿嬤來這裡生活的第一個月。

一位來自道格拉斯堡的女人帶了四箱書，主要都是自傳，不過其中有一本附了漂亮插圖的《天方夜譚》（*Arbian Nights*）。給了她六十英鎊。沒過多久，來自柯庫布里（Kirkcudbright）的一對男女帶了一批書，大部分都跟尼斯湖水怪有關。她非常傲慢，還堅持要告訴我每一本書是在哪裡買的，在我查看時也講了一連串又臭又長的相關故事。最後我建議他們去散步，這樣才好查看那些我不熟悉的書有多少價值。幸好他們去了。我發現一些有趣的題材，於是在他們散步回來時提出以一三〇英鎊買下二十本書左右，而她看起來很高興地接受了。

席娜差不多七點過來，從線腳上抓到蝙蝠帶回家。

跟阿嬤聊到很晚。今天是她在店裡的最後一天。明天我要載她去機場。她是位非常棒的幫手，我對她要離開也覺得很難過，但是一直留在這裡對她並不好，而且我也想要找回自己的隱私。她打包時，我問她記不記得帶護照，結果她回答：「護照？我從來就沒有護照。」進一步了解後，原來她很常旅行，但一直都是在歐盟的範圍內，而她只需要使用義大利身分證。一九七〇年出生的我，幾乎無法理解不用護照就能在國際間旅行這種事。

兩點就寢。

總收入131.99英鎊

14位顧客

十月二十二日，星期四

線上訂單：2
找到的書：0

醒來時發現船長住進了我的洗衣籃，頭從裡面伸出來。

今天妮奇在，所以我請她查看昨天我買的尼斯湖水怪那批書，把有價值的刊登到網路上。

開車載莎莉（過去十天負責經營開放書店的女人）和阿嬤去愛丁堡。我在機場含淚向阿嬤道別時，她給了我一本書當作臨別贈禮。是米哈伊爾．布爾加科夫（Mikhail Bulgakov）的《大師與瑪格麗特》（*The Master and Margarita*）。雖然我的文學知識之中有許多寬大的鴻溝，但俄國文學對我而言不只是鴻溝，簡直算是深淵了。

六點半到家。

總收入96.50英鎊
11位顧客

十月二十三日，星期五

線上訂單：3
找到的書：3

妮奇遲到了二十分鐘：「抱歉我晚到了，有一輛牽引機在我家附近撞到我的後照鏡，結果我花了二十分鐘才追上對方。」她花了二十分鐘才追上牽引機，這並不讓人意外：她開車就像個近視的八旬老人。

有一筆訂單是妮奇昨天刊登那批尼斯湖水怪書籍的其中一本。書以七十英鎊售出。

總收入173英鎊
8位顧客

十月二十四日，星期六

線上訂單：3
找到的書：2

我在整理平裝小說書區時，看到那些書就覺得自己相當無知，於是開始把注意力放在我讀過的書上：伊恩・班克斯（Iain Banks）的《捕蜂器》（*The Wasp Factory*）；傑洛德・杜瑞爾（Gerald Durrell）和伊恩・佛萊明的幾本書；尼克・宏比（Nick Hornby）的《失戀排行榜》（*High Fidelity*）；約翰・厄文（John Irving）的《一路上有你》（*A Prayer for Owen Meany*）；霍華・傑可布森（Howard Jacobson）的《高手沃爾澤》（*The Mighty Walzer*）；加布列・賈西亞・馬奎斯（Gabriel García Márquez）的《愛在瘟疫蔓延時》（*Love in a Time of Cholera*）；另外還有其他我完全忘記自己讀過的書。

大房間的沙發上有一頂褐色毛氈帽，從圖書節到現在一直在那裡。我猜是妮奇那頂提洛爾的約德爾調歌手帽，不過一直忘記要問她。

總收入143.50英鎊

14位顧客

十月二十六日，星期一

線上訂單：4
找到的書：4

今天上午黛西（Daisy）意外造訪，她是《每日電訊報》（*Daily Telegraphy*）的記者，兩年前做過圖書節的報導，當時他們是我們的媒體贊助商。她帶了家人過來：他們要在波特派特里克附近度假。現在她的工作是劇評人。

一個小孩從書店上樓樓梯頂部的隔欄底下鑽過去上廁所——我泡好茶走出廚房時，看見他想偷溜出去不讓人發現。他從隔欄下方滑過去跑掉了。我不清楚他怎麼會知道哪裡是哪裡。

另一個小孩找到一本未標價的書，告訴他姊姊說這就是我們「讓人買東西的陷阱」，因為這樣他們就必須來櫃檯詢問價格。有個男人（我猜是那些小孩的父親）問：「這裡叫『書店』是因為擺滿了書嗎？」這些人是怎麼存活的？

席娜打電話來說那隻蝙蝠很好，已經放回野外，不過大概會被船長吃掉吧。

總收入333.99英鎊
30位顧客

十月二十七日，星期二

線上訂單：4
找到的書：2

卡倫又過來了。

十月二十八日，星期三

線上訂單：1
找到的書：1

今天早上的來電：

來電者：呃，我是從英國斯肯索普（Scunthorpe）打來的。我在找一本書，故事跟我爺爺有關。他是位有名的足球前鋒。

我：好，你可以告訴我那本書叫什麼嗎？

來電者：呃？不行，我不知道叫什麼。不過我知道他叫什麼。

我：好吧，所以你是要我去讀店裡的每一本書，找到有他名字的那一本？

來電者：呃，你人真好。

一位老太太和她女兒帶來三箱很普通的書，但其中有一本近全新的《威格頓郡農場主與飼養人》（*Wigtownshire Agriculturalists and Breeders*）。這是非常稀有的本地相關書籍，而我認識一位買家，只要我進了這本書就會被搶購走，所以我給了她六十五英鎊買下所有的書。

總收入274.42英鎊
24位顧客

十月二十九日，星期四

線上訂單：0
找到的書：0

我終於把「Kindle去死」馬克杯弄到亞馬遜網站上販售了。我很好奇這多久就會被移除。

我在標價時，發現一本叫《藏書票集錦》（*A Treasury of Bookplates*）的書。在我買下書店不久後，有一次我到蒙羅斯（Montrose）去看一位攝影師的藏書。我拿起一本關於製造萊卡鏡頭的書查看時，攝影師從他的眼鏡上方看著我，說：「各行各業都有其色情之處。」對我來說，這本關於藏書票的書就是書商的淫穢之物。現在它被放進我的收藏了。

卡蘿安還住在小屋。今天上午她告訴我，因為我把花園的門鎖起來了，所以她昨天早上沒辦法上班，還得去找個梯子，靠在牆邊，然後爬上去翻牆。

總收入181.38英鎊

24位顧客

十月三十日，星期五

線上訂單：1

找到的書：1

今天妮奇在。幸好她沒帶來莫里森超市廢料桶的美食。

有位女人和她母親讀了安娜的書，想要到鎮上親自看看，所以也來了店裡。

傍晚打烊之後，我六點二十分到巴希爾（Barrhill）火車站去接一位今年的實習生琳西（Lindsey）。她要回來這裡過週末，找人聚一聚。回來後到酒吧跟瑪姬（開放書店的租客）不期而遇，他們正在跟鋸木廠的柯琳和其他幾位常客開心聊天。我發現卡倫跟幾個朋友坐在一桌，於是我們過去跟他們一起坐。

總收入168.49英鎊
15位顧客

十月三十一日，星期六

線上訂單：1
找到的書：1

妮奇抵達時一樣心情很愉快，而且也一如往常又稍微遲到了些。

書店的Facebook收到電子郵件：

山姆
10月30日 14:57
早安書店！我的名字叫山姆，是費城的一位出版作家，我很想見見你們，說不定再辦些活動！我好愛你們的店！我有些首次出版的詩集，名稱叫23，希望有這個榮幸可以給你們幾本，讓你們看一看！說不定還可以拿給你們的顧客！另外我也想捐款給你們表示支持，就像本地藝術家支持本地商家那樣。感謝撥冗閱讀！

書店
10月31日 12:43
山姆你好，感謝來信。不太確定你指的「本地」是什麼意思——我們在蘇格蘭。

山姆
11月2日 01:42
嘿！我在哪裡就是哪裡的本地藝術家！

母親帶著我遲來的生日禮物：一幅船長的畫，作者是美國科羅拉多州的珍（Jean），已經八十多歲，是她的癮君子朋友。那是件怪異的立體派作品。珍和她丈夫以前常到我父母農場的度假小屋住。他們是好朋友，一直保持著聯繫。幾年前珍開始患有非常嚴重的關節炎。她經常寫電子郵件給我母親，大肆抱怨關節炎有多痛苦，直到某天她拿到了醫用大麻的處方箋。從此以後她就再也不管健康效益之外的事，直接把那當成娛樂用藥了。一開始，我那位反毒的母親還覺得很困惑，不過最近她卻開始覺得珍的信件內容非常有趣。去年聖誕節，珍本來要在她位於照顧住宅的公寓裡擺上裝飾聖誕樹的彩色小燈。她從壁櫥拿出小燈，決定在擺到樹上之前先測試一下（小燈還在紙箱裡）。她打開燈，抽了根菸，覺得在褐色紙箱的燈光看起來很漂亮，於是就決定把小燈留在那裡。就我所知，小燈還在原位。

總收入104英鎊
12位顧客

十一月

十一月

顧客可能會很在意價格。當你告訴他們一本書的售價，有些人會揚起眉毛；其他人則會噘起嘴唇。這兩種人都是想溫和地表達只要少個一兩先令，他們就會買下那本書。有些人會透過他們的眼睛滿懷希望看著你；有些人會直接搖頭。這些傢伙會說我們各退一步吧。其他人根本懶得那麼做。當你說一本書要價七先令六便士，他們會大聲對你說「五先令」。對這種人，我會回答很抱歉，我無權降價賣這本書。「那就留著吧，」他說。我就把書留著了。不討價還價，這是龐弗斯頓先生的規矩。「這是一間書店，」他說：「不是阿拉伯的市集。」我知道他會為一位老顧客降價，不過要是顧客先嘗試殺價，他就絕對不會答應。如果有顧客想要砍價，他就會立刻闔起那本書收回架上。龐弗斯頓先生認為，要是你願意降價，很快就會傳言四起，說你一開始就定價太高。他的看法很有道理。

——奧古斯塔．繆爾，《書商約翰．巴斯特私想錄》

在你的行業中，如果人們覺得自己有資格討價還價，只想把你的價格殺到見骨，那麼你的怨氣一定寫都寫不完。這種不斷折磨人的情況是二手買賣中的日常，而正如龐弗斯頓先生所暗示的，許多人都相信你在決定價格時一定把講價的空間納入了考量。我們並沒有，而我也不認為會有多少商家這麼做。看到一本書，就要記得自己之前花了多少錢買下，然後據此定價。顧客不會嘗試在加油站議價，也不會在讓老闆和股東賺了數百萬（甚至數十億）的超級市場殺價，不過向掙扎謀生的小企業壓榨利潤卻好像是可以接受的事，尤其現在大家都心知肚明我們要對抗的是誰。通常我會像龐弗斯頓先生那樣，如果顧客不要求，我就會更願意提供折扣。要是他們真的問了——而且是客氣地問——我可能會在一大筆交易中降價，但要是對方要求折扣，那幾乎是不可能的。我很想開始用他的阿拉伯市集比喻來反擊這種情況，就像我很想在接電話時引用桃樂絲．帕克（Dorothy Parker）的「這又是在搞什麼鬼？」

蘇格蘭人以吝嗇出名，這點真奇怪。在我的經驗中，蘇格蘭人可是慷慨得很，而且我還真不記得上次有蘇格蘭人因為一本書跟我討價還價是什麼時候了。美國人也是，他們通常不會對我們定的價格有意見。在線上銷售盛行之前，二手書業有個不成文的規定，就是在販售給其他書商時一定會給百分之十的同業折扣（不過愛爾蘭的書商每次都會要求百分之二十）。這種折扣看起來少得可笑，不過現在就連非業內的顧客都想要更高的優惠。

十一月一日，星期一

線上訂單：3
找到的書：3

今天我一個人看店，所以我決定讀伊曼紐拉送我的《死亡間歇》（*Death at Intervals*），這是《盲目》（*Blindness*）作者喬賽·薩拉馬戈（José Saramag）寫的另一本書。我坐在火堆旁沉浸其中。

下午兩點左右去泡了一杯茶，回來時發現船長占據了我在火堆旁的座位。

英國電信（BT）來電討論電話簿廣告的事，這就像書店一樣已經變成過去式了，因為現在大家的聯絡人都在手機裡，而且隨時都能存取網路上的資訊。過去幾年我都會在電話簿上登廣告，價格是四二五英鎊。今天我跟對方說我不想再登廣告了，而他問可不可以再回電給我。他五分鐘後打來，價格降到了二五〇英鎊。我不甘願地答應了。結果現在我開始後悔自己的決定了。

總收入65.50英鎊
8位顧客

十一月二日，星期二

線上訂單：1
找到的書：1

今天上午一家澳洲雜誌寄來電子郵件，想要店裡的照片，也想知道一些趣事，而我都回覆了。

又開車到蓋爾斯頓向同一戶人家買書。這批書中有一本很棒的《愛丁堡重遊》（*Edinburgh Revisited*），作者是詹姆斯．博恩（James Bone），另外還有一套四冊的伯恩斯作品。總共不到一箱，給了她六十五英鎊。

晚餐煮了鮮魚濃湯。

總收入361.50英鎊
12位顧客

十一月三日，星期三

線上訂單：4
找到的書：4

妮奇在。

有吉隆坡的訂單，另外一筆則是情色區的一本書，地址在伊朗。

一個老人從幽默文類區拿了四本近全新的平裝書到櫃檯——有一本定價一英鎊，有兩本是二英鎊，另外一本則是一點五英鎊——他說：「你真的以為我會付那麼多錢買這些書？」他兩手空空離開了。

妮奇找到一本法語常用語的書（一九六〇年重印本）。如果你需要用到以下的句子，我還真不清楚你規劃的是哪種假期：

你被要求別在服務期間到處遊蕩。
洋蔥不合我的胃口（不過安娜的父親一定會覺得這句很實用：他討厭洋蔥）。
飯菜很清淡。

我掉進海裡了。
男孩溺死了。
我被警方通緝了。
他自殺了。
天氣糟透了。

後來，妮奇跟我說她不要在這裡工作了。她在一家養老院應徵了一份工作——「反正我大部分的朋友都住在那裡」——而且她覺得她不認同我的生活方式。我想最主要的問題是她認為我跟安娜分手是個錯誤，而她非常喜歡安娜。

總收入119英鎊
9位顧客

十一月四日，星期四

線上訂單：2
找到的書：2

晚了一點開店，天氣又冷又濕。

本地農夫桑迪．麥克里斯（Sandy McCreath）來店裡。他花了一個小時跟我談他的閱讀障礙。他想要在農業社群裡拍一部關於閱讀障礙的紀錄片；雖然他很明顯非常了解這種症狀，但對紀錄片的安排卻幾乎一無所知。我不覺得他會懂。我建議他找蘇格蘭閱讀障礙組織（Dyslexia Scotland）談——「噢，我不行。我跟他們鬧翻了。」

卡倫過來了，因為他很擔心屋頂的雨水會流進新鍋爐的煙道，儘管擴建的部分就是要保護那個地方。我們花了一個鐘頭一起修補。

伊莎貝過來作帳。

總收入40.50英鎊
5位顧客

十一月六日，星期五

線上訂單：2
找到的書：2

開車到亞伯丁（Aberdeen），明天要去看一批書。阿嬤傳來簡訊：「抱歉打擾你了，不過今天早上我在整理面容的時候，我養的貓柔伊（Zoe）咬了我的腳踝。」

總收入42.50英鎊
4位顧客

十一月七日，星期六

線上訂單：2
找到的書：2

開車回家，途中去了位於羅斯蒙特（Rosemount）的一戶人家。中年女人過世的丈夫對歷史很有興趣，其中有幾本斯伯丁俱樂部（Spalding Club）的書。給了她三百英鎊買下五箱書。下午四點半回到家。

斯伯丁俱樂部建立於一八三九年，是以十七世紀的歷史學家約翰・斯伯丁（John Spalding）命名。這個組織會出版書籍，時間主要是在十九世紀後半期，題材大部分都是關於亞伯丁郡（Aberdeenshire）的歷史與考古學。那些書很好認，大多數都是同樣的尺寸（大八開），並以橄欖綠色的硬麻布裝訂。他們的書通常都是限量版，賣價一般落在二十至六十英鎊之間，取決於書名。這種書幾乎都賣得很慢，不過製作的品質非常好，而且是高水準的學術作品。在網路上應該賣得出去。

讀完了《死亡間歇》。跟《盲目》比較起來，我覺得這本很難讀。雖然設定一個國家中的人不再死亡這個構想很高明，但比起《盲目》，這本的寫作手法似乎比較冗長，步調也慢了很多。

總收入106.43英鎊

8位顧客

十一月九日，星期一

線上訂單：6
找到的書：6

上午十一點，有個女人帶著自己的一本書到櫃檯，說：「我爺爺給了我這本書，懂嗎。他在非洲當傳教士，懂嗎。他留給我這本書。我不記得那女人是誰了，不過故事是關於這個當傳教士的女人，而且其中一頁有她的照片，懂嗎。應該是在那裡，因為照片有點像長橢圓形，懂嗎。你對這種東西有興趣嗎？」

沒有。

潮濕又難受的天氣。

晚餐後我生了火，開始讀《大師與瑪格麗特》。

總收入20.50英鎊
3位顧客

十一月十日，星期二

線上訂單：5
找到的書：5

今天風大又下雨，上午我就找到了所有訂單的書。

兩位顧客帶來一批不錯的現代平裝小說，我給了他們五十英鎊。這些題材很適合隨機閱讀俱樂部。

十一點，有個女人到櫃檯，說她老闆在圖書節期間到過作家休息室，忘記帶走一頂褐色的毛氈帽。我把帽子還給她，本來我以為那是妮奇的約德爾調歌手帽。

吃完午餐後，我開車到鄧弗里斯附近的格倫卡普爾（Glencaple），要去看一批書。又是一位寡婦要賣亡夫的書，而這大概是我今年看過最棒的一批書：每本書都跟全新的一樣，題材有舊有新，很多跟釣魚和打獵有關（包括大約十來本ＢＢ的作品），而且我從來沒見過這麼多伊恩．奈爾（Ian Nialls）的書，另外還有一本早期印刷的《寇培柏草藥大全》（*Culpeper's Herbal*）——只有介紹結構的第二冊。她的丈夫曾是外科醫生，擁有很多特別的醫學傳記，印刷的數量（我希望）不多，因此現在應該很稀少也很有價值。我給她七百英鎊買了十箱書。

艾略特四點傳簡訊給我，問明天可不可以過來住，但沒說要待多久。

總收入135.49英鎊
9位顧客

十一月十一日，星期三

線上訂單：1
找到的書：1

我開店。下雨，天氣很差，於是我點起店裡的爐火。

ABE上午十一點來電。結果是一位顧客收到我們的書之後對書況不滿意。顧客花了七英鎊，而我們要把書寄到美國，在郵資方面虧損了。我檢查電子郵件，找到他寄來的一封信（但我沒回覆）：

親愛的書店：

你們最近寄給我一本《蘇格蘭城堡重建爭議》，出貨單上的訂單編號是1018952。

我記得ＡＢＥ網站上對這本書刊登的描述是書況非常好，而你們的出貨單上也重複了這個說法。

在封底下面幾吋的地方有一些皺褶，而這些皺褶後方的五、六頁全都有水痕，雖然痕跡越來越輕微，但緊鄰封底那頁的損傷特別嚴重，而封底背面的那層材質還有一小塊滲到了前一頁上。

封面和封底邊緣的塑料層都開始剝落了，而且在書脊那側的頁面邊緣有大約兩吋的污漬，雖然距離很短，但看起來還是很明顯。

這些損傷都不是在運送過程中發生的，因為包裝完全沒有破壞。

我知道我過了幾個星期才聯絡你們，但我偶爾才能使用網路，而且我也花了些時間想在ＡＢＥ的網站上針對這筆訂單留下負評，結果卻沒辦法這麼做，所以我很快就會聯絡ＡＢＥ告知這件事。

我充其量只會說這本書的書況是一般，絕對不是「非常好」。

謝謝。

艾倫

他的第一反應是留負評而不是試著找我解決問題，這真令人沮喪。

艾略特三點出現。他的鞋子七點出現在廚房的地板上。

五點半到老銀行書店（The Old Bank）參加AWB會議。這次我記得了，畢竟我可是祕書。

總收入77.50英鎊
6位顧客

十一月十二日，星期四

線上訂單：5
找到的書：4

狂風暴雨——原來我們這裡有一場大西洋風暴。

我決定要替書店拍一支聖誕影片，風格就參考約翰路易斯百貨（John Lewis）的聖誕廣告。我想要改編〈聖誕節前夕〉（Twas the night before

Christmas）。

四點時有個倫敦東區的男人進來，買了三本伯納德．康威爾（Bernard Cornwell）的書。他告訴我等他讀完那些，就看完了康威爾的所有作品。我建議他接下來可以試試派翠克．歐布萊恩（Patrick O'Brian）的書。

艾略特七點在沙發上睡著，而我讀了《大師與瑪格麗特》。阿嬤說我會很愛這本書，如果光以前一百頁來判斷，那麼她說的實在太保守了。我簡直看傻了。

總收入29.30英鎊

5位顧客

十一月十三日，星期五

線上訂單：2

找到的書：2

妮奇在上午九點準時抵達，不過今天沒有招待我吃莫里森超市廢料桶的東西。從她宣布要離開以來，她對待我的方式明顯變得冷淡了。

天氣仍然狂風暴雨，而且很冷。艾略特早上七點在一陣甩門和跺腳聲中離開。

妮奇（指著一位顧客低聲說話）：「你看那邊那個傢伙——他上個星期在這裡待了兩小時。他什麼都沒買，還問能不能影印一本書的其中幾頁。」這種事在我買下書店的前期經常發生。人們會只想要一本書的其中幾頁而已（通常是內容跟祖先有關），而我們——在非常少見的情況下——會幫忙他們，但現在這種情況不會出現了。現在人們可能會偷偷用手機把需要的頁面照下來，或是那些資訊可以在網路上取得。

妮奇和我把格倫卡普爾買回來的那幾箱書搬下來，接著她就開始整理。我要她猜我付了多少錢。她說一百英鎊，然後就開始整理，並且到網路上查價；她發現其中有樣東西是喬治王朝時代的女用空白筆記本，附鎖和鑰匙，裡面有一部分已經畫上圖與寫了字。結果那些書的價值沒有我預期的高，而她估計的金額大概比我更準確。

妮奇跟我討論書店的快樂聖誕節影片該怎麼做：

我：「我們何不改編拜倫（Byron）那首〈西拿基立的覆滅〉（The Destruction of Sennacherib）？」

妮奇大聲讀出來：

亞述人如餓狼撲羊般來襲，
他的隊伍閃爍著紫金光芒；
槍矛的光澤有如海上繁星，
照耀加利利海夜間的藍色波浪。

彷彿夏日的茂林綠葉，
日落時四處飄揚著大軍旗幟：
彷彿秋風吹落林間枯葉，
隔日大軍的旗幟凋零散落。

死亡天使猛然展翅，
吹拂他所經敵軍的臉孔；

沉睡者的眼神變得死寂凝結，
他們的心臟猛然一跳，便永遠停息！

倒臥的戰馬鼻孔大開，
卻未噴出驕傲的氣息；
他喘出的白沫留在草地上，
如同衝擊岸石的浪花般冰冷。

扭曲而蒼白的騎士倒臥該處，
眉間積累露水，鎧甲冒出鏽蝕；
營帳悄然，旌旗獨留，
長矛無人舉起，號角無人吹響。

亞述的寡婦們嚎啕痛哭，
巴爾廟中的神像被打碎；
異教徒的力量不必以刀劍擊潰，
只需上帝一瞥便如雪融消散！

妮奇認為，「船長可以當死亡天使；我們可以把翅膀黏在牠身上，然後抓到攝影機前面！」

這一定行不通。我們講好要寫一齣劇本，改編〈聖誕節前夕〉／〈西拿基立的覆滅〉（這兩首詩的韻律節奏相同）。

我在關店鎖門時，發現妮奇把書堆得到處都是，就是沒放到架上。

總收入73英鎊
7位顧客

十一月十四日，星期六

線上訂單：2
找到的書：1

妮奇在。我向她提起店裡到處都堆著書，而她（果然）跟平常一樣回答說：「對啊，有位客人擋著，所以我沒辦法擺到架上。」於是我放棄爭論，接著我們就談起她最愛的話題：死亡。
妮奇：要是我在末日大戰之前死了，我朋友喬治會用舊棧板替我製作一副棺材，把我放進我的後車廂，然後丟在森林裡的某個地方。
我：我想要維京人船葬。
妮奇：你不行的。唯一的方法是辦一場吉普賽葬禮。你得替自己造一輛大篷車，然後放火燒掉。噢，等一下，你已經死了。你得找別人來放火。
我已經開發出一種看起來萬無一失的系統，可以用來應付沒完沒了一直打來想要我換電力供應商的推銷電話。
來電者：我可以跟你們這裡決定用電的人說話嗎？
我：他不在。
來電者：他什麼時候會回來。
我：大概一年後。
來電者（沉默很久，每一次都是這樣）：一年？
我：沒錯。一年。

對方掛斷電話。

下午花了一部分時間拍攝妮奇讀〈聖誕節前夕〉的影片。

總收入59.50英鎊
10位顧客

十一月十六日，星期一

線上訂單：4
找到的書：4

卡倫上午十點過來處理鍋爐的外罩。

兩點的時候有個人過來櫃檯，自我介紹叫傑夫·薛帕德（Jeff Shepherd）。他帶來五箱書，大部分都是待過圖書館的，而我挑了些書並給他五十英鎊。我不禁想到如果威豹合唱團（Def Leppard）有個單人致敬樂團，那麼傑夫·薛帕德會是個很棒的名稱，說不定還可以再搭配一隻牧羊犬（譯註：薛帕德「Shepherd」另一個意思即為「牧羊人」）。

農夫桑迪下午三點過來，跟我說了他那部閱讀障礙影片的構想進展如何。他跟之前一樣想找我幫忙，但我沒辦法：「你知道我們可以找哪個有閱讀障礙的名人嗎？」我不認識名人，更別提有閱讀障礙的名人了。而且他也跟平常一樣，根本不問我有沒有空聊天，就一股腦說個不停。我刻意明顯擺出還有工作要做的樣子，他才終於明白暗示，說：「對，你在忙。我就讓你忙吧。」然後他就繼續獨自講了二十分鐘關於閱讀障礙名人的事。

總收入26英鎊

3位顧客

十一月十七日，星期二

線上訂單：2

找到的書：2

下大雨，而且冷得要命。

將AWB的會議紀錄打字完畢。

到下午一點為止，異教徒桑迪是唯一的顧客。他在找一本《加洛韋的世襲郡法官》（*The Hereditary Sheriffs of Galloway*）。通常我們都會有庫存，但是今天我找不到。

妮奇在我跟桑迪談生意時出現：

桑迪：妮奇！說人人就到！過來給我抱一下吧。我可是個寂寞老人。

妮奇（往反方向跳開）：門都沒有！我才不抱你——我可是蘇格蘭人。總之，我並不是為這件事來的。尚恩啊——有沒有收到給我的一袋黑羽毛？還有我明天可以上班嗎？

接著她就去古書區找到一本《世襲郡法官》，塞進桑迪手裡，售價是過低的六十五英鎊（她定的）。他買了書。

我還是不知道她為什麼要黑羽毛，不過很快就會揭曉的。

就在打烊前，有人從道格拉斯堡附近打電話來，想要賣十二箱書，於是我安排好星期五過去看。

總收入60英鎊
6位顧客

十一月十八日，星期三

線上訂單：2
找到的書：2

妮奇在上午九點五分漫步進來。

又是可惡的雨天，風大又冷。只要一遇到這種天氣狀況，店裡的收音機就無法正常運作，聲音斷斷續續，於是我把它關了。

有兩個女人在店裡待了一小時，最後拿著一本關於綁飛蠅的書到櫃檯，內容還算新，書況也近乎完美，而且還包了書衣。我之前把它定價為四點五英鎊。其中一個人問妮奇這適不適合初學者。妮奇指著我說：「問他。」於是我看了一下——內容相當詳盡，清楚展示了所有的樣式與材質，所以我告訴她們這本書很適合。她們決定不買，改去紐頓斯圖爾特的釣具店，最後大概會在那裡以二十英鎊買下同一本書吧。

妮奇開始打包隨機閱讀俱樂部這個月要寄的書。她讓店裡亂到了極致，把包裝好和未包裝的書堆得到處都是，包括地上。我問她為什麼沒辦法保持整齊，她罵我是個「挑剔的老女人」。她正忙著把店裡弄得更亂時，卡蘿安出現了，她說：「妮奇——為什麼到處都有東西？看——連地上也有。」結果妮奇怪我們有強迫症，還說：「妳沒聽過俗話說『一棟整潔的房子代表一位無聊的女人』嗎？」我說這是一間店，不是一棟房子，還有我也不是女人，而她搖了搖頭，然後看著地上。

下午我在教堂墓園和店裡為〈聖誕節前夕〉影片拍攝了一些內容。

諾里帶了十二箱書過來。

總收入22.50英鎊
4位顧客

十一月十九日，星期四

線上訂單：1
找到的書：1

今天上午我把隨機閱讀俱樂部的書包裝並貼標完成，接著整理了郵袋和皇家郵政的線上郵資。這個月寄件的郵資總計來到二五〇英鎊。

收音機又正常運作了，因為今天天氣晴朗，陽光明媚。

今天的郵件中有一袋黑色羽毛，這（應該是）妮奇為了聖誕影片而訂的。我現在才想到說不定她打算用某種方式把羽毛弄到船長身上。

三點鐘的時候有八個學生一起進來，在店裡待了半個小時邊逛邊拍照。他們什麼也沒買。

那位倫敦東區的伯納德．康威爾書迷回來了，而我賣給他三本派翠克．歐布萊恩的書。

有位顧客買了一本BB的書，是我從格倫卡普爾帶回來的那批書之一，這表示我的投資正在慢慢回本。不過妮奇說得對。我付太多錢買那批書了。

總收入76.48英鎊
7位顧客

十一月二十日，星期五

線上訂單：4
找到的書：4

妮奇在。卡倫上午十點帶著從他家花園發現的一顆巨大南瓜出現。他根本不知道有那顆南瓜，這表示它一定是從去年的種子長出來。妮奇決定替它畫一副眼鏡，再戴上假髮（我們的櫥窗展示有一頂）。她對我保證這一定跟我很像。

寒冷晴朗的冬日。妮奇花時間繼續整理諾里的書。

我泡好茶走下螺旋梯時，在蘇格蘭室翻看本地史的一對中年夫婦攔住我，問我一本《蘇格蘭鬼故事》（*Scottish Ghost Stories*）的價格，那是很常見又便宜的平裝書。我告訴他們可以算二點五英鎊，結果女人說：「當然了，你知道這棟屋子裡有個幽靈。」我用咳嗽壓抑自己的懷疑，沒想到一個成年女人竟然會相信這種東西，不過我倒是有點被她接下來的話嚇了一跳：「它就在樓梯。準確點是平臺上。我感覺得到它在那裡。」

雖然我抱持懷疑態度，也確信這只是巧合（喬伊絲告訴我「喬治」喜歡在平臺做他那些可怕的事），不過這已經是第三次有人提起樓梯出現超自然活動了。我還是不相信，但覺得有點不安。

我們又為〈聖誕節前夕〉影片拍攝了一些內容。妮奇用黑羽毛替船長製作了一對翅膀——她決定讓他扮演死亡天使。

總收入142.50英鎊

9位顧客

十一月二十一日，星期六

線上訂單：2

找到的書：2

今天早上由妮奇開店。

我們大部分的時間都在忽視顧客，為各自的影片拍攝必要材料，而我們決定把影片上傳到Facebook，讓書店的追蹤者決定誰拍的最棒。妮奇在鏡頭前表現得非常好——她不必刻意，就能輕鬆在最適當的時機引人發笑。

到了下班時間，妮奇已經把太多垃圾堆放在收銀機上（她影片的「道具」），讓人根本無法使用。

晚上我都在編輯影片。

再過一個月就是冬至了。我認識的大多數人都很擔心一月降臨，不過對我來說，一年當中最糟的時刻是在九月到十二月之間：釣魚季結束，天氣變得越來越濕冷，而且白天一直變短，直到某些日子會讓人覺得根本見不到陽光。至少一月還有個好處是白天會變長。

總收入264.49英鎊

8位顧客

十一月二十三日，星期一

線上訂單：4
找到的書：1

冰冷刺骨的一天。

早上退休金管理局打電話來，問了我的電子信箱：

我：MAIL@THE-BOOKSHOP點COM。

她：所以是nail@the-bookshop.com。

我：不是，MAIL。

她：好，是nail@the-bookshop.com。

我：對，就寄給nail@the-bookshop.com。反正我不會理的。

已經把〈聖誕節前夕〉影片上傳到Facebook，要大家傳照片投票選出自己最喜歡的。

雖然今天顧客很少，但很難得全都買了書。

總收入204.50英鎊
9位顧客

十一月二十四日，星期二

線上訂單：2
找到的書：1

平常很少見到有人會在書店外等著我九點開門，然而今天早上有個男人就在門外不耐煩地來回踱步。他問我們有沒有關於中東的書。我們的選書還不錯——兩三百本左右，有一些古書，有些是最新的書。他在那裡待了兩個小時，結果什麼都沒買。

快到午餐時間之前，有位年長的約克郡人拿了三本相當稀有的書到櫃檯。總價是六十六英鎊，他聽到後要我提出我「最好的價格」，於是我告訴他我最好的價格是一百英鎊。他太太（顯然很習慣他愛殺價）突然大笑起來，說：「這給你上了一課吧，喬治。」最後我讓他以六十英鎊買下書。

有人來電詢問一本ＢＢ的《黑暗河口》（*Dark Estuary*）。書況在網路上的描述為「狀況如新」，而顧客想要知道一切細節。麻煩的是我得解釋說不，書衣沒有破損、書上沒有寫字、沒有摺頁、沒有皺痕、沒有褐斑、角落沒有撞傷等等，而「狀況如新」就已經代表了這一切。過了五分鐘後，他似乎對書況很滿意，於是問如果不透過ＡＢＥ而直接向我們購買是否能有折扣。那本書是八英鎊。我說不，不能給他折扣。他掛斷了。

母親下午四點跟這個星期經營開放書店的一對夫婦一起出現。他們是美國人：她的年紀大概在五十五歲左右，他看起來則稍微大一點。他的右眼上方有一隻海豚刺青。下班後跟他們到犁人喝一杯。

有很多人在Facebook上分享妮奇跟我拍的聖誕節影片。

總收入69.50英鎊

2位顧客

十一月二十五日，星期三

線上訂單：5
找到的書：4

店裡的本地常客不多，其中一位伊恩今天過來，問我們能不能替他訂兩本泰瑞·普萊契的小說。他跟我說他是可以在亞馬遜訂書，不過寧可跟我們交易。我真想抱他。

寫了電子郵件給建築商約翰談煙囪的事。我們得在冬天真正來臨以及發生更多損壞之前修好煙囪。

阿嬤在Facebook上傳來訊息：「尚恩，你這個王八蛋，為什麼不寫信給阿嬤？我想念蘇格蘭，想念那裡的雨和綿羊。」我回覆說下個星期會打Skype給她。

伊莎貝兩點過來作帳。她對〈聖誕節前夕〉的影片讚不絕口。

一位住在鄧弗里斯附近的男人在兩點半來電，他有兩千本書要賣。如果我不在下星期二前去，他就要讓樂施會收走書，所以我約好了星期五見他。

總收入73.49英鎊
7位顧客

十一月二十六日，星期四

線上訂單：2
找到的書：1

今天無法完成的訂單是妮奇上星期刊登的一本書。希望她明天會找到。

一位住在達爾來（大約二十五哩遠）的男人來電。他負責處理野生動物藝術家唐納・華生（Donald Watson）的藏書，他在二〇〇五年過世。我約好星期六去見他。

兩點以後就沒顧客了，於是我提早半小時關門，開始讀娜恩・雪柏德（Nan Shepherd）的《山之生》（*The Living Mountain*）。這本書篇幅很短，是卡倫推薦的，他的閱讀口味跟我非常類似。

總收入144.50英鎊
4位顧客

十一月二十七日，星期五

線上訂單：3
找到的書：2

妮奇來的時候帶著一袋壓扁的威爾斯蛋糕。她上班的前十分鐘都在狼吞虎嚥那些東西。

波蘭建築商威西克（Wacek）上午十點過來查看煙囪的問題。他告訴我可以用三千英鎊的價格修好它，而且能在一個星期內開始。

午餐過後我開車到鄧弗里斯附近的達爾斯溫頓（Dalswinton）看一批書，對方曾在星期三來電，跟我說如果我不先過去，就要把書交給樂施會。賣書的男人是位退休學者，他和妻子住在一座漂亮的磨坊裡，是他們二十年前改建的。他們要搬到格拉斯哥西區一間兩房公寓，所以得處理掉磨坊裡大部分的東西，包括他兩千本左右的書（到目前為止）。他們很好相處，而我先跟他們喝了杯茶聊了一下才去看書，大部分的書都裝在農用飼料袋裡，比較有價值的則放在客廳桌上，其中有一本伯特蘭・羅素（Bertrand Russell）簽名的書。我看過四十袋書中的五袋左右，確認了平均價值（希望其他都是類似的書），然後寫給他們一張一千三百英鎊的支票，這大概比我應該給的價格高上許多。得過好久才能打平了。他們幫我把袋子搬上車。下午四點離開，五點半到家。

總收入56.28英鎊
7位顧客

十一月二十八日，星期六

線上訂單：4
找到的書：4

妮奇在。現在天氣已經變得更冷，店裡溫度也降到工作條件的規定值以下，所以她又穿上了那套黑色滑雪裝。

我們從車上搬下袋子，丟到書店前室的角落。店裡現在越來越擠了，有十幾箱新進的書要處理，三十七箱要載去格拉斯哥回收廠的報廢書，而現在又有四十袋天曉得是什麼內容的書。

我請妮奇優先處理箱子內的書，因為那些材料比較有價值，而肥料袋裡裝的書就普通一點。她得意地跟我說她發現自己一年可以放十一天有薪假。是一位朋友告訴她的。我們都不知道兼職員工有權休假，但看來真的有。她要追溯過去四年的休假權。

下午兩點我離開書店，在豪雨中開車前往達爾來看唐納．華生的藏書。唐納．華生是位野生動物（主要為鳥類）藝術家，受到很高的評價。他寫了一些書並繪製插圖，在年輕時就受到阿奇博德．索爾本（Archibald Thorburn）鼓勵從事這一行，對方可是二十世紀最有名的一位野生動物插畫家。他大半輩子都住在加洛韋，於二〇〇五年過世。我見到了遺囑執行人，對方負責處理他位於達爾來大街的房子，而我們一起開車過去：那是鎮上一棟很引人注目的小屋，但是非常破舊，既潮濕又骯髒。最棒的書都被拿去送給一間公共圖書館了。剩下的書裝了十七個紙箱，題材非常廣泛，大部分都沒什麼價值，而且書況很差。我選出其中最好的書裝了五箱帶走，包括一本初版的《彼得潘》。

下午四點回到家，發現妮奇已經開始在肥料袋中翻找，沒去碰箱子的書——這跟我的指示完全相反。

下班後我把伯特蘭．羅素簽名的書放到eBay上，然後再讀了點《山之生》。這本書真的很棒；娜恩．雪柏德的描寫能力簡直詩情畫意，而她對凱恩戈姆山脈（Cairngorms）的熱情——甚至可謂痴迷——也相當明顯。她對光線質感的描述可以完美地套用在加洛韋這裡：「蘇格蘭的光線有一種特質，我在別地方還沒見過。光線很亮但不強烈，其強度能夠輕易穿透極遠的距離。」

總收入212.40英鎊
19位顧客

十一月三十日，星期一

線上訂單：3
找到的書：3

雖然早上又濕又冷，可是差不多到午餐時間就放晴了。十一月的日子好像大部分都是這種模式。

上午十點，有個留著大鬍子的男人進來，把地上滴得到處都是水，他說：「我來自德文郡（Devon），我要在這裡工作一個月。住在我隔壁的女人寫了一本童書。她自己出版了。書不太好看。你想要收嗎？」

後來我在整理地誌區的書時，有位顧客突然上前搭話：「我六個月前來過這裡，當時你們有一本寫英國皇家空軍基地的書。那本書還在嗎？」我們的飛航書區大約有六百本書。接著，站在摺疊梯最上層的他弄掉了一本書，說了「噢」一聲，然後就把書留在地上。他找到了想要的書，定價二十八點五英鎊，而他向我要了折扣，後來他在信用卡機處理交易時說：「哎呀，看來你們這種落後地方是不會有光纖的。」我們六個月前就開始使用超快的寬頻網路了。

我們在店裡各處放了摺疊梯，顧客經常在需要的時候自己取用，偶爾會有人先問我們行不行。有一次我到柯庫布里（大約三十哩遠）的一棟房子處理書，在那裡發現了一把非常小的螺旋狀取書梯。我問賣書的女人那是不是給孩子用的（我有點想問能不能買來放在店裡的童書區），而她回答那是為吉米·克利瑟羅（Jimmy Clitheroe）量身訂做的，他是一九六〇年代的廣播電視名人，身材很矮小。在他與母親都過世後（他跟她住在一起，而他在她葬禮那天意外服了過量安眠藥也死了），她跟丈夫就來幫忙清理他母親家裡的東西。結果，他們清理時在閣樓發現了好幾百個空的威士忌酒瓶。我用二十英鎊向她買下吉米・克利瑟羅的取書梯。

總收入88.50英鎊

5位顧客

十二月

十二月

有位眾人熟識的愛丁堡居民在一兩個月前送來一箱要賣的書。他要處理掉一部分藏書。我們很樂意買下，也提出了很好的價格。幾天後他打電話來告知收到了支票。「我只有一個條件，」他說：「每一本書上都有我的個人藏書票。我要你們在出售之前使用蒸氣把它們全弄掉。」書的數量在八十到九十本之間。

> 「抱歉，先生，」龐弗斯頓先生回答：「我們不是公共洗衣店。」
> 「那麼你們可以用尖銳的器具把它們刮下來。」對方說。
> 「這裡也不是理髮店，」龐弗斯頓先生說：「先生，在你把藏書票黏貼上去之前，就應該要想到那一點的。」
>
> ——奧古斯塔．繆爾，《書商約翰．巴斯特私想錄》

二手書業一直都是如此迷人，理由有很多，其中之一就是藏書票。對於書的主人，它們通常獨一無二，不過你可以在卡片店買到很普通的藏書票，上面會有加菲貓或史努比的圖案，而且直接印了「藏書者」（Ex Libris），留個空白讓你填上自己的名字，只要撕掉膠帶貼到蝴蝶頁上，就會立刻降低整本書的價值。不過訂製的藏書票就完全是另一回事了。這些通常都是有錢人或貴族階級委託製作的，而且大部分都印了紋章，來自鄉間別墅的藏書室。但是愛書人偶爾也會訂製不一樣的東西，有時候你還能看出是出自著名藝術家之手。幾年前我就擁有過潔西・M・金的作品。那本書是索伯恩的《英國鳥類》（*British Birds*），而藏書票是由書的主人訂製。它很漂亮，價值比那本書高上許多。對於貴族或擁有盾徽的人，藏書票通常就是紋章，大部分以銅版印刷製作，並且附上擁有者當時的職稱。藏書票的用途就像在蝴蝶頁寫下你的名字，起初是為了確保書在借出之後能夠回到主人的手上，不過後來它們就變成了藝術品。

藏書票大致上並不會減損書的價值，幾乎都能使其增值，這取決於書的主人或是製作藏書票的藝術家。然而，移除它們卻會讓書大幅貶值。移除藏書票的手法再怎麼俐落，都還是會留下損傷。這種情況經常發生：帶書來賣的顧客會把前面的活動襯頁撕下，因為他們誤以為比起撕掉那一頁，寫在上面的名字會讓書價貶得更低。在空白頁寫下名字對貶低書價的影響其實非常小，而且就像蝴蝶頁，上面的名字還有可能大幅增加書的價值。關於藏書票的書有很多，甚至還有一個藏書票協會（Bookplate Society）。在格拉斯哥有個叫羅賓・霍吉（Robin Hodge）的人，我曾向他女兒買一批書，書中的藏書票大概是我最喜歡的。上面畫了一個在揮舞棒子的穴居人，底下寫著「一定要拿回來，對吧？」這完美闡述了藏書票最初的用途。

十二月一日，星期二

線上訂單：1
找到的書：1

下了一整天暴雨。

漢米許（Hamish）是位退休演員，也是店裡的常客，住在附近的布萊德納克，他今天上午過來，大概是要等隔壁第三間藥局的藥劑師開處方藥。他買了一本關於蘭開斯特（Lancaster）轟炸機的書。他對軍事史的興趣非常濃厚。

退休金管理局又打電話來了。

退休金管理局：喂，是尚恩．貝西爾嗎？

我：對。

退休金管理局：你的營業地址是威格頓北大街十七號？

我：對。

退休金管理局：我是退休金管理局的安（Anne）。我們必須檢查你的合規聲明。

我：真的嗎？一定要現在嗎？期限是什麼時候？
退休金管理局：七個月前，所以沒錯，我們現在得做。
我：好吧。妳要知道什麼？
退休金管理局：首先，你的名字。
我：妳剛才就說了我的名字。妳知道是什麼。妳甚至還念對了。
退休金管理局：對，可是你必須告訴我。
我：尚恩·貝西爾。
退休金管理局：你的店名和地址呢？
我：這妳也已經知道了。妳剛剛才問過我的店是不是位於威格頓北大街十七號。

這場沒完沒了的對話終於要結束時，一位顧客來到櫃檯，把一本書翻到第一頁，上面出現了兩個不同的價格：「我其實不想買這本書，不過上面有兩個價格。哪一個才是對的？」

下午三點收到桑耶林寄來的四箱書。

異教徒桑迪帶著他的朋友莉茲出現。上次他來這裡時，買了一本《加洛韋的世襲郡法官》當她的聖誕禮物。今天她偷偷過來櫃檯，問我能不能為他製作一張店裡的抵用券作為他的聖誕禮物。這大概就是我今年聖誕節唯一的一筆生意吧。

打烊之後我把三十七箱報廢的存貨送去開放書店。我本來要把書載去回收廠的，可是芬恩問我能不能給他們。

總收入40.55英鎊
7位顧客

十二月二日，星期三

線上訂單：3
找到的書：2

今天有一筆訂單的書在神學區，但我拿不到，因為我從達爾斯溫頓帶回來的那些農業飼料袋擋住了路。

今天第一位顧客買了一本六十英鎊的書，內容是駕車馬的歷史。

伊莎貝整個下午都在這裡作帳。

有個留著大鬍子看起來很狂野的男人帶來一箱書要捐贈。其中包括了《草之書——印度大麻精選》（*The Book of Grass, an Anthology of Indian Hemp*）、《LSD——解決問題的迷幻藥》（*LSD, The Problem-Solving Psychedelic*）以及《幻覺之藥》（*Drugs of Hallucination*）。

我在下班後讀《山之生》時看到一段文字，巧妙地概述了土生土長的加洛韋人個性中一項特質：

> 我記得加洛韋的一位老牧羊人，當時我曾向對方詢問應該從哪一條支脈登上梅里克山。他告訴我之後，便看著我說：「妳沒上去過？妳知道妳在做什麼嗎？」「我沒上去過，但是我爬過整個凱恩戈姆山脈了。」「凱恩戈姆山脈，是嗎？」他對我做出不以為然的手勢。

這是個絕佳的例子，證明這裡的居民有能力對他們認為自大的人狠狠潑上一桶冷水。從許多方面來看，這種作法很實際，還能防止一個人的自我過度膨脹，但我同樣也見過人們的成就因此被輕視。

現在名稱加上了定冠詞的梅里克（The Merrick）是蘇格蘭南部最高的

山，而當初娜恩・雪柏德想要去爬，或許是因為它和她熱愛的凱恩戈姆山脈有相同的花崗岩岩基。加洛韋丘陵曾經有過鋒利的邊緣，但已被冰河時期冰川經年累月退縮的力量磨得圓潤，而構成山丘的堅硬火成礦物，看起來就跟她所熟悉的迪賽德山脈崎嶇地勢相差無幾，這種相似之處對她產生的吸引力，遠大於蘇格蘭西北部的路易斯片麻岩（Lewisian gneiss），那片宛如月球表面的鮮明景觀就是一般人對蘇格蘭的典型印象：蘇爾文（Suilven）、托里登（Torridon）、阿辛特（Assynt）——那些卓越、絕美、引人注目的山只佔了全國的極小部分，卻似乎深深虜獲造訪者的想像力，變成了代表整個國家的俗氣形象。比起蘇格蘭西北部位於大西洋那些尖刺如顛倒犬齒的崎嶇地形，加洛韋丘陵的動植物更能讓娜恩・雪柏德感受到家園的氣息。

有一次卡倫跟我去爬凱恩戈姆山脈，我們在深冬時分跟他的一群朋友走了費爾可山脊（Fiacaill Ridge）那條路線。那天我真的以為我會死——我們在結冰又毫無遮蔽的山坡上小心翼翼爬向頂峰，看起來像是要集體自殺一樣全部綁在一起，陷入「回去比前進更麻煩」的處境，終於在失敗就會摔個慘死的情況下登頂，而在那場攀冰之行過後，我也發現了自己從未見過的一面。

總收入179.49英鎊

7位顧客

十二月三日，星期四

線上訂單：5
找到的書：5

在今天的訂單中，我找到了《鄧弗里斯與加洛韋消防隊歷史圖集》（*A Pictorial History of Dumfries and Galloway Fire Brigade*）。書擺在自然歷史區，是妮奇登錄並放到那裡的。她一定會跟以前一樣給出某種不合理的解釋，但我不確定什麼時候才能再見到她。她要休假二十二個星期——我們達成妥協，談好讓她休今年和過去一年的假——而她說她打算一口氣全部休完。

威西克上午九點跟他的建築工人一起過來，接著他們就開始在煙囪旁搭起鷹架。

大約在下午四點天色漸暗時，一位顧客問：「你們的光是從哪來的？真的很棒。」

我：什麼光？

顧客：後面那種很有感覺的光。出現得真快。

我不確定傻眼算不算是一種感覺，如果算的話，那種光現在應該亮得耀眼吧。

打了Skype給阿嬤。她講了超過一個小時，幾乎不讓我插嘴，還抱怨我都不傳訊息給她。她顯然很想念蘇格蘭，而且威脅說要回來。

總收入15英鎊
2位顧客

十二月四日，星期五

線上訂單：3
找到的書：3

諾里來了。

我們在整理一箱又一箱沒完沒了的書時，我發現一本《英國遊客在義大利》（*The English Tourist in Italy*），裡面有這些非常實用的句子：

你的姪女手臂非常漂亮，她幾歲了？

這些旅行箱是誰的？

你吃太多柳橙了。

你有一隻非常醜的貓。

弗麗太太是個漂亮的女人，不過她的女兒很醜。

你跟我兒子一樣用功，可是你沒有他那麼聰明。

我在生你的氣。

我在十一點離開店裡，開車到霍伊克（三個小時車程）附近的一戶人家，屋主想要賣掉一些書。那是一棟漂亮的喬治亞風格豪宅，從外觀看，我本來以為對方要賣一批古書，結果大部分都是現代的書，而且不太有趣，但至少不算白跑一趟。我寫了一張三一〇英鎊支票給那對（還算年輕的）夫妻。他們正在搬家，想把還沒打包的書全都處理掉，所以最後我也把我不想要的書一併帶走了。

我遞出支票時，男人說：「這一定是你今年賺最多的一天了。」我猜他是在暗示我剛剛敲了他們一筆竹槓——這有點過分，畢竟他們才剛賣了房子，我想價值肯定超過一百萬英鎊。

總收入2.50英鎊
1位顧客

十二月五日，星期六

線上訂單：3
找到的書：2

又是狂風暴雨的一天。

今天早上我開店時網路無法連線，於是前面一個半小時我都在想辦法修理。

上午（在我終於設法連上線後）我們的亞馬遜收件匣收到一封內容冗長的信，詢問《弔詭之人》（*The Paradox Men*）的書況，而書的價格是六十便士。我在格里姆斯比（Grimsby）的書商朋友伊恩說得對。幾年前他就預測過，只要亞馬遜持續擴張，並為了優先考量顧客而犧牲賣家的利益，總有一天人們會認為幾乎不必付出任何代價就能得到好書。這本書在十年前可是能賣到十英鎊的。

腰包戴夫在午餐時刻過來。我犯了個錯，就是讓他找我說話。他沒完沒了一直講南美洲的事，還說那裡的女人有多麼漂亮。他買了兩本書，在常用的腰包裡翻找皮夾時，竟然在櫃檯上放滿了各種看起來很噁心的東西，包括好幾張面紙跟一些皺掉的收據。

總收入159.55英鎊

8位顧客

十二月七日，星期一

線上訂單：4
找到的書：1

卡倫十點半過來。

非常平靜的一天。兩點鐘左右，妮奇和她朋友莫拉格（Morag）過來嘲弄我。他們明天要去金屬探測，想借安娜的金屬探測器，東西就放在地下室。我在幾箱書中發現一本維多利亞風格的相簿，裡面裝滿了相片。我拿到這種東西時，通常相片都已經取出了，不過這些大部分都是攝影室的肖像照，也許能替相簿增加一點價值。

威西克三點過來，跟我說他已經修好我鄰居的屋頂，也修好了煙囪。我問他們是怎麼把那一大塊花崗石弄上去的，他說他們先把它切割成三塊，抬上去後再用砂漿黏起來。可以在接下來的冬雨和冬霜造成更多損害之前修好，真是令人鬆了一大口氣。

總收入161.99英鎊

7位顧客

十二月八日，星期二

線上訂單：5
找到的書：4

在感覺彷彿持續好幾週的暴風雨後，天氣終於變得平靜晴朗了。今天的訂單全部來自亞馬遜。我懷疑我們可能又被ABE停權了。

有位來自英國皇家鳥類保護協會的克里斯（Chris）跟我說他正在製作一本書。他在這裡待了三個鐘頭。那本書聽起來很有趣：一八九〇至一九三五年間，一位博物學家在威格頓郡對他所見鳥類的記錄。那位博物學家叫傑克·麥哈菲·戈登（Jack McHaffie Gordon），他的祖父在一八三〇年代擁有這棟建築，也就是書店的前身。

父親剪完頭髮後過來，跟我討論了明年的釣魚計畫。我不覺得他會為了到盧斯河釣魚而又在一根釣竿上花二千英鎊。

吃完午餐後，我把從霍伊克買回來的那幾箱書搬下車。後來我翻看《英國遊客在義大利》時，又發現了一些更實用的句子：

我從沒見過像你這麼貪心的人。
你那些沒教養的朋友把我園子裡成熟的桃子全都摘走了。
我不能吃這麵包，太不新鮮了。
你是個既粗魯又自私的人，就是因為這樣他們才受不了你。
那個蘇格蘭人非常年輕。
我們的國王比你們的總統更棒。

整天就只有一位顧客上門。
威西克和男孩們拆完了鷹架，繼續前往下一份工作。

總收入25英鎊
1位顧客

十二月九日，星期三

線上訂單：2
找到的書：2

今天其中一筆訂單的書是《威廉・麥斯威爾之於羅伯特・伯恩斯》（*William Maxwell to Robert Burns*），放在蘇格蘭詩區，而我去找書時在蘇格蘭的詩集中發現了彌爾頓跟雪萊的作品。我感應到了妮奇的無形之手，巧合的是今天上午有一封電子郵件：「這裡是幾張有用的『節日』照片——希望你喜歡那隻知更鳥！我們可是特別為了你做的——知更鳥就躺在遊樂場裡，而我們去那裡金屬探測以後找到了六點七六英鎊！酷啊！」她指的那些「節日」照片裡有一堆空瓶，最上面放著一隻僵硬的知更鳥屍體，顯然是她和莫拉格昨天出去時發現的。

到兒童的遊樂場做金屬探測這件事感覺有點不太道德，因為他們收集到的零錢很可能是從孩子們口袋裡掉出來的。

上午十一點，卡車載來一批新鍋爐用的木質顆粒燃料，我的母親也正好過來打招呼。我試著讓她明白我要去幫送貨的人搬東西，結果她回答：「好，親愛的當然囉。你去吧。」接著她就繼續講了十分鐘，而司機和他的助手則是費力搬著一袋袋木質顆粒。

有個叫伊恩・基特（Ian Kitt）的人寄了電子郵件，附上他想要賣的書本清單，於是我回信問他能不能把書帶過來。

總收入24.50英鎊
1位顧客

十二月十日，星期四

線上訂單：1
找到的書：1

今天早上我開店時，店裡的電腦（為了接收訂單必須二十四小時全天開機）卡在「重新啟動」模式，於是我前一個小時都在設法讓它正在運作。

那位憂鬱的威爾斯老女人打電話來，令我意外的是她竟然問我們有沒有溫萊特（Wainwright）的旅遊手冊，不像往常想找神學類的古書。我的回答也令她意外，因為我告訴她有，溫萊特的湖區（Lake District）旅遊手冊我們幾乎每一本都有。「噢，我可以買最便宜的那一本嗎？」我找到一本定價四點五英鎊的，於是她給我信用卡資料，而我也抄了她的名字跟地址。

今天早上我收到溫洛克書店的安娜寄來的電子郵件，她建議我們明年再辦一次讀者度假村活動，這次是在三月。我回覆說我很樂意這麼做。

伯特蘭・羅素簽名的那本書在eBay上以一〇三英鎊售出。

一整天總共來了七位顧客，其中兩個在離開書店時說他們真希望戴著眼鏡過來。到書店不戴眼鏡這種疏忽好像不太尋常。

打烊後，我布置了大房間，圖書節志工明天晚上要來吃晚餐。每年在圖書節的餘波消退後，圖書節辦公室的受薪員工都會為志工們舉辦一場感謝餐會。今年我們要在這裡辦，就在作家休息室。

總收入47.50英鎊

5位顧客

十二月十一日，星期五

線上訂單：0
找到的書：0

天氣很好，陽光和煦。

瑪麗亞九點半帶來準備今晚餐點要用的所有設備，然後就回家了。佩特拉九點五十分到，準備要上她的肚皮舞課，後來十點鐘有個來自紐西蘭的年輕女子出現，問肚皮舞課是不是在這裡上。

今天沒有訂單，不過我把昨天在eBay上以一〇三英鎊售出的那本伯特蘭・羅素簽名書寄出去了。

午餐時間，一位白髮男人到櫃檯問我們有沒有一本關於莫克魯姆的書，那是附近的一個鎮。十年前我出版了由一位本地農夫寫的一本書。書名叫《莫克魯姆：土地與人》。我印刷了一小批（五百本），結果賣得很好。我帶顧客去看那本書，讓他在那裡坐了一個鐘頭，後來他離開時說：「謝謝你，但這不是我要找的。」

快要關店時，一位顧客在傳記區攔住我，說：「這個問題聽起來可能很瘋狂，不過（若有其事地停頓了一下，然後壓低聲音）你們有沒有用荷蘭文寫的書？」我得說我聽過更瘋狂的問題。說不定這是某種暗號。

舒娜和瑪麗亞下午六點過來準備聖誕晚餐。她們在忙的時候，艾略特帶著他的手提箱出現，問能不能在這裡過夜。一如往常，他立刻踢掉鞋子，而我也馬上被絆到。

我跟琳西和貝思（兩位實習生）在六點半去艾蜜莉的聖誕藝術夜展，買了一幅豬的畫給我妹。回程途中，大約有一百個人聚集在廣場為了聖誕點燈唱著聖誕歌。志工的晚宴七點開始，一直到一點左右才結束，二十二個人的飲食就由瑪麗亞包辦。我們喝完了酒，我還得再去地下室拿。幾乎整個晚上都在當侍酒師。

總收入54.49英鎊
4位顧客

十二月十二日，星期六

線上訂單：2
找到的書：2

我很早起來，替琳西和貝思弄了早餐，她們在十點離開。艾略特十一點離開。

有位年長的顧客帶了十二本書到櫃檯，都還算滿新的。總價是六十五英鎊，我告訴他可以算他六十英鎊。他不但沒表示任何感謝之意，反而還說：「我就只有這點折扣？五英鎊？」

從上午十一點半到下午三點四十五分都沒有顧客，接下來在五分鐘內就出現了九個。沒有半個人買書。

一整天都在整理箱子和袋子裡的書。我那些堆積如山的事幾乎毫無進展。

下午我生起火，讀完了《山之生》。很遺憾這本書在作者死後才出版，因為內容很棒，很感人。她以回顧的方式描述登山的危險與喜悅，讀起來特別令人熟悉並引起共鳴：

不過我必須坦承這種狂喜伴隨著一種現象。我躺在家裡的床上時，經常回憶起自己毫無畏懼而輕快跑過的那些地方，結果一想到就全身戰慄。我覺得自己好像再也回不去了；恐懼使我怯懦，表情滿是震驚。然而當我回到那裡，同樣遽變的情緒卻又令我振奮。無論神在不在，我又一次陷入了狂喜。

很多在蘇格蘭山區跋涉攀登的人都會感受到她所謂的狂喜；處於一個隔絕的世界中，會讓人同時有種既熟悉又不熟悉的感覺。

總收入158.99英鎊

8位顧客

十二月十四日，星期一

線上訂單：5

找到的書：5

上午九點半，瑪麗亞過來收星期五志工晚宴留下的碗盤和餐具，以及從圖書節起就一直放在廚房的冰箱。她一離開，佩特拉就過來這裡消磨時間，等著要去做某件事或等某個人（我忘記是誰了）。我不確定到這裡消磨時間的人是否知道他們也是在消磨我的時間。

一位顧客要替有閱讀障礙的姪子找聖誕禮物，買了兩本阿斯特里克斯（Asterix）。

一位北愛爾蘭顧客拿著三本書到櫃檯，粗魯擺弄了一番，然後指著其中一本的標價問：「那真的要二十英鎊？」我確認是這個價格沒錯，結果他說：「不，太貴了。」然後就把書放回架上。不是書太貴，而是對方太吝嗇了。

總收入110.50英鎊
8位顧客

十二月十五日，星期二

線上訂單：2

找到的書：1

我的父母十一點過來聊天。我們有談到母親平常最喜歡的話題：誰死了，誰快要死了，以及誰得了失智症。

一位女人打電話來要替朋友報名參加隨機閱讀俱樂部，當成聖誕節禮物。希望會員資格這份禮物到時候會很受歡迎。

下午一點我在泡茶時，聽見樓下有人大喊了一聲。是上個星期用電子郵件寄來書本清單的伊恩．基特。他帶了六箱書到書店。不久後，一位跟丈夫從法國搬到這裡的女人出現，她幾個星期前帶來了五箱書。我指著她上次帶來的那幾箱書，告訴她大部分我都不要。她說她車上沒有空間，因為她又帶了五箱書來。由於店裡現在已經擺滿箱子，所以我不得不拒絕她。

我查看了伊恩．基特的書。全部書況如新，而我在網路上查過幾本書的價格後，給了他一張三百英鎊的支票。我覺得我要被書淹沒了。

總收入76英鎊
3位顧客

十二月十六日，星期三

線上訂單：5
找到的書：3

克里斯・米爾斯（Chris Mills）九點十五分過來洗車，車子的情況真是糟到令人尷尬。我從二〇〇〇年就認識克里斯了，當時我在拍一部關於索爾威採收號（Solway Harvester）失事的紀錄片，那是一艘扇貝捕撈船，在當年一月十一日於曼島（Isle of Man）附近沉沒。他的兄弟大衛（David）是其中一名船員。

上午我開始整理昨天進的書。其中有一箱書況非常好的攝影書，於是我拍了照片用電子郵件寄給我朋友歐妮雅（Aine），她是現代人像攝影書籍的收藏家。

下午五點我要鎖門時，發現克里斯洗好車子後把我的鑰匙也帶走了。書店的鑰匙跟車鑰匙在一起，於是我把我們用來作為門擋的石壺滑到沒鎖的門後方，然後跟卡倫去喝一杯。

總收入49英鎊
4位顧客

十二月十七日，星期四

線上訂單：7
找到的書：7

上午九點有個女人猛力開門衝進來，她拿著重重的袋子，看起來裝滿了她要賣的書。她用很快的速度穿過室內，一邊大喊「你好」，完全不理會我的回答。最後她又出現在前面，來到書店前門有收銀機跟工作人員，看起來很明顯是櫃檯的地方，然後驚訝地說：「噢，你在那裡啊。」接著她問我想不想買書。店裡每一處現在都擺滿了過去兩週進貨但我還沒處理的書和箱子，於是我告訴她除非她的書很特別，否則我沒興趣。她開始把袋子裡的書全丟到地上，跟我說那些都是非常特別的精裝書：「約翰・葛里遜（John Grisham）、丹・布朗（Dan Brown）、詹姆斯・派特森（James Paterson）。」我跟她說我不感興趣，她看起來真的很驚訝。

下班後我拿起之前為了讀《山之生》而中斷的《大師與瑪格麗特》繼續看。阿嬤說得對：這是一本非常特別、極為出色的書。

總收入70.50英鎊
6位顧客

十二月十八日，星期五

線上訂單：3
找到的書：1

今天其中一筆訂單是兩冊裝的《加洛韋的土地及其所有權人》，妮奇刊登為四十英鎊，比應有的價格少了差不多一百英鎊。

把過去幾天訂單的書送到郵局。進去時，我注意到他們張貼訃聞的那扇窗已經完全蓋滿了。卡蘿安的母親愛麗森（Alison）以前總說只要十二月逐漸臨近，訃聞的數量就會一週比一週更多，到聖誕節前後就會沒空間張貼了。

我在今天的黑板寫了一首俳句：

聖誕如地獄。
盡情沉浸書店中；
一切將安好。

總收入85.48英鎊
8位顧客

十二月十九日，星期六

線上訂單：7
找到的書：7

我在找昨天我刊登到網路而今天上午有人訂購的一本書時，發現妮奇把一套《美國河流》（*Rivers of America*）系列叢書中的四本放到了哲學區。

今天訂單中的兩本書，來自本週稍早以三百英鎊買進的一批書。目前我刊登到網路上的少數幾本書已經賣了二一〇英鎊。扣掉要給亞馬遜的部分差不多是一五〇英鎊，這種利潤很棒，也來得很快。要是一直都能這樣就好了。

下午我布置了店裡的聖誕櫥窗，用一堆書排成聖誕樹的形狀，再擺上一些彩色小燈。這是我付出最多心力布置聖誕櫥窗的一次。

總收入236英鎊
8位顧客

十二月二十一日，星期一

線上訂單：14
找到的書：12

雖然是風大又下雨的惡劣天氣，不過也是一年當中白天最短的日子，所以只要過了這一天，就會讓人重新充滿樂觀——至少對我心理上是如此。結果這種樂觀並未持續多久：妮奇帶著一個抽屜櫃和四袋書出現了。她有點高興地跟我說她再也不回來替我工作了。我不知道哪件事比較令人難過，到底是她不回來的消息，還是她要離開曾經明顯熱愛的工作竟然這麼開心。這是書店一段黃金時代的終結。

到午餐時間為止只有一位顧客，而且氣喘吁吁地在店裡晃。還好他花了五十英鎊挽回自己的形象，而且還告訴我（感覺沒有諷刺意味）在康沃爾（Cornwall）某間書店的櫃檯有一塊大標示牌寫著「不賣奇聞軼事」。

我在替隨機閱讀俱樂部的包裹貼標籤時，一位帶德國口音的男人問我們有沒有《我的奮鬥》。

總收入174.98英鎊

11位顧客

十二月二十二日，星期二

線上訂單：3
找到的書：3

今天郵件中有一份來自義大利的包裹。我打開以後看見了各式各樣的美食——史貝克煙燻火腿、薩拉米香腸和一瓶巴羅洛葡萄酒——還有一張阿嬤的留言：「在聖誕節吃吧，你這該死的混帳王八蛋。」

我趕在郵局午休前把郵件交給威爾瑪，然後問她能不能給我一百英鎊的硬幣。她低聲說要是老闆威廉發現了一定會抓狂。後來，他一離開，她就趁機把硬幣從玻璃窗口下方塞過來，叫我晚點再拿紙鈔回來換。

我的一位古董商朋友瑪麗（Mary）帶來一箱主題是釣魚的版畫，還有一隻獾玩偶，而我以一百英鎊的標價放在店裡販售。

我擺出更多上個星期以三百英鎊買的那批書時——在完全偶然的情況下——發現我們把蘇格蘭登山書全都放在蘇格蘭室的K2架上。

總收入135.99英鎊

14位顧客

十二月二十三日，星期三

線上訂單：3
找到的書：3

來自柯金納的牧師傑夫十點半造訪。現在時序已進入深冬，他的移動方式又改回搭公車了。他在神學區花了些時間，想為他的聖誕佈道找靈感。蘇格蘭教會好像很想要他搬出牧師住宅，而他從幾十年前被指派至此就一直住在那裡了。我問他要搬到何處，他回答：「我不知道。我就像站在山上大喊『呃』的亞伯拉罕（Abraham）。」我不知道他在說什麼，但我敢肯定這一定對某個人有某種意義。

今天上午的郵件之中有兩張聖誕卡片，一張寫給「大蝦」，另一張則是給「愛擺架子的尚恩．貝西爾」。

我十一點上樓泡茶，在相對溫暖的廚房取暖了一下。下樓時，我意外發現鼴鼠人正在第一道樓梯平臺上翻看藝術區的書。他全神貫注在一本杜勒（Dürer）的木版畫上，所以我經過時連看都沒看一眼。我猜他是要買自己的聖誕禮物。

下午我都在替書標價並上架，從待了很久的鐵道室回來時，看見鼴鼠人在櫃檯的熟悉畫面，只不過這次是以不一樣的角度。我查看他那堆書，其中包括兩本登山書（他看起來不像是喜歡戶外活動的人，但我可能看錯了）、一本講木材防腐的書、一本葡萄牙歷史、杜勒的木版畫集，還有一本是關於西約克郡的地質學。最後那本書讓我懷疑自己從他第一次出現時所做的假設：鼴鼠人是蘇格蘭人。由於我從來沒聽過他說話，所以不知道這是不是事實。如果他真的來自約克郡，那麼他就屬於極少數從不要求折扣的類型。也許是我潛意識認為他每次都用蘇格蘭紙幣支付，不然就是有某個地方讓我認為他是蘇格蘭人。

他離開時，我差點以為自己看到他笑了，不過那很有可能是因為脹氣。

總收入40英鎊

5位顧客

十二月二十四日，星期四

線上訂單：0
找到的書：0

今天的郵件中有一張卡片要寄給「好鬥的書商尚恩・貝西爾」。
亞馬遜收件匣裡的電子郵件：

很遺憾，我對這筆訂單非常失望。書況的描述是「二手——非常好」。說明並未提及這曾經是圖書館的書。卷首插圖被剪掉了，下一頁和書口都被蓋了「註銷」章，而且書骯髒極了，聞起來還有霉臭味。這本書本來是要當成聖誕禮物，收件人拿到這本絕版書應該會很高興才對。然而我確實認為你對書況的描述並不正確。

期待你的回覆。

那本書是二英鎊，於是我給她全額退款。哎呀，大家都受到了聖誕氣氛的影響。

店裡在聖誕節前夕通常都很忙，因為緊張忙亂的農夫會驚恐地要找禮物放到聖誕樹下送給妻子，其他人則會提早過來拜訪家人過節，不過後者完全取決於聖誕節落在哪一天：如果聖誕節是星期一或星期四，那麼只要多請幾天就可以放一個星期的假。我猜今年到加洛韋拜訪親戚的工作人口會在今天出現。或許從聖誕節到新年期間的生意會比較好。

總收入86.94英鎊
10位顧客

十二月二十五日，星期五

線上訂單：
找到的書：

休息。

醒來時發現客房的門緊閉著，最近貓喜歡睡在那裡，而且為了那隻胖惡魔我也都會讓門開著。那個房間位於樓梯口，就在我的臥室隔壁，不太會受到呼嘯吹進店又難以捉摸的氣流影響。我很確定我昨天晚上去睡覺時門是開著的。今天早上我一打開門，船長就立刻衝出來，像吃了瀉藥的奧運短跑選手盯著廁所狂奔。

午餐時刻，我騎自行車到五哩外的父母家，跟他們的朋友比爾（Bill）和泰絲（Tess）一起吃飯。比爾九十幾歲，是我最喜歡的人之一，而泰絲也有種頑皮的趣味，跟他們把酒言歡之後，讓我在半暗光線下騎車回來時覺得更有精神了。

到家後幾乎讀完了《新懺悔錄》剩下的部分。這讀起來開始讓人覺得像是《赤子之心》的測試版本。內容寫得非常好，做過徹底的研究也有根據，不過比起《赤子之心》還是稍微缺少了一些溫度。

十二月二十六日，星期六

線上訂單：5

找到的書：5

上午十點開店。第一位顧客在兩點四十五分出現，要退還一本三英鎊的西默農（Simenon）小說，綠色企鵝版本，是一位緊張的農夫在聖誕節前夕向我買的書。原來那本書她已經讀過了——果然跟他擔心的一樣。在冬天通常最為繁忙的一週開始，這不太像是個好兆頭。

我找到訂單的書，包裝之後拿到郵局。我一打開門就看到威廉，而我問他郵局有沒有開。他只對我咕噥說了聲「沒」，然後就轉身繼續去做他本來在做的事，一點也不客氣。

我在黑板上寫了另一首俳句：

節禮日來臨。
拋下一切到書店：
逃離偽愉悅。

另一位顧客在下午三點出現，她跟我說她只是來這裡「躲雨」。

總之，今天開店並不值得。雖然附近有人，但他們大概會以為我們今天休息。

總收入44.30英鎊
6位顧客

十二月二十八日，星期一

線上訂單：7
找到的書：5

找到訂單的書，拿去郵局，結果又沒開。

上午十點接到電話，有位顧客要找一本地方史：

顧客：我在找一本叫《博爾格學校》（*Borgue Academy*）的書，作者是亞當・格雷（Adam Gray）。

我：好，我們有三本。

顧客：我告訴你為什麼我要找那本書。我們下個星期要到紐西蘭，會去拜訪某個人，而對方的父親來自這個區域，所以我們認為這麼做不錯……

我不知道為什麼人們覺得一定要長篇大論說明自己找書的原因——彷彿這樣會影響我們有沒有庫存似的，不過這好像完全阻止不了他們。

店裡一直死氣沉沉的，到十一點半才有二十二個人進來，是一個猶太大家庭。大部分的人都有買東西，包括幾本《你需要知道的火箭三件事》。

四位前員工聯合起來對付我，認為我們應該在店裡辦個聖誕派對，於是我也邀請了我妹和她先生。今年二月參加過讀者度假村的凱瑟琳（Catherine）帶著她兒子邁爾斯（Miles）一起出現，他們剛從蘇格蘭高地過完聖誕節要回南方，另外正在經營開放書店的那對西班牙情侶也來了。聖誕節通常是一年之中除了我每個人都放假的時刻。事實上，我的工作時間一般會比平日更長，幾乎也都是自己一個人，所以像這樣被前員工強迫在家裡辦派對，又有其他人突然出現，確實替這個地方增添了一種歡樂的氛圍，而這也是我多年以來第一次稍微感受到了聖誕節的氣氛。但是並不多。

三點半就寢。

總收入101.48英鎊

9位顧客

十二月二十九日，星期二

線上訂單：3

找到的書：2

我在上午十點開店，雖然還帶著宿醉，不過值得高興的是其他人在昨晚慶祝之後把家裡收拾好了。我不知道他們是什麼時候弄的，不過下樓看見乾淨的廚房真是鬆了好大一口氣。

今天郵件中有規劃部寄來的信，通知我他們已經核准混凝土書螺旋了。如釋重負的感覺幾乎反映到了身體上：我知道消息後不得不先坐下來休息。有位顧客在十一點的時候進來說要找「宗教書」，於是我指引他去神學區。大約過了一分鐘後，他回到櫃檯問：「你有沒有書的清單，還是我只能在那裡盯著看？」

凱瑟琳跟邁爾斯差不多在中午離開。

有個年輕女人買了一本《愛經》（*Kama Sutra*），提議要讀裡面的內容放到Facebook上。我決定最好還是拒絕她。

冬天的天氣繼續發威；根據預測，風暴法蘭克（Storm Frank）今晚和明天會帶來大雨和大風。

在半夜看完了《大師與瑪格麗特》，這時狂風暴雨正在屋外肆虐。這本書跟我預期的完全不同，也不像我之前讀過的其他書。內容非常特別，而且我沒讀過能把超自然力量運用得這麼聰明又巧妙的書，不過現在想想，霍格的《自辯正當罪人》（*Justified Sinner*）或許還是略勝一籌。

總收入132.99英鎊
13位顧客

十二月三十日，星期三

線上訂單：5
找到的書：4

昨晚一整夜和今天上午都下著風暴法蘭克帶來的豪雨。結果紐頓斯圖爾特（七哩外）發生了嚴重的水災，好幾百人從家中撤離，被安置到麥克米倫公會堂。

卡倫過來替小屋的廚房和浴室鋪瓷磚。

瑪雅．托爾斯泰（Maya Tolstoy）在午餐時間過來寒暄。她母親瑪吉（Margie）住在威格頓的老車站之家（Old Station House），是個很棒的人，十分慷慨，而且才智出眾。幾年前我在瑪吉家認識瑪雅，然後就成了朋友。她就跟她母親一樣，非常聰明又有魅力。雖然她住在紐約，不過只要有空就會回蘇格蘭探望父母。同一時間，潔絲．皮姆（Jess Pym）剛好過來打招呼（她父母住在本地），後來湯姆跟威莉可也到這裡討論除夕的計畫。在一年當中的這個時間，彼此疏遠的加洛韋人很容易就把書店當成了社交中心。我本來想晚上一個人待在家裡，不過他們堅持要大家聚在一起。如果你有一間店，而收入幾乎完全取決於客流量，你一定會覺得聖誕假期是個奇怪的時刻。每個人都在放假，都想要過得開心，可是對我來說這是必須開店的日子，所以我其實沒辦法參與。我猜這很適合我不喜歡跟人來往的性格，讓我有藉口避免與人交際，但前幾天的那場派對是例外。

寶拉（經營開放書店那兩位西班牙女人的其中一位）過來問我能不能掃描並列印她製作的一張海報，她想邀請鎮上所有人在明天下午四點過去店裡一起參與西班牙的新年傳統——吃葡萄。

下午一點〇一分，整個半島的手機網路都斷線了，於是我到郵局詢問發生了什麼事。因為發生水災，所以他們關閉了紐頓斯圖爾特的變電所。

下午三點，我發現有隻蝴蝶停在店裡一盞燈上。牠在店裡飛了一陣子，顧客看了都很驚奇，後來牠就消失了。大概是被那隻臭貓吃掉了吧。他特別喜歡蝴蝶。我到合作社想買一塊麵包，結果發現大家因為洪水而瘋狂搶購（我們跟外界中斷了），架上的東西一掃而空，所以我在家裡的櫥櫃到處翻，找到了麵粉和酵母，於是嘗試自己製作。成果是一種濃稠到不行的物質，讓我懷疑自己是不是創造出了新的元素。元素週期表應該要為「白塞爾素」騰出空間。

下班後讀完了《新懺悔錄》。非常喜歡。在另一個不公義的例子中，無能為力的他成為麥卡錫式獵巫下的受害者。我不會透露結局，但我大概會透露其他部分。注定失敗的關係、進入顯赫的文化圈、災難——確實是《赤子之心》的範本。

總收入185.50英鎊
11位顧客

十二月三十一日，星期四

線上訂單：
找到的書：

早上六點半醒來，得知紐頓斯圖爾特的水災已經嚴重到上了全國新聞。克里河氾濫成災，而且整條王子街（Princes Street）都被淹沒了。

由於洪水，網路還是處於斷線，所以我沒辦法查看線上訂單。

柯金納的蘇格蘭教會牧師傑夫十點出現，因為要等公車而在這裡消磨了十五分鐘的時間。他注意到我放在櫃檯那本《赤子之心》，就跟我說他有多麼喜歡《非洲好人》（*A Good Man in Africa*）。我們聊了很多關於當代小說的事。目前他正在讀強納森・法蘭岑（Jonathan Franzen），而我從沒看過這位作者的書。

拿了一個包裹到郵局。威爾瑪修改了聖誕節營業時間公告的內容。在「我們」跟「會營業」之間插入「不」這個字或許比較明智。

手機訊號上午十一點恢復了，不過還是沒有網路。雖然這件事令我有點沮喪，但更值得高興的是，由於我無法處理訂單或把書登錄到網路上，只好利用這難得的機會看書，於是我又開始讀起另一本諷刺性的自傳《奧古斯都・卡普本人》（*Augustus Carp, by Himself*），這本書我從未聽過，不過安娜在愛丁堡一間書店發現時覺得我會很喜歡。這就像網際網路橫行之前的舊時光，能夠在幾乎不受干擾的情況下整天讀《奧古斯都・卡普本人》實在非常愉快，而且我好久沒看過這麼有趣的書了。奧古斯都從自身觀點出發講述自己的生平，他很愛誇大其辭、自以為是，而且偽善到了極點。他跟《笨蛋聯盟》（*A Confederacy of Dunces*）中的伊格納修斯・萊利（Ignatius Reilly）很像，而我懷疑約翰・甘迺迪・涂爾（John Kennedy Toole）在開始寫作前讀過那本書。

我在十年前認識的朋友蘇菲・迪克森（Sophie Dixon）過來找我聊天喝咖啡，她要去找我們都認識的朋友一起過除夕。他們也很好心地邀請我，不過我已經答應跟其他人一起過了，包括湯姆、威莉可、卡倫和開放書店那兩位西班牙女人。

有位老太太跟一個相當胖的中年男人一起出現。她（用非常明顯的紐卡斯爾口音）介紹說他是她兒子。「他是從倫敦來的。他來的時候都會到這家店。他很喜歡。」兩個鐘頭後他們要離開時，她說：「這是他第一次空手離開這裡。」——聽到這種話，你一定會懷疑自己的庫存是不是有什麼問題。

我們的網站在五點半恢復，已經來不及找書、打包並送到郵局寄出，所以現在他們得等到星期二了。

打烊後，我跟湯姆、威莉可、卡倫、西格麗德和西班牙女人一起去酒吧。氣氛非常沉悶，所以我們只待了大約一個鐘頭就回來這裡，烤了一堆披薩，邊吃邊喝到半夜一點左右。除了西班牙女人要回開放書店，其他人都留下來過夜。有好幾年我都會跟差不多二十位朋友到馬里湖飯店（Loch Maree Hotel）一起慶祝除夕，而我們會向飯店預訂在那裡待一個星期（飯店冬天不開放，但我們會設法說服主人給我們鑰匙）。那向來是一年之中的大事，而那片高地的景觀經常會撒上一層雪。不過最近除夕的氣氛已經變得比較平靜，通常也都是一個人過，所以能在朋友陪伴下一起送舊迎新其實滿開心的。

總收入202.49英鎊
17位顧客

後記

在我寫今年的日記時，書店變得更繁忙了，部分原因（我認為）是人們開始明白線上交易會影響店家的生意。現在有超過百分之五十的零售購買都是在線上完成，雖然這種趨勢不太可能逆轉，但至少大家已經意識到實體店家會因此受到衝擊。大家都不希望身邊的店家全都關門大吉，而且沒有新的商店來填補空缺。就連政府也終於開始明白，實體商業的衰亡以及網路巨頭在稅務方面不老實的表現，都會對人們的生活造成危害。

就我所知，妮奇正在大約十二哩外的地方開心地管理一片林地。

阿嬤一直在威格頓和義大利之間來來去去，不過似乎決心要在加洛韋安頓下來，比起其他更為傳統的地方，這裡的人比較能夠接受她的怪癖。她視力惡化的速度就跟信心增加的速度一樣快，而這位義大利人精緻的外表原本在鎮上顯得極為格格不入，現在也已經融入了這個地方，變成我們的一分子。當初大家都會注意她的外表，而現在大家都會注意她不在鎮上的事。

安娜跟我仍然是朋友，而我希望我們永遠都是。
船長的體重繼續增加，但智商卻沒有，不過牠每天都能吸引顧客。

聯經文庫
二手書店店員告白

2023年3月初版
定價：新臺幣550元

著　　者	Shaun Bythell
譯　　者	彭臨桂
叢書編輯	杜芳琪
校　　對	吳美滿
內文排版	菩薩蠻
封面設計	鄭婷之

副總編輯	陳逸華
總 編 輯	涂豐恩
總 經 理	陳芝宇
社　　長	羅國俊
發 行 人	林載爵

出 版 者	聯經出版事業股份有限公司
地　　址	新北市汐止區大同路一段369號1樓
叢書編輯電話	(02)86925588轉5394
台北聯經書房	台北市新生南路三段94號
電　　話	(02)23620308
郵政劃撥帳戶	第0100559-3號
郵撥電話	(02)23620308
印 刷 者	文聯彩色製版印刷有限公司
總 經 銷	聯合發行股份有限公司
發 行 所	新北市新店區寶橋路235巷6弄6號2樓
電　　話	(02)29178022

行政院新聞局出版事業登記證局版臺業字第0130號

本書如有缺頁，破損，倒裝請寄回台北聯經書房更換。　ISBN 978-957-08- 6690-2 (平裝)
聯經網址：www.linkingbooks.com.tw
電子信箱：linking@udngroup.com

Confessions of a Bookseller
This edition is published by arrangement with Profile Books Limited through Andrew Nurnberg Associates International Limited.

國家圖書館出版品預行編目資料

二手書店店員告白/Shaun Bythell著．彭臨桂譯．初版．
新北市．聯經．2023年3月．564面．14.8×21公分（聯經文庫）
譯自：Confessions of a bookseller
ISBN 978-957-08-6690-2（平裝）

873.6 111020620